Terre de passion

RUTH LANGAN

Terre de passion

LES HISTORIQUES

éditions Harlequin

Titre original : THE COURTSHIP OF IZZY McCREE

Traduction française de BLANCHE VERNEY

Photos de couverture
Sceau : © ROYALTY FREE / FOTOLIA
Paysage : © ROYALTY FREE / PHOTODISC

83/85 boulevard Vincent-Auriol 75646 PARIS CEDEX 13.
Service Lectrices — Tél. : 01 45 82 47 47
www.harlequin.fr

ISBN 978-2-2808-5080-3 —ISSN 1159-5981

À cette époque...

Le héros de ce roman situé en Amérique en 1880 dresse des chevaux sauvages...
A cette époque, en effet, d'immenses troupeaux de chevaux s'éparpillent le long du Rio Grande et remontent vers les Plaines. Aux magnifiques alezans andalous des conquistadores, qui sont retournés à l'état sauvage après les expéditions militaires menées au Mexique, se mêlent des bêtes plus rustiques comme les mustangs des Indiens, petits chevaux tachetés si vifs et si nombreux qu'il faut parfois les abattre pour préserver les pâturages durant les années de sécheresse. Capturés au lasso, les chevaux sauvages, appelés *broncos*, sont ensuite dressés. Pour les dompter, coups de fouet et d'éperons se succèdent jusqu'à ce qu'ils acceptent d'être montés. Cependant, dans les ranches américains du XIXe, les éleveurs utilisent de plus en plus souvent des chevaux châtrés, les hongres, plus calmes et obéissants que les *broncos*.

1

A la limite du Nevada et de la Californie, 1880.

— On arrive bientôt, cocher ?

Izzy avait passé la tête par la portière sans vitre de la diligence et avait dû crier pour se faire entendre par-dessus le fracas des sabots, du grincement des essieux et des harnais. Le vent souleva son chapeau et l'aurait même emporté si elle ne l'avait tenu fermement.

— Appelez-moi Boone, m'ame. Vous n'êtes plus dans l'Est, tout le monde se connaît, par ici… On est sur les terres de Prescott, en fait.

— Ah bon ?

— Ouais, m'ame… depuis quatre ou cinq kilomètres, déjà. On verra les bâtiments du ranch dès qu'on aura passé cette colline.

Izzy s'adossa de nouveau à l'inconfortable banquette, en dévorant du regard le paysage qui l'environnait. Ainsi, tout ce pays sauvage appartenait à Matthew Prescott, jusqu'à ses montagnes aux pics enneigés qui montaient à l'assaut du ciel ? Malgré elle, la jeune femme était très impressionnée. Son futur mari posséddait tout cela ! Etrangement, elle se sentit soudain rougir et porta les mains à ses joues.

Elle ouvrit un peu nerveusement son sac de voyage et en tira une paire de chaussures. Elles étaient bien trop fines, ces bottines, pour qu'elle ait pu les porter au cours de l'éprouvant voyage qui s'achevait, et pourtant elle les avait trimballées avec elle depuis la Pennsylvanie. Pendant près de six mille kilomètres en train, puis de diligence en diligence, elle les avait protégées comme son plus précieux trésor. Sa robe de voyage pouvait bien être couverte de poussière, ses cheveux dépeignés par le vent sous sa capeline un peu désuète, ses chaussures, au moins, étincelaient.

Elle retira ses brodequins au cuir fatigué et griffé, les fit disparaître prestement dans son sac et enfila les élégantes bottines. Pour la millième fois, peut-être, elle répéta intérieurement ce qu'elle dirait pour se présenter.

« Isabella McCree. Je suis très heureuse de faire votre connaissance. »

Quand elle regarda derechef par la portière, elle put enfin voir les bâtiments du ranch.

Elle sentit son cœur chavirer. La maison n'était qu'une grossière cahute, entourée de baraquements plus sordides encore, et l'ensemble paraissait écrasé par le formidable panorama de la Sierra Nevada.

Comme s'ils sentaient que leurs efforts allaient prendre fin, les chevaux tiraient dur sur leurs harnais. En descendant la colline, la piste traversait une verte prairie qui s'étendait jusqu'aux bâtiments.

Le cocher tira sur ses guides pour arrêter l'attelage

puis sauta prestement au sol, malgré ses cheveux gris, pour aller ouvrir la portière.

— Voilà, m'ame, vous y êtes, annonça-t-il.

Izzy lui tendit son sac de voyage. Ses bottines neuves lui faisaient un peu mal ; elles se feraient… Cela avait été un achat coûteux, mais somme toute raisonnable, et qui lui ferait de l'usage.

— Mais… je ne vois pas personne, monsieur… monsieur Boone, dit-elle d'une voix inquiète en avisant la porte close. Est-ce que M. Prescott a pu s'absenter ?

Le cocher sourit de toutes ses dents jaunies par le tabac à chiquer.

— Il doit être quelque part dans les pâtures, je suppose.

Il lui tendit un volumineux paquet de courrier.

— Vous voudrez bien lui donner ça ? Il sera content d'avoir toutes ces lettres. Dame, c'est que je ne passe pas tous les jours par ici… pas même tous les mois, en fait. Oh, il sera content de vous voir aussi, bien sûr.

Ayant dit, il se hissa sur son siège, reprit les guides, poussa un cri rauque et fit claquer son fouet. L'attelage s'ébranla. Quelques instants plus tard, la diligence avait disparu derrière la colline.

Izzy regarda la porte close avec une certaine inquiétude. Bien qu'elle se sentît rompue par son odyssée, elle ne jugeait pas correct de s'introduire dans la cabane d'un parfait étranger avant d'y avoir été invitée. Alors elle resta là, une main en visière pour protéger ses yeux de la lumière automnale, à scruter la montagne, au loin.

Au bout de quelques minutes, elle vit la silhouette

d'un cavalier se profiler entre les arbres ; un chien trottinait à son côté en aboyant gaiement. Puis un autre sortit de la forêt, venant d'une autre direction, et traversa le gué du torrent au galop, faisant naître une gerbe d'éclaboussures dont les millions de gouttelettes réfractèrent la lumière du soleil, créant un véritable arc-en-ciel autour de l'homme et de sa monture. Comme Izzy admirait cette vision splendide, les aboiements se rapprochèrent et elle entendit une voix d'enfant s'exclamer :

— Ben, ça, alors, une dame !

La jeune femme se retourna vivement pour découvrir trois petits visages fluets et curieux.

Les trois enfants portaient des salopettes fatiguées et des chemises délavées aux manches roulées au-dessus du coude. Ils avaient tous trois les cheveux coupés de la même façon peu experte, au ras des oreilles, avec une mèche qui leur retombait sur les yeux. Le plus jeune avait de beaux cheveux blonds, le deuxième était rouquin et le troisième, banalement brun. Si ce n'étaient leurs vêtements élimés, ils ne semblaient rien avoir en commun. Pouvait-il s'agir des enfants de Matthew ?

Autour des chevilles d'Izzy s'agitait non pas un mais toute une bande de chiens qui la reniflaient à qui mieux mieux et aboyaient si fort qu'il était douteux qu'elle pût se faire entendre.

Elle essaya, néanmoins, vaillamment.

— Bonjour, je suis…

Avant qu'elle eût pu achever sa phrase, les deux cavaliers parvinrent à sa hauteur, tirèrent sur les rênes de leurs chevaux et sautèrent à terre, la carabine à la main. Le plus jeune avait une chevelure de la même nuance de blond que le benjamin de la troupe. Quant à l'autre, le plus âgé, qui le dépassait d'une bonne tête, ses cheveux bruns très épais descendaient sur sa nuque jusqu'au col de sa chemise et il était difficile de dire à quoi il ressemblait, car une barbe sombre mangeait ses joues, masquant ses traits.

Les chiens continuèrent leur concert jusqu'à ce que leur maître lançât un ordre bref. Aussitôt, ils se couchèrent, la langue pendante.

Dans le silence soudain, la voix de l'homme était plus impressionnante encore.

— Mon nom est Matt Prescott.

— Oui, je sais !

Elle lui sourit aimablement et lui montra le paquet de courrier.

— Le conducteur de la diligence a laissé ceci pour vous.

Elle lui tendit la main.

— Je suis Izzy...

Elle faillit pousser un cri de dépit. Toutes ces heures de voyage et tous ces kilomètres, à se répéter inlassablement sa phrase de présentation et, alors que le moment tant attendu était arrivé, voilà que ce maudit diminutif lui échappait !

— Isabella... Isabella McCree.

Il ne prêta aucune attention à sa main tendue, préférant jeter un œil sur le courrier, qu'il empocha rapidement.

— J'avais bien cru entendre la diligence, dit-il

simplement. Pourquoi Boone vous a-t-il déposée chez moi ?

Le sourire d'Izzy s'effaça brusquement.

— Peut-être n'avez-vous pas entendu ? Je suis…

— J'ai parfaitement entendu, madame McCree. Ce que je voudrais savoir, c'est ce que vous faites sur mes terres, avec mon courrier dans les mains.

— Ce que… ?

Elle sentit ses joues la brûler, de nouveau.

— C'est *mademoiselle* McCree et je suis venu à votre invitation, Matthew.

Quand elle prononça son prénom, il lui décocha un regard si glacial qu'il la cloua sur place.

— Que diable voulez-vous dire ?

— Que je suis venue en réponse à votre lettre.

L'air abasourdi de Matthew Prescott laissait clairement entendre qu'il n'avait aucune idée de ce dont elle voulait parler.

— Mon Dieu ! Vous… vous n'avez pas reçu la mienne ? Ma réponse ?

— Mademoiselle, je n'ai reçu aucune lettre de vous, à ma connaissance.

— Vous avez écrit que vous cherchiez une épouse.

— Une épouse ?

Ces derniers mots retentirent comme le tonnerre. Plusieurs chiens se tapirent au sol et se mirent à geindre.

Izzy fouilla nerveusement dans son sac. Elle y trouva finalement la feuille de papier qu'elle y cherchait et la brandit sous le nez du rancher.

— Vous avez écrit à la congrégation protestante de Pennsylvanie. Vous cherchiez une femme qui aurait le courage de venir dans l'Ouest pour s'occuper de votre maison et de votre famille.

Matt Prescott regarda brièvement la lettre.

— Si c'est une plaisanterie, dit-il sobrement, je ne la trouve pas très drôle.

Il se tourna vers ses enfants.

— Vous n'avez rien à faire, vous autres, qu'à rester plantés là ? grogna-t-il. Il reste au moins une heure de jour.

— Mais p'pa…

Aaron, l'aîné des enfants, celui qui avait presque la taille de son père, semblait écartelé entre le devoir d'obéissance et l'envie de porter assistance à la visiteuse.

— Et la dame, alors ? s'enquit-il.

Matt se hissa en selle d'une seule détente.

— Simple. Elle retourne d'où elle vient.

Izzy crut que le sol se dérobait sous ses pieds. Un instant, elle craignit de tomber à genoux. Mais elle rassembla tout son courage et articula :

— C'est impossible.

Du haut de son cheval, il baissa les yeux vers elle.

— Pourquoi cela ?

— Parce que j'ai dépensé tout ce que j'avais pour venir jusqu'ici.

Matt jura sourdement entre ses dents, puis se reprit en voyant ses enfants qui le considéraient en silence. Il remit pied à terre et tendit ses rênes à l'un de ses fils.

— Emmène les chevaux à l'écurie, Benjamin, et desselle-les.

— Oui, papa, répondit le petit garçon, qui se hâta d'obéir.

— Portez le bagage de la dame à l'intérieur, reprit Matt à l'attention des autres.

Deux se saisirent des poignées de son sac, tandis que le troisième courait leur ouvrir la porte.

— Et maintenant, mademoiselle McCree, si vous voulez bien me suivre, nous allons examiner un peu toute cette affaire.

Sans attendre sa réponse, le rancher marcha vers la cabane qui lui tenait lieu d'habitation. Izzy le suivit ; bientôt elle s'arrêtait sur le seuil et observait autour d'elle, bouche bée.

Le plancher était jonché de vêtements, d'objets divers, d'os rongés par les chiens ; quelques poules sautillaient même à droite et à gauche, en picorant joyeusement et en faisant sur le plancher les dégâts que l'on peut aisément imaginer ; les vitres des fenêtres étaient recouvertes d'une telle couche de poussière que le soleil n'y pénétrait qu'à peine ; un mélange écœurant d'odeurs animales et de relents de cuisine empuantissait la pièce.

— Del, grogna le rancher, tu as encore laissé rentrer les poules ! Combien de fois faudra-t-il te dire de ne plus faire ça ?

— Mais papa, il faut bien les enfermer, sinon les coyotes vont les manger !

— Bien sûr ! Mais dans le poulailler, je te l'ai déjà dit, pas dans la maison.

Il se saisit d'un balai et chassa toute cette volaille

piaillant au-dehors. Puis, d'un revers de sa large main, il débarrassa le plateau de la table de tout ce qui y traînait.

— Aaron et Clement, puisque de toute façon on ne fera plus rien ce soir, vous pouvez préparer le souper.

— Oui, p'pa.

Les deux garçons s'affairèrent.

— Asseyez-vous, mademoiselle McCree, fit le rancher d'une voix neutre.

Izzy traversa la pièce en prenant garde de ne trébucher sur aucun objet laissé sur son chemin et posa la main sur le dossier de bois rugueux d'une chaise. Fascinée, elle regarda le fils aîné tirer son couteau de chasse de sa ceinture pour découper une pièce de viande que, sans doute, il était allé chercher dans le saloir familial. Pendant ce temps, son cadet activait les braises du foyer et préparait le tournebroche, tandis que le plus jeune, à l'aide d'une jatte, remplissait des verres. Il lui en tendit un.

— Oh, du babeurre !

Izzy en but une longue gorgée.

— Je dois dire que j'ai la gorge sèche, après ce long voyage…

Elle eut presque un haut-le-cœur en découvrant que ce qu'elle venait d'avaler n'était nullement du babeurre, produit « épuré » obtenu en séparant le beurre de la crème, mais du simple lait cru et non écrémé, assurément tout juste sorti du pis d'une vache. L'espace d'un instant, elle crut qu'elle allait tout régurgiter. Elle se força à boire, en priant pour que son estomac ne s'avise pas de se rebeller.

Quand ses quatre enfants revinrent de la grange, Matt les appela à table. Izzy, elle, se leva.

— Vous permettez que je fasse d'abord un brin de toilette ?

Sans un mot, Matt remplit une jatte d'eau et dénicha, non sans mal, une serviette propre dans le tiroir d'une commode.

Se savoir observée rendait la jeune femme nerveuse et maladroite. En tremblant un peu, elle dénoua les rubans de sa capeline, s'installa à l'écart, se lava le visage, les mains et les avant-bras, puis s'essuya. Cela fait, elle revint à table et prit un siège.

Comme ils se jetaient tous avec appétit sur la nourriture, Izzy, inclinant la tête et fermant les yeux, murmura le bénédicité.

— Qu'est-ce qu'elle fait la dame, p'pa ? s'étonna le plus jeune.

— Elle prie.

Matt attendit qu'elle eût rouvert les yeux pour lui passer le plat.

— Pourquoi, elle a peur ?

— Mais non, p'tit bout, les gens ne prient pas seulement lorsqu'ils ont peur, repartit l'aîné avec autorité.

— C'est pas vrai, Aaron. N'est-ce pas que c'est pas vrai, papa ?

— Mais si, Del, on ne prie pas seulement parce qu'on a peur. Passe-moi le pain.

À la surprise d'Izzy, Del lança un morceau à son père par-dessus la table. Matt s'en saisit et tenta de le rompre.

— Il est déjà dur. Clement, c'est la dernière fois que tu cuis le pain !

— Oui, p'pa…

L'intéressé baissa la tête sous le reproche, sans cesser pour autant de dévorer sa viande.

Les chiens circulaient autour de la table, happant les morceaux que l'un ou l'autre leur lançaient. Parfois ils s'en disputaient un, jusqu'à ce que Matt éructe un ordre bref. Alors, ils se couchaient sans plus grogner et attendaient le prochain morceau et la prochaine dispute.

Les enfants se conduisaient à peine mieux ; ils se lançaient des miettes de pain ou bien chipaient des bouts de viande dans l'assiette de leur voisin. Benjamin attendit que Clement porte sa fourchette à sa bouche pour lui donner une bourrade qui lui fit tout renverser sur sa chemise. Les autres hurlèrent de rire.

Matt lança à Izzy un regard de côté : elle avait repoussé son assiette.

— Vous n'avez plus faim, mademoiselle McCree ?

— Euh… non… je vous remercie.

Elle avala une longue gorgée de café brûlant dans l'espoir de se rincer la bouche du goût de la viande mal cuite et du lait cru, deux « saveurs », si l'on ose écrire, qui allaient bien mal ensemble. Son assiette était peine de sang de bœuf et cette vue lui retournait l'estomac tout autant que l'odeur des lieux et que les manières bien peu policées des convives.

— Bien…

Matt se cala sur son siège en sirotant son café.

— Je pense que nous pouvons parler de ce qui vous amène. D'où venez-vous ?

— Je vivais en Pennsylvanie.

Vivait ? Elle avait donc coupé les ponts ?

— A ce que je comprends, vous êtes venue ici pensant que je cherchais une épouse.

— Et une mère pour vos enfants. C'est ce que vous disiez dans votre lettre.

Il serra les dents.

— Mettons tout de suite les choses au point, mademoiselle, dit-il avec fermeté. Je n'ai jamais écrit cette fichue lettre.

Elle fit reposer ses mains sur ses genoux pour en dissimuler le tremblement.

— Je n'aime pas les jurons, Matthew, dit-elle calmement.

Il se leva si vivement de sa chaise qu'il manqua la renverser.

— Je m'en fiche, nom de nom ! s'exclama-t-il. Et je vous prie de ne pas m'appeler Matthew !

— Papa..., commença son fils aîné.

— Pas maintenant, Aaron, le coupa Matt. Si j'affirme que je ne vous ai écrit aucune lettre, vous devez vous le tenir pour dit, un point c'est tout !

— Papa...

— Je t'ai dit : pas maintenant ! Tu es sourd ?

— Non, p'pa...

Les joues de l'adolescent s'enflammèrent. Il regarda un instant son père puis détourna les yeux.

— ... mais il y a quelque chose qu'il faut que tu saches...

Aaron fixa un point sur la table puis, très doucement, ajouta :

— C'est moi qui ai écrit cette lettre.

Tout le monde se figea. Matt contourna la table pour venir se planter devant son aîné.

— Tu peux répéter ça ?

— Je… J'ai envoyé cette lettre. Mais c'était il y a plus d'un an, papa. Je croyais qu'elle s'était perdue, ou quelque chose comme ça, et je n'y pensais plus. J'avais oublié…

Les yeux agrandis par la surprise, Izzy le fixait sans rien dire. Doux Jésus ! Elle aurait donc fait tout ce long et pénible voyage à cause de la lubie d'un adolescent ?

— Pourquoi diable as-tu fait une chose pareille, mon garçon ?

La voix du père était blanche. Aaron montra ses frères.

— Regarde-nous, papa. Depuis que maman est partie, nous ne vivons pas beaucoup mieux que des cochons dans une porcherie. Peut-être même qu'ils sont mieux lotis que nous. La dernière fois que nous sommes allés en ville, les gens nous regardaient de travers parce que nos vêtements étaient sales et usés.

— Un peu de poussière n'a jamais fait de mal à personne. Nous sommes des ranchers, pas des banquiers.

— Il n'y a pas que la poussière, papa. Regarde Petit bout. Elle n'a aucune idée de ce que c'est que d'être une fille.

Izzy réprima un sursaut de surprise. Une fille ? Avec

ses cheveux coupés à la diable, comme ses frères, elle avait cru…

— Je pense qu'avec une femme à la maison, cela irait mieux, papa.

La colère de Matt grandissait à chaque mot que lui disait son fils.

— Bon sang, tu ne pouvais pas m'en parler ? Tu croyais que je n'aurais pas mon mot à dire ?

— Je…

Aaron baissa les yeux sous le regard furieux de son père.

— Je me disais que peut-être, tu serais content… Tu ne souris plus. Tu n'es plus jamais heureux depuis que maman…

La douleur fit se crisper le visage de Matt. L'adolescent avala sa salive.

— Mais ce n'est pas juste envers nous, continua-t-il courageusement. Ce n'est pas notre faute. Il n'y a rien que nous puissions faire, pour maman. Mais nous le pouvons pour Del.

Matt serra les poings.

— Quand nous en aurons fini avec ceci, je te rejoindrai dans la grange, dit-il, la voix toujours aussi blanche. Tu sais ce qui t'y attend.

— Oui, papa.

Pour réfréner la rage qui bouillonnait en lui, le rancher tourna les talons, marcha vers la cheminée, se roula une cigarette et l'alluma à l'aide d'un brandon. Il inhala profondément la fumée, la rejeta par le nez. Longuement. Puis il se retourna, décidé à demeurer calme et logique.

— Je suis désolé pour tout ceci, mademoiselle McCree. Vous avez fait tout ce voyage pour rien. Comme la ville la plus proche, Sutton's Station, est à plus de trente kilomètres, j'ai bien peur que vous deviez passer la nuit ici. Demain matin, je vous y conduirai et vous pourrez reprendre la diligence, et rentrer chez vous.

— Chez moi ? Mais je ne peux pas !

Tout était oublié. La saleté du lieu, la rudesse de l'accueil et jusqu'à sa fatigue. Izzy ne ressentait plus qu'une peur panique. Elle repoussa sa chaise et fit face au rancher.

— C'est impossible. Je n'ai pas de chez-moi où je puisse rentrer. Et j'ai vendu tout ce que j'avais pour payer le voyage.

Matt tira une bouffée de sa cigarette, ravalant dans le même mouvement les vigoureux jurons qui lui venaient aux lèvres. Que faire ? Il avait bien quelques économies, mais il gardait cet argent pour acheter le taureau d'Amos Truesdale, ainsi que pour quelques travaux dans la maison… et aussi pour des graines, dont il aurait bien besoin au printemps.

— Peut-être qu'elle pourrait rester, papa, avança timidement Aaron.

Matt se tourna vers son fils.

— Nous sommes peut-être pauvres, répondit-il sèchement, mais nous sommes honnêtes. Une femme célibataire n'a rien à faire sous mon toit.

— Eh bien pourquoi ne l'épouserais-tu pas, alors ?

— Parce que ce ne serait pas juste. Elle est venue

ici en croyant que tout le monde l'attendait, alors que toi seul avais manigancé toute cette histoire.

— Moi je veux bien que tu l'épouses, papa, dit Benjamin, toujours prêt à soutenir son aîné.

— Moi aussi, renchérit Clement.

Del, la benjamine, regarda ses frères l'un après l'autre. Il était clair que leurs avis l'influençaient.

— Si Aaron, Benjamin et Clement veulent bien, moi aussi. Mais j'veux pas qu'elle me force à être une fille !

— J'ai moi aussi mon avis à donner, si vous le voulez bien, dit sombrement le rancher, et j'ai bien peur de ne pas être d'accord.

Il lança sa cigarette dans l'âtre et quitta la pièce, pour revenir un instant plus tard, une couverture sous le bras.

— Je dormirai dans la grange, mademoiselle McCree. Prenez mon lit. Demain, je vous conduirai à Sutton's Station. Je vous donnerai tout l'argent dont je dispose. Si ce n'est pas assez, eh bien, vous prendrez un travail en ville, jusqu'à ce que vous ayez suffisamment pour retourner d'où vous venez.

Il jeta un regard perçant à son fils aîné.

— Retrouve-moi dans la grange, Aaron. Dès que tu auras fini de t'occuper des bêtes.

— Oui, p'pa.

— Les autres, au lit. Une dure journée vous attend. Puisque je conduirai mademoiselle en ville, il faudra faire mon travail à ma place.

— Oui, papa.

Sans demander leur reste, les enfants effrayés par la

rudesse de leur père se ruèrent vers l'échelle de meunier qui menait à leur soupente.

Matt ouvrit la porte d'un geste large et sortit à grands pas, suivi de tous les chiens, puis, après un temps, d'Aaron.

Lorsque l'adolescent referma la porte, un silence assourdissant s'abattit sur la cabane. Izzy, consternée, regarda autour d'elle. Bien que la nuit ne fût pas encore tombée, les enfants avaient obéi à leur père et s'étaient retirés pour dormir. Ce n'était pas plus mal. Cela lui laissait le loisir de réfléchir un peu à sa situation. Elle repensa à l'arrivée de la fameuse lettre, dans la petite ville de Pennsylvanie où elle habitait. Le pasteur l'avait affichée dans son église. Les gens s'étaient beaucoup moqués, tant des termes naïfs dans lesquels elle était rédigée que parce que tout le monde s'accordait à penser qu'aucune femme douée d'un peu de bon sens ne se risquerait à aller s'enterrer au fond de ces contrées lointaines et sauvages, sur une simple invitation. Mais les mots de la missive, justement, l'avaient touchée. Elle était passée et repassée, tout un hiver, devant le panneau d'affichage, avait mémorisé l'adresse de l'expéditeur et finalement, avait rassemblé tout son courage pour accepter la proposition.

Elle se laissa retomber sur sa chaise en ravalant des larmes très amères. Mon Dieu, tous les rêves qu'elle avait faits ! Tous les projets... Elle s'était vue accueillie dans la maison d'un bienveillant gentleman, entouré de charmants bambins, s'était imaginée devenir la maîtresse d'une belle maison, préparant des mets raffinés et cousant de belles robes. Venir à la rescousse d'une famille privée d'affection lui aurait attiré la reconnaissance de tous.

Elle souleva son pied pour inspecter la semelle de ses belles chaussures et fut écœurée par ce qu'elle y découvrit. Oh, cette maudite volaille ! Elle alla frotter frénétiquement sa semelle souillée sur une partie encore à peu près propre du plancher. C'était donc pour cela qu'elle avait parcouru six mille kilomètres ? Pour vivre dans cette bauge ? Pour se faire rudoyer, humilier, et finalement, rejeter ?

Parfaitement, rejeter ! Et c'était bien là le pire... être rejetée par cet homme froid et inflexible, plein de ressentiment contre elle.

Comme les larmes lui venaient aux yeux, elle se força à réagir. Si elle ne trouvait pas quelque chose à faire d'urgence, elle le sentait bien, elle allait tomber dans l'apitoiement sur soi. Et cela n'aurait pas de fin...

Le travail avait toujours été son refuge contre le malheur. Et ici, il y avait assez à faire pour occuper une vie ! En battant des paupières afin de retenir ses larmes, elle décida de s'attaquer à la vaisselle.

Il serait toujours temps, ensuite, de se coucher.

2

— Mon Dieu, par où commencer ?

Izzy roula ses manches au-dessus du coude et se mit au travail. En attendant que l'eau chauffe sur la braise, elle dénicha un pain de savon noir — elle en fut d'ailleurs presque surprise. A en juger par l'odeur que dégageait cette cahute, on aurait pu croire que personne n'y avait fait de ménage depuis au moins un an. Elle déposa plats et assiettes près de la bassine, puis frotta la table et les chaises jusqu'à en faire briller le bois. Bientôt, des mèches folles s'échappèrent de ses cheveux tirés et vinrent balayer son visage ; d'une main mouillée, elle les repoussa.

Quand l'eau fut assez chaude, elle se saisit d'une première assiette. Lorsqu'elle l'eut lavée et rincée, elle la leva vers la lumière. C'était une très jolie pièce, fine, translucide, avec une rose délicatement ouvragée sur le rebord. Elle fit de même ensuite avec une tasse, qui portait elle aussi cette même rose. En lavant le reste, elle s'étonna de trouver ici, dans ce pays sauvage, un si joli service en porcelaine. Pour elle, qui n'avait jamais vu d'aussi beaux objets, c'était une découverte assez bouleversante. Elle songea que, sans doute, l'épouse de Matthew avait été aussi jolie, aussi délicate que ses tasses et ses assiettes. Rien d'étonnant à ce qu'il fût aussi furieux contre son fils. Comment accepter que quiconque prétende remplacer une telle femme ?

Matthew. Il ne ressemblait guère à ce qu'elle s'était imaginé. Quoique, d'une certaine manière… Il était le type même du pionnier. Le genre d'homme qui s'installe par choix dans une nature sauvage et la défriche, la plie à sa volonté. Mais à la lecture de sa prétendue lettre, elle s'était imaginée qu'il possédait un côté affectueux et tendre. Au lieu de cela, il s'était montré dur et intraitable, au point de convoquer son fils dans la grange pour lui administrer une correction. Au fouet, peut-être…

Izzy frissonna. Pauvre Aaron. A présent qu'elle avait appris qu'il était l'auteur de la lettre, elle ressentait pour lui une grande sympathie. C'était bien la nature tendre, douce et sentimentale de l'adolescent qui l'avait émue, à travers ses mots. Sans doute avait-il hérité ces traits de caractère de sa mère.

Elle ouvrit le vaisselier et y rangea avec soin le joli service, puis passa aux plats et aux casseroles. Cela lui demanda beaucoup plus d'efforts et elle frotta jusqu'à en avoir les mains rouges, mais c'était mieux ainsi. Pendant qu'elle s'activait, elle ne pensait pas à sa situation désespérée.

Dans la grange, Matt alluma une lampe-tempête et s'assit sur une botte de paille pour examiner le courrier. Une seule de ces lettres retint réellement son attention. La vue de l'écriture familière fit même battre le sang à ses tempes. Il ouvrit l'enveloppe et lut rapidement le feuillet qu'elle contenait, ressentant successivement les coups de poignard du premier choc, puis de la douleur et de la fureur, ensuite. Comme un possédé, il relut la lettre, puis la relut encore et encore, jusqu'à en graver chaque mot dans sa mémoire. Au fur et à mesure, sa colère s'estompait pour faire place au vide et à la résignation.

C'était presque comme s'il avait perdu un membre. Tout en souffrant, tout en essayant de vivre sans cette partie de lui-même, il avait tenté de se persuader que peut-être, elle repousserait... reviendrait... Mais il n'en était rien, bien sûr. Il lui fallait affronter la réalité de la perte. Pour toujours.

Il aurait pu s'en sentir soulagé. Accueillir avec reconnaissance cette résignation, puisqu'elle apaisait sa souffrance. Mais c'était comme si sa douleur, elle aussi, lui manquait.

Il se leva, alla appuyer son front lourd contre les planches d'une stalle. Il ne parvenait pas même à nommer ce qu'il ressentait. Etait-ce bien du soulagement ? Il n'y avait rien de bien réconfortant dans les cruelles nouvelles qu'il venait de recevoir. Mais c'était comme... la fin de quelque chose. Il n'y aurait plus d'interrogations, d'attente, de question sans réponse. A présent il savait. C'était douloureux, terriblement, mais il est des douleurs qui sont promesse de guérison. De retour à la vie.

Il remit la lettre dans son enveloppe et le tout dans sa poche.

Il en ouvrit une autre. L'écriture en était nette et

appliquée, enfantine. Les mots simples, limpides. Il lut cette lettre, partagé entre le détachement et la fascination.

« Cher Matthew,

Vos mots m'ont profondément touchée. Je peux, sans les avoir jamais rencontrés, m'imaginer vos adorables enfants et votre joli ranch niché au pied de l'orgueilleuse Sierra Nevada. Bien sûr, nous ne nous connaissons pas encore et aurons tout à apprendre l'un de l'autre, mais je ne puis résister à votre appel et à celui de votre famille. Dès que mes affaires seront en ordre, je me mettrai en route pour venir commencer, auprès de vous, une nouvelle vie.

Sincèrement vôtre,

Isabella McCree. »

La porte de la grange s'ouvrit et Aaron entra.

— Voilà, papa, dit-il. J'ai vu le bétail. Tout va bien.

Un courant d'air souleva le feuillet dans la main de Matt. Aaron referma soigneusement derrière lui et s'avança vers son père.

— Tu peux y aller, si tu veux. Je suppose que je le mérite.

Matt prit le temps de reprendre la lanterne et de l'accrocher à un clou, en hauteur. Puis il considéra son fils, qui gardait les yeux baissés. A quinze ans, Aaron était déjà un homme. Des années de dur labeur au ranch avaient musclé son corps. S'il le voulait, il pourrait non seulement se défendre, mais même lui donner un sacré fil à retordre. Cependant, et Matt le savait bien, tenir tête à son père ou pire encore, l'affronter, ne lui serait jamais venu à l'idée. Le jeune homme l'aimait et le respectait, autant qu'il adorait ses frères et sa sœur. Depuis longtemps, Aaron était pour ceux-ci comme un second père. Ou comme une mère, autant qu'il le pouvait.

— Je ne te toucherai pas.

L'idée même en était parfaitement absurde. Il y avait des années qu'il ne l'avait pas seulement réprimandé.

— Mais je voudrais bien comprendre ce qui a pu te pousser à écrire cette maudite lettre.

Aaron haussa les épaules.

— C'était au moment de Noël. Maman manquait beaucoup aux petits. Alors je me suis dit que si on en trouvait une nouvelle, peut-être que les choses iraient mieux.

Matt encaissa le choc et la douleur. Cela ne finirait-il jamais ? Ne serait-il donc plus jamais capable d'entendre parler d'*elle* sans éprouver ce vide immense, dans son cœur ?

— Pourquoi la Pennsylvanie ?

— A cause d'un article de journal que j'ai lu. Ça disait que les pasteurs des congrégations, là-bas, encourageaient les femmes à aller se marier dans l'Ouest. Alors j'ai écrit la lettre et je l'ai donnée à Boone, dès que nous sommes retournés en ville.

— Tu ne pouvais pas m'en parler, d'abord ?

Aaron détourna les yeux.

— Non, papa, je ne pouvais pas.

— Je sais… que je ne suis pas toujours facile à vivre, reconnut sourdement Matt.

Il hésita un instant, puis se jeta à l'eau.

— Nous n'avons jamais vraiment parlé de ce qui se passe entre les hommes et les femmes, tous les deux…

Aaron rougit jusqu'aux oreilles.

— J'ai vu les animaux. Je sais tout ce qu'il faut savoir.

— Bien sûr, mais tu dois bien comprendre aussi que les hommes et les femmes veulent… se connaître et avoir… des penchants l'un pour l'autre, avant de se marier.

— Des penchants ?

— Quelque chose qui les attire chez l'autre personne.

— Oui, je sais cela.

La pomme d'Adam du garçon se soulevait, comme s'il avait du mal à avaler sa salive.

— Mais où, par ici, demanda-t-il, tu pourrais rencontrer une dame pour qui tu aurais des penchants ?

Ce fut au tour de son père de rougir.

— Et tu crois que la solution consiste à épouser une parfaite étrangère ?

— P'pa, tu te souviens de la fois où un coyote avait tué une oie sauvage ? On a donné ses petits à une poule et elle les a élevés comme les siens.

Les yeux de Matt s'étrécirent.

— Tu veux dire que n'importe qui vaut mieux que pas de mère du tout, c'est bien ça ?

— Oui… c'est ça, si tu veux.

— Alors, laisse-moi te rappeler que cette poule n'était qu'un pis-aller. Quand les jeunes oies se mettaient à l'eau, elle restait à courir sur la rive, affolée. Et quand elles ont rejoint un vol de passage, la poule est restée prostrée des jours et des jours…

Le jeune homme hocha la tête.

— C'est vrai, mais reconnais qu'elle s'en est occupée comme des siens, jusqu'à ce que ces jeunes oies n'aient plus besoin d'une mère.

Son père acquiesça, de mauvaise grâce.

— Elles seraient mortes, sans cela.

Ils gardèrent tous deux le silence durant de longues minutes. Finalement, Matt s'éclaircit la gorge.

— Ce n'est pas de poules et d'oies que nous parlons…

— Non, bien sûr. Mais mademoiselle McCree a l'air très bien.

— Sans doute. Mais c'est tout de même une femme de la ville. Que sait-elle de la façon dont on vit par ici ? Dont on survit à l'hiver, par exemple ?

Le garçon haussa les épaules.

— Pas grand-chose, probablement. Mais il suffit de lui apprendre.

Comme son père ne répondait rien, Aaron leva la tête et le regarda prudemment. Il sentit qu'il y avait un espoir.

— Tu… tu pourrais la laisser rester ? s'enquit-il.

— Je suppose.

Les yeux de Matt étaient dans l'ombre, mais il y avait toujours de la douleur dans sa voix.

— Après tout, je suis le seul de mon avis et puis,

il y a l'argent. Payer son voyage de retour épuiserait nos économies et je ne me vois pas lui demander de prendre un travail en ville jusqu'à ce qu'elle ait gagné de quoi acheter le billet.

C'étaient là des arguments raisonnables, dont Matt tâchait de se persuader lui-même qu'il pouvait les admettre. Mais la vérité était que cette maudite lettre lui forçait la main ; et que Aaron n'avait pas tort. Il pouvait bien ne pas souhaiter se remarier, il n'en fallait pas moins une femme dans la maison. La petite Del avait bien besoin d'une maman, même de substitution. Et lui, il avait bel et bien le dos au mur.

Il montra la couverture qu'il avait posée sur quelques ballots de paille.

— Tiens, dit-il en soupirant. Tu n'as qu'à dormir un peu. Je reviens.

— Bien… euh… papa ?

— Oui ?

Matt, qui était déjà sur le seuil, se retourna. Son fils lui parut soudain bien jeune et bien frêle, à la lueur de la lampe-tempête, la couverture drapée autour des épaules.

— Tu pourrais… enfin… il vaudrait mieux que tu lui demandes de rester, plutôt que cela ait l'air d'un ordre. Gentiment, tu vois ?

Matt opina.

— Merci, fils. Je tâcherai de m'en souvenir.

Izzy jeta un regard circulaire sur la chambre à coucher, qui était tout aussi sale et en désordre que le reste de la maison. Quelques-uns des vêtements de Matt pendaient à des clous plantés dans la cloison. Des chemises, des pantalons ; le reste traînait au sol. Une parka faite avec la fourrure de quelque animal sauvage. Des bottes, l'une devant la porte, l'autre au beau milieu de la pièce, comme si leur propriétaire s'en était débarrassé d'un coup de pied, au cours d'un accès de colère.

Il y avait aussi une commode couverte d'une épaisse couche de poussière, mais dont les tiroirs avaient d'élégants boutons, fort surprenants dans cet environnement ; au-dessus, un miroir ovale, fendu en son milieu. Izzy l'évita, peu désireuse d'y voir son reflet.

Elle envisagea un instant de nettoyer cette chambre, mais elle était bien trop épuisée pour cela. Et elle devait encore laver ses vêtements pour le long voyage de retour, car ils étaient les seuls qu'elle possédait.

Elle passa sa main sous la ceinture qui corsetait sa robe pour retirer de sa gaine un tout petit poignard, très court mais très effilé, qu'elle plaça sous l'oreiller, avant de s'asseoir au bord du lit.

Le matelas était dur et rugueux, inconfortable. Autant dire dans l'esprit des lieux. Elle retira avec soulagement ses chaussures neuves et les posa soigneusement par terre, pressées l'une contre l'autre. Ses pieds étaient tout engourdis et elle dut remuer longuement ses orteils avant que la circulation sanguine s'y rétablît. Alors elle retira sa robe, ses jupons et ses épais bas de coton ; puis elle enleva son caraco et, en frissonnant, enfila sa chemise de nuit.

Emportant ses vêtements dans l'autre pièce, elle les plaça dans la bassine, qu'elle remplit d'eau chaude.

Rapidement, avec l'efficacité due à une longue pratique, elle les lava, puis les étendit sur des chaises. Enfin, elle mit une bûche dans l'âtre et retourna dans la chambre.

Le lit paraissait solide, construit comme il l'était en épais madriers ; et au moins, les poules n'étaient pas venues jusqu'ici. Elle éteignit la lampe à pétrole et se coucha. Elle eût aimé pouvoir travailler encore un peu, mais elle était vraiment à bout de forces. Et puis il y avait tout ce chemin à refaire en sens inverse, dès le lendemain...

Izzy tira les couvertures jusqu'à son menton, se replia en chien de fusil et sombra dans le sommeil.

Matt entra dans la maison sombre et silencieuse et respira profondément. Cela sentait... mais oui : une odeur de propre ! Surpris, il regarda autour de lui. Cette pièce l'était plus, en effet, qu'elle ne l'avait été depuis au moins un an. On l'avait nettoyée, rangée, et tout ce qui n'avait pu trouver de place était soigneusement empilé contre les murs. Plus aucune trace, bien sûr, des immondices laissées par l'intrusion des poules.

A la lueur incertaine des flammes, les vêtements féminins disposés sur les chaises semblaient de délicats fantômes, qui se moquaient de lui. Il s'avança et palpa la fine chemise. C'était aussi doux que les pétales d'une fleur et cela rappela à Matt des choses depuis longtemps oubliées.

Pensif, il se dirigea vers la cheminée, tira une enveloppe de sa poche, la froissa et la lança dans le feu. Ce fut très bref. En quelques secondes, tout fut consumé.

Il songea que c'était bien étrange. Il aurait dû ressentir quelque chose… mais non, rien. Pas de douleur, pas de sentiment de deuil. Plutôt comme une sorte de vide.

Il craqua une allumette et enflamma une lampe à pétrole. Puis il passa dans sa chambre, toujours pensif, son lumignon à la main.

Il eut un choc en découvrant Izzy allongée dans son lit, ses cheveux étalés sur l'oreiller. Cela venait ébranler encore ses nerfs décidément très sollicités, ce soir. Le drap et les couvertures avaient glissé, découvrant un cou crémeux, de ravissantes épaules et, sous le modeste décolleté de la chemise de nuit, la naissance d'une poitrine ferme et lourde.

Presque malgré lui, il avança d'un pas et leva la lampe. Ce fut alors qu'elle se réveilla et poussa un cri terrifié.

— Que… Qu'est-ce que vous faites ici ?

Le drap glissa plus bas encore, exposant un spectacle qui fit venir la sueur au front du pauvre Matthew.

— Excusez-moi. Je ne voulais pas… Je suis venu…

Il s'interrompit, déglutit avec peine.

— Etant donné que mes enfants ont besoin d'une mère et que, enfin, une femme serait… bien utile ici, je suis prêt à … vous offrir une alternative. Un choix.

— Un choix ?

Elle était tout à fait réveillée, à présent, quoique se sentant encore assez confuse.

— Je ne comprends pas. Allez-vous m'emmener en ville, à… Sutton's Station, demain matin ?

— Oui, bien sûr.

Il s'y prenait mal et le sentait. Mais il irait jusqu'au bout, maintenant qu'il avait commencé.

— La suite dépend de vous. Vous pouvez prendre l'argent que j'ai et… voir où cela vous mènera, ou bien…

Il se força à continuer, avant de perdre pied tout à fait.

— … ou bien nous pouvons trouver un prêtre et nous marier, comme cela vous pourrez vivre ici, en tant que mon épouse.

— Votre… ?

Elle ne parvenait pas même à articuler le mot. Sans doute, elle rêvait. Elle devait dormir encore.

Mais non, pourtant. C'était bien la vérité. Matthew Prescott se tenait bien là, devant elle. Il lui laissait le choix : soit elle retournait à la vie qu'elle avait toujours connue, soit elle risquait le tout pour le tout et venait vivre auprès de cet homme abrupt et autoritaire.

— Je ne veux pas vous brusquer, dit-il en baissant soudainement sa lampe et en tournant les talons.

Il fallait qu'il quitte cette chambre, tant qu'il lui restait un peu de bon sens. La vue de ces courbes féminines faisait battre son cœur et affluer le sang à ses tempes.

— Dormez. Vous me direz demain ce que vous souhaitez faire.

Sur le seuil, il se tourna vers elle.

— Si vous ne voulez pas rester, je le comprendrai.

— Matthew…

— Bonne nuit !

Il referma la porte et Izzy entendit le bruit de ses pas décroître vers la grange. Alors seulement, elle lâcha le manche de son poignard et resta allongée dans le noir, à réfléchir. Qu'est-ce qui avait bien pu décider Matthew à changer aussi rapidement d'avis ? Etaient-ce les circonstances, comme il le disait, ou bien autre chose ? Quelque chose dont elle serait en droit de s'offusquer ?

Elle remonta les couvertures sur son cou, heureuse d'avoir tout de même pu dormir un peu.

Car elle savait déjà que ce serait tout le sommeil qu'elle pourrait trouver cette nuit.

3

Le ciel était encore constellé d'étoiles, mais Izzy ne voyait aucune raison de rester au lit. Elle s'était remémoré tous les moments de son arrivée dans cet étrange endroit, tous les mots peu aimables et les remarques acerbes proférées contre elle par Matthew Prescott. Qu'aurait-elle donc à gagner à l'épouser ? Pour ce qu'elle en savait, les hommes ne s'amendaient guère avec l'âge. Ils s'aigrissaient plutôt. Pouvait-elle raisonnablement se lancer dans une vie commune avec un tel rustre ?

Toutefois, la question des enfants l'embarrassait. Il n'était que trop évident qu'ils avaient besoin d'une mère. Aaron l'avait bien dit, et ce n'était que trop vrai : ils vivaient comme des porcs dans une bauge.

Du reste, avait-elle vraiment le choix ? Soit elle épousait Matthew Prescott, soit elle retournait à sa vie passée. Et cela, jamais ! La mort eût été préférable. Elle espérait seulement que ce ne serait pas, en fin de compte, la seule issue possible à son dilemme…

Elle se drapa dans le couvre-lit et passa dans la pièce principale pour y prendre ses vêtements.

Un feu ronflait dans la cheminée et Matthew, attablé, sirotait son café.

— Je… je croyais que vous dormiez encore, bredouilla-t-elle, figée sur le seuil.

— La journée sera longue. J'ai préféré la commencer de bonne heure.

Il était inutile de lui avouer qu'il s'était retourné toute la nuit, sans pouvoir trouver le sommeil.

— Moi aussi.

Elle fit le tour de la table pour rassembler ses vêtements. Quand elle prit sa chemise, elle sentit qu'il la regardait et elle s'empourpra.

— On dirait que vous boitez un peu, mademoiselle McCree. Vous êtes-vous fait mal ?

— Non… enfin, oui. Je me suis foulé un orteil. Rien de grave.

— Oh ! je suis désolé.

Il repoussa sa chaise. En deux pas, il fut auprès d'elle, la main sur son bras, l'air de regretter sincèrement une faute qu'il aurait commise.

— Je n'ai pas pensé que vous auriez besoin d'une lampe, pour circuler dans la maison. Je vais vous en donner une.

— Ce n'est pas nécessaire.

Izzy ne pouvait pas bouger, comme si ses jambes avaient été coulées dans du plomb. Sentir cette main d'homme sur elle lui procurait une incompréhensible bouffée de chaleur.

— J'ai tellement l'habitude de cette vieille cabane que j'oublie qu'elle est pleine d'embûches, pour qui n'en connaît pas tous les recoins. J'aurais vraiment dû vous donner une lampe.

Une bonne et fraîche odeur de savon émanait d'elle. Même ses cheveux fleuraient bon, telle une prairie après une pluie d'été.

— Ce n'est rien, vraiment.

Elle déglutit avec difficulté, en maudissant ce frisson nerveux qui la parcourait toute. Il était bien trop près. Elle devait s'écarter de lui, tout de suite.

— J'ai toujours été très maladroite.

— J'ai peine à le croire, mademoiselle McCree.

Il retira sa main, mais la chaleur restait là.

— Je vais…

Elle pivota sur ses talons.

— … je vais m'habiller, à présent.

Elle s'enfuit comme si elle avait eu le diable à ses trousses et referma, haletante, la porte sur elle. Qu'est-ce qui lui avait pris, grands dieux, de sortir pieds nus de la chambre ? Le trouver déjà debout était bien la dernière chose à laquelle elle s'attendait.

Prenant une profonde inspiration, elle alla déposer ses vêtements sur le lit. Elle laissa choir le couvre-lit de ses épaules et s'habilla rapidement. Puis, elle lissa soigneusement sa robe et brossa sa chevelure avant d'enfiler et de lacer ses bottines neuves. Enfin, elle prit quelques instants pour faire le lit et ranger un peu la chambre. Cela fait, elle s'avança, sans précipitation, vers la porte.

Matt l'attendait, toujours assis à sa table. Les enfants avaient quitté leur soupente et s'affairaient bruyamment à préparer le petit déjeuner. Aaron, un brin de paille encore dans ses cheveux, revenait de l'étable, un seau de lait tout frais tiré à la main. S'engouffrant à sa suite, les chiens menèrent une joyeuse sarabande autour de la table.

— Il y a du café sur le feu, si vous voulez, dit Matt en levant sa tasse.

— Merci. Voulez-vous que j'aide à préparer le petit déjeuner ?

— Pas la peine. Les enfants s'en chargent.

C'était précisément ce qu'elle redoutait. Déjà, Aaron coupait des tranches du bœuf sanguinolent de la veille, tandis que Clement faisait griller le reste du pain sur le feu.

— Je peux faire cuire des œufs, proposa encore Izzy.

— C'est le travail de Del.

Aaron essuya son couteau sur son pantalon et déposa le plat de bœuf sur la table.

La fillette revint justement à cet instant, avec un panier d'œufs.

— Combien il y en a ? demanda son frère.

— Je n'en ai trouvé que sept qui n'étaient pas cassés, répondit Del, l'air déçu.

Matt sourit.

— Ça arrive. On s'en contentera.

Del cassa les œufs dans une poêle et les brouilla vaguement au-dessus des braises du foyer. Quelques minutes plus tard, elle posait sur la table une masse informe cuite à feu trop vif. Sans façon, chacun y planta sa cuiller.

— Passez le plat à mademoiselle McCree, ordonna le rancher.

— Non, merci…

Izzy passa le plat à Benjamin et mordit dans un morceau de pain, préalablement trempé dans son café pour l'attendrir.

— C'est tout ce que vous prenez ? fit Matt.

Sans en avoir l'air, il la regardait à la dérobée. Elle paraissait plus pâle et plus délicate encore que la veille. Plus maigre, aussi.

— Je n'ai pas vraiment faim.

Elle se demandait comment on pouvait avoir le cœur d'ingurgiter une telle mixture.

— J'en prendrais volontiers un peu, dit Matt, et il fit glisser les œufs dans son assiette.

Izzy regarda la famille avaler l'improbable brouillade entre de grandes rasades de lait. Quand un morceau se révélait par trop immangeable, ils s'en saisissaient à l'aide de leurs doigts et le jetaient sous la table, où l'un ou l'autre des chiens le happait prestement.

— Vous êtes bien silencieuse, ce matin, mademoiselle McCree, remarqua Aaron qui s'était arrêté de manger pour la regarder.

— Ah ? euh… oui, oui, sans doute.

— Parce que tu t'en vas ? s'enquit Del.

— Non, parce qu'aujourd'hui… est un jour spécial.

— En quoi ? demanda Matt.

Elle se tourna vers lui et sentit ses joues la brûler comme elle se forçait à le regarder dans les yeux.

— Aujourd'hui est le jour de notre mariage, Matthew, si vous n'avez pas changé d'avis.

Voilà, elle l'avait dit. Sans trembler, ou presque.

Les yeux écarquillés, les enfants les regardaient, l'un après l'autre. Aaron brisa leur silence éberlué.

— C'est vrai, mademoiselle McCree ? Vous allez épouser papa ?

— S'il le veut bien.

Matt sentit se bloquer dans sa gorge la bouchée de pain qu'il était en train d'avaler. Il dut boire une gorgée de café pour la faire passer. Il regarda ses quatre enfants, puis celle qui le dévisageait avec attention, guettant ses réactions.

— Je crois que je vous ai dit, cette nuit, tout ce que j'avais à dire, mademoiselle McCree. C'est donc votre réponse ?

— Oui.

Il la considéra longuement, sans expression particulière, comme s'il cherchait à lire, dans ses yeux, la confirmation de ses paroles. Puis il se leva de table, d'un mouvement brusque.

— Je vais atteler, dit-il par-dessus son épaule.

— Et les enfants ? demanda-t-elle.

Il se retourna.

— Je crois que ce serait bien s'ils pouvaient venir avec nous.

Il pouvait lire, dans l'œil des petits, leur prière muette. Il préféra l'ignorer.

— Ils ont beaucoup à faire, ici.

— Si nous nous mettons tous aux tâches les plus

urgentes, ne pourrions-nous pas remettre les autres à notre retour ? plaida Izzy.

— Je ferai le double de travail demain, papa, promit Aaron.

— Moi aussi ! renchérit Benjamin.

Matt aurait voulu refuser. Il grommela pourtant :

— Départ dans une heure. Mais il faudra mettre les bouchées doubles en rentrant.

Il s'éloigna sans se retourner et ne vit pas la joie qui brillait dans les yeux des enfants. Izzy, elle, n'en perdit pas une miette, et cela lui fit chaud au cœur. Peut-être après tout y aurait-il quelques satisfactions, dans cette vie qui s'ouvrait devant elle. Et d'abord celle de rendre heureux ces enfants-là.

Etait-ce seulement pour leur faire plaisir qu'elle avait proposé de les emmener ? Izzy aurait aimé s'en persuader, mais la vérité était qu'elle ne voulait pas rester seule avec son futur mari.

Ils étaient en route depuis plusieurs heures. Quand ils avaient quitté le ranch, l'air était froid et piquant ; mais alors qu'ils descendaient vers la plaine et que le soleil brillait, haut dans le ciel, il devenait plus doux, quoique toujours aussi pur, et si vif que vous en aviez presque mal, quand vous l'inhaliez.

Izzy était serrée sur le siège du chariot entre Matt et Aaron. A l'arrière, dans la caisse, Clement, Benjamin et Del plaisantaient et riaient, ravis d'échapper à leur train-train quotidien pour une de leurs rares escapades vers la « civilisation ».

L'attelage, après avoir traversé une grande prairie

dont l'herbe ondulait sous la brise, tel un océan, aborda le gué d'un torrent en cahotant. Izzy se retint à son siège, mais pas tout à fait assez fermement. Comme les chevaux abordaient la rive d'en face, elle faillit tomber. Matt la retint d'une main ferme. Elle sentit cette même étrange chaleur l'envahir, comme la première fois où il l'avait touchée, et elle dut prendre sur elle pour ne pas s'écarter trop vivement.

— Attention !

— Oui, tout va bien.

Elle ouvrit un peu son châle et offrit son visage au soleil.

— Pourquoi donc, demanda-t-elle, avoir établi votre ranch si haut dans la montagne, alors que la température semble bien plus agréable par ici ?

— Regardez autour de vous...

Il montra plusieurs maisons et bâtiments à l'horizon.

— La plupart des gens sont de votre avis. Ils veulent s'installer là où c'est facile. Là où il y a du monde. Bientôt, il faut édicter des lois, définir les règles de voisinage. On ne peut plus bouger sans être sur les terres de quelqu'un, respirer son air, s'occuper de ses affaires, prendre parti pour ou contre lui...

— L'air semble bien pur, ici, en tout cas.

— Laissez-leur le temps, mademoiselle McCree, et les hommes trouveront bien le moyen de l'empoisonner.

Elle lança au rancher un rapide regard de côté.

— Vous n'aimez pas beaucoup les gens, on dirait ?

Il haussa les épaules.

— Je les prends pour ce qu'ils sont. Ils ne me dérangent pas tant qu'ils ne cherchent pas à me nuire, à moi ou aux miens.

Il fit claquer ses guides et les chevaux pressèrent le pas. Une fois franchie une nouvelle prairie, ils découvrirent une petite bourgade, nichée au fond de la vallée.

— Voici Sutton's Station. Le vieux Web Sutton a été le premier à s'établir ici. Il y est toujours. Il dirige l'épicerie, la pension de famille et le relais de diligences.

Comme ils pénétraient en ville, un peu plus tard, Izzy aperçut une petite église au modeste clocher de planches. Mais c'est devant le magasin d'alimentation générale que le rancher arrêta son attelage.

— Ne… ne devrions-nous pas aller chercher le prêtre, d'abord ? s'étonna Izzy.

— Si, répondit Matt, mais en semaine, nous avons plus de chances de le trouver au saloon.

Il sauta à terre et, laissant Izzy et les enfants dans le chariot, se dirigea à grands pas vers le débit de boissons.

Quand il y fut entré, sa future épouse leva les yeux vers la façade de l'établissement. A la fenêtre de l'étage apparut alors une femme qui n'était vêtue que de son corset et d'un pantalon de dessous en dentelle. Elle la regarda à son tour sans daigner se dissimuler, puis, soudain, ferma les rideaux.

Izzy se demanda avec gêne si les enfants avaient remarqué quelque chose. Mais ils n'avaient d'yeux que pour un groupe de gamins de leur âge qui avaient interrompu leurs jeux afin d'observer les nouveaux venus.

— Vous venez faire des courses ? fit un petit garçon.

Aaron, Clement et Benjamin, non sans morgue, gardèrent le silence. Ce fut leur petite sœur qui se chargea de répondre au curieux.

— Nan, notre papa se marie aujourd'hui.

— Pourquoi ? demanda une petite fille.

— Pour qu'on ait une maman.

Del se leva dans la caisse du chariot pour mettre fièrement la main sur l'épaule d'Izzy.

— C'est mam'zelle McCree. Elle va être notre maman.

— Pourquoi elle voudrait s'occuper de cette vilaine portée de chiots ? ricana méchamment un gamin plus âgé.

Ses copains éclatèrent de rire.

— C'est pas des chiots, c'est mes frères, protesta Del avec véhémence. Et moi, je suis leur petite sœur !

Tout le groupe se mit à rire et à la montrer du doigt.

— Une fille ? Menteur, t'es pas une fille !

— Si !

— Ben si t'en es une, t'es la plus moche que j'aie jamais vue ! répliqua le grand garçon en lançant un regard entendu à ses camarades.

En un éclair, Aaron bondit à terre et agrippa le gamin par le devant de sa chemise, le soulevant littéralement du sol.

— Retire ça tout de suite, ou tu pourrais bien ne plus rien dire du tout.

— Non !

Aaron le fit se retourner et plaqua son avant-bras sur la gorge du jeune voyou. Sans un mot, il se mit à serrer.

— Arrête, Aaron ! s'écria Izzy.

L'adolescent fit la sourde oreille et serra de plus belle.

Comme les autres gamins s'approchaient d'un air menaçant, Benjamin et Clement sautèrent du chariot à leur tour pour s'interposer et laisser le gamin se défendre seul contre leur frère.

— Je… je le retire, finit-il par articuler d'une voix étranglée.

— Dis que tu t'excuses.

Les yeux d'Aaron étaient fixés sur ceux de sa sœur, qui étaient pleins de larmes.

— Je m'excuse.

L'adolescent desserra sa prise et envoya d'une bourrade le mauvais plaisant rouler dans la poussière.

— Ne parle plus jamais à ma petite sœur comme ça, ou tu auras affaire à moi. C'est compris ?

Le gamin opina, trop effrayé pour parler. Lorsque Aaron et ses frères remontèrent dans le chariot, il se remit sur ses jambes et fila vers ses copains comme s'il avait le diable à ses trousses.

La scène n'avait duré que quelques secondes et Izzy comprit que le fossé venait de se creuser encore entre les enfants de Matthew Prescott et ceux de Sutton's Station. La colère brillait dans les yeux de Benjamin,

Clement et Del ; quant à Aaron, il semblait tout à coup aussi farouche, aussi intraitable que son père.

— Voulez-vous que j'aille leur parler ? proposa-t-elle. Peut-être que si je le fais, ils voudront bien jouer avec vous ?

— Non, mademoiselle, répondit Benjamin. On n'est pas les bienvenus ici. Ils disent qu'on est que de la racaille.

— Mais pourquoi ?

— Parce que notre maman…

Aaron lui lança un regard qui le fit s'arrêter net. Il haussa les épaules et murmura :

— Oh ! juste comme ça.

A distance, les gamins lançaient des insultes et des lazzis contre ces « étrangers » de passage dans leur ville.

Certaines choses, songea Izzy avec tristesse, ne changeraient décidément jamais…

Elle regarda la petite Del, dont les larmes avaient laissé des traînées claires sur sa petite frimousse mal lavée.

— Il ne faut pas pleurer, lui dit-elle doucement. Ils ne pensent pas vraiment ce qu'ils disent. Les gens ont peur de ceux qu'ils ne connaissent pas, et ils le cachent en disant des mots qui blessent.

Elle essuya les yeux de la petite avec son mouchoir.

— Tu sais, tu as beaucoup de chance d'avoir des grands frères pour te défendre.

— Toi aussi, tu en as des frères qui te protègent, mam'zelle McCree ? demanda Del en reniflant.

— Non et je t'assure que parfois, j'aurais bien aimé en avoir.

Aaron tira la jeune femme par la manche.

— Vous... vous ne direz pas à papa ce que j'ai fait, n'est-ce pas ? murmura-t-il, penaud.

— Mais pourquoi, Aaron ? Je pense que ton père serait fier de ce que tu as fait pour Del.

— Non, mademoiselle. Papa ne veut pas qu'on se batte.

Izzy songea à la guerre entre le Nord et le Sud qui avait déchiré l'Amérique quinze ans plus tôt et fauché des milliers de jeunes gens. Matt Prescott avait-il refusé d'y participer ? Avait-il déserté, comme tant de ceux qui avaient été confrontés à cette horreur ?

Elle secoua la tête.

— Très bien, Aaron. Je ne vois pas de raison de le lui raconter.

Le garçon eut un petit soupir de soulagement.

— Merci, mademoiselle.

Derrière la porte ouverte du magasin, un vieil homme, les mains passées sous la ceinture d'un tablier malpropre, la regardait avec intérêt. Izzy sentit un petit filet de sueur couler entre ses omoplates et le long de son dos. Que faisait donc Matthew ?

Elle entendit s'élever des voix. Celle d'une femme, puis d'un homme. En colère, tous les deux. Elle se tourna pour voir les portes battantes du saloon s'ouvrir sur un moustachu qui finissait de s'habiller. Sur le seuil, en peignoir, se tenait la femme qu'elle avait aperçue à la fenêtre de l'étage. L'homme rabattit en hâte son pan de chemise dans sa ceinture, puis remonta ses bretelles. Matt l'aida à enfiler sa jaquette et lui tendit son chapeau. Enfin, les deux hommes sortirent sur le trottoir de bois, sous le regard peu amène de la femme en peignoir.

Comme ils s'approchaient, l'homme trébucha. Il se serait étalé de tout son long si Matt ne l'avait pas retenu. Le rancher le soutint fermement sous l'aisselle et héla son fils.

— Aaron, aide mademoiselle McCree à descendre de voiture, s'il te plaît.

Comme elle s'exécutait, l'homme la salua courtoisement en soulevant son chapeau, quoique d'un geste un peu imprécis.

— Mademoiselle McCree, lui dit-il, je crois comprendre que vous désirez épouser cet excellent gentleman que voici ? C'est un honneur que de devoir procéder à cette… cérémonie. Je suis le révérend Jonathan Carstairs. A votre service.

Malgré elle, Izzy dut reculer d'un pas, tant l'haleine du bon pasteur était chargée d'alcool. Le révérend Carstairs était soûl comme une grive.

— Je… je crois que…

— Et vous avez raison, la coupa Matt en l'entraînant. Venez, les enfants.

Tenant d'une main le bras d'Izzy, de l'autre, il soutenait l'étrange pasteur.

— Mademoiselle McCree, expliqua-t-il à ce dernier, pense que nous devrions faire vite.

— C't aussi mon sentiment, fit Carstairs avant de tousser et de cracher dans la poussière. La soirée va être longue et j'ai beaucoup de…

Il regarda Izzy et les enfants avant d'achever, penaud :

— … de prières à dire.

Il monta en flageolant les marches qui menaient à l'église et en poussa la porte. Ils s'engouffrèrent tous dans la sacristie, où le révérend, après avoir retourné plusieurs tiroirs, finit par dénicher une bible à la reliure bien fatiguée. Puis une pensée lui traversa l'esprit et son front se plissa.

— Il faut un témoin.

— Est-ce que les enfants… ? hasarda la future épousée.

Le pasteur examina Aaron.

— Quel âge as-tu, mon garçon ?

— Presque quinze ans, révérend.

— Ça ne marchera pas. Il faut un adulte.

— Je reviens tout de suite, annonça Matt en se précipitant hors de la sacristie.

Il revint quelques instants plus tard accompagné du vieil homme qu'Izzy avait aperçu à la porte du magasin d'alimentation générale.

— Mademoiselle McCree, lui dit-il, je vous présente Webster Sutton, le fondateur de la ville. Web, voici Isabella McCree, ma… fiancée.

A présent, Izzy savait pourquoi le vieil homme avait l'air de garder sa main sous la ceinture de son tablier : il avait perdu son bras gauche et sa manche de chemise, vide, y était accrochée.

Webster lui offrit sa main valide en l'examinant des pieds à la tête et grommela :

— Enchanté, m'ame…

Puis il se tourna vers le rancher.

— Matt, comme je te l'ai dit, je n'ai pas beaucoup de temps. Gertrude est malade et je suis tout seul au magasin. Ça va les petits ? Aaron, Benjamin, Clement, Del…

Avant que les enfants eussent pu répondre, le pasteur marmonna :

— Nous perdons du temps. Commençons.

On passa dans le chœur. Le révérend Carstairs s'appuya lourdement au lutrin sur lequel il posait sa bible. Sans ce support, il se serait assurément étalé de tout son long.

— Venez-vous ici librement, de votre propre volonté ?

Le ton était solennel, à défaut que la voix fût claire. Les futurs époux acquiescèrent en évitant de se regarder.

— Matt… euh… quel est votre nom complet, déjà, mon cher ?

— Matthew Jamison Prescott.

— Matthew Jamison Prescott, voulez-vous prendre cette femme pour épouse, pour le meilleur et pour le pire, dans la richesse ou la pauvreté, la santé ou la maladie et n'en avoir nulle autre, jusqu'à ce que la mort vous sépare ?

— Oui, je le veux.

La voix de Matt était étrangement rauque.

— Et vous, Isabella McCree, voulez-vous prendre cet homme pour époux, pour le meilleur et pour le pire, dans la richesse ou la pauvreté, la santé ou la maladie et n'en avoir nul autre, jusqu'à ce que la sort vous mépare… euh… la mort vous sépare ?

Izzy mordit sa lèvre inférieure.

— Oui, je le veux.

La pasteur regarda Matt et lui souffla :

— Avez-vous pensé à l'alliance ?

Izzy se sentit rougir de confusion ; mais, à sa grande surprise, son époux sortit de sa poche un anneau d'or.

— Vous pouvez la lui passer au doigt.

Matt s'exécuta.

— Maintenant, répétez après moi : par cet anneau, je t'épouse et je me donne à toi…

Cette fois, la voix de Matt fut encore plus grave, plus profonde ; on eût dit un grognement.

— Je vous déclare mari et femme. Vous pouvez embrasser la mariée.

Comme Matt se penchait vers elle, Izzy recula. La perspective de l'embrasser pour la première fois, devant des enfants aux yeux ronds, un pasteur plus qu'à moitié ivre et un épicier pressé lui mettait le feu aux joues.

Pour dissiper la gêne, le rancher serra la main de Webster Sutton et de Jonathan Carstairs, auquel il glissa un billet d'un dollar. S'étant vu remettre un certificat signé, il prit la main d'Izzy et l'entraîna au-dehors, ainsi que les enfants.

— Bien, dit-il en lâchant Izzy et en fourrant ses mains dans ses poches, il faut que je passe à l'épicerie. Avez-vous besoin de quelque chose ?

Elle secoua la tête et pressa le pas pour suivre ses grandes enjambées.

— Non, mais je viens avec vous.

— Nous ne pourrons pas rester longtemps.

Il s'effaça et lui tint la porte. Webster Sutton avait déjà rejoint son comptoir, et Matt lui tendit une liste de provisions, qu'il chargea ensuite dans le chariot avec l'aide de ses fils. Il y avait là des sacs de farine, de sucre, de café en grains, un carton de munitions et un autre de tabac. Matt rejoignit Izzy alors qu'elle examinait des sucres d'orge dans un bocal de verre.

— Vous en voulez ?

— Non, je... je pensais aux enfants, en fait.

— Vous voulez donc les gâter, ma parole ?

— Oh, non ! Bien sûr que non !

Izzy ravala sa déception et revint au chariot, où les enfants avaient déjà pris place.

Peu après, ayant pris congé de Webster Sutton, Matt se hissa sur le siège, fit claquer ses guides et l'attelage s'ébranla dans un nuage de poussière. Quelques minutes encore et Sutton's Station était déjà loin derrière eux.

Comme ils amorçaient la montée de la piste qui menait à leur ranch perdu dans la montagne, Matt mit la main à sa poche et, sans ostentation aucune, en tira une poignée de sucres d'orge.

Les yeux des enfants s'illuminèrent de surprise.

— Mademoiselle Mc...

Il s'interrompit et s'éclaircit la gorge.

— Je veux dire, Isabella a voulu que vous ayez quelque chose pour fêter notre mariage.

Il distribua les confiseries. Izzy était ravie. Elle voulait si fort effacer de la mémoire des enfants les insultes et les moqueries des gamins de Sutton's Station !

Pour un instant au moins, ils ne penseraient plus qu'à leur plaisir.

Et à voir leur air extasié, celui-ci était grand…

Matt lui tendit un sucre d'orge.

— J'ai pensé que cela vous ferait plaisir, à vous aussi.

— Merci !

Elle le porta à sa bouche.

— Oh, il est à la menthe poivrée… mon parfum préféré. Seriez-vous devin ?

Il prit un air satisfait.

— La couleur m'a plu, c'est tout.

— En avez-vous pris un pour vous ?

Il secoua la tête.

— Non, mais si cela ne vous ennuie pas, je vais allumer un cigare.

Il en tira un de sa poche et le fit rouler dans ses doigts pour évaluer le degré d'humidification de la cape et de la tripe de tabac. Il avait hésité à l'acheter, se demandant si ce genre de luxe était bien raisonnable ; mais le bonheur qu'il lisait dans les yeux de ses enfants et même dans ceux de sa jeune épouse valait bien cette petite récompense.

Il gratta une allumette et porta soigneusement l'extrémité du cigare à l'incandescence. Puis il inhala la fumée, qu'il rejeta vers le ciel en un nuage bleuté.

— Mam'zelle McCree, maintenant que tu es mariée à papa, comment on va t'appeler ? demanda alors la petite Del.

Izzy se retourna vers l'arrière du chariot.

— Pourquoi pas par mon prénom, Isabella ?

— Isabella…

Del répéta ce nom, sans pour autant se résoudre à retirer le sucre d'orge de sa bouche.

— On dirait… de la musique.

— Si tu ne l'aimes pas…

— Oh si, c'est joli ! se récria la fillette. C'est chic et ça va bien à une belle dame comme toi.

Comme l'attelage cheminait, Izzy réfléchissait à ce qu'elle venait de faire. N'était-ce pas mal, de prétendre être ce qu'elle n'était pas ? N'était-ce pas mentir ?

Elle lorgna le profil de l'homme qui se tenait auprès d'elle. S'il découvrait la vérité, pourrait-il faire annuler leur mariage pour tromperie et la renvoyer en Pennsylvanie ? Et les enfants ? Que penseraient-ils d'elle ?

Pour calmer les battements affolés de son cœur, elle se rappela qu'elle était à près de six mille kilomètres de quiconque savait la vérité sur son compte. Le passé était mort et enterré. Elle était désormais madame Matthew Jamison Prescott et sa vie serait ce qu'elle choisirait qu'elle soit.

4

— On devrait s'occuper du dîner, papa…

Aaron avait depuis longtemps terminé son sucre d'orge et léché ses doigts.

— J'étais justement en train d'y penser.

Matt éteignit soigneusement son cigare, pour pouvoir le terminer plus tard.

— On va s'arrêter au bord du torrent et voir ce qu'on peut trouver.

Il arrêta l'attelage dans une clairière et sauta à terre.

— Prends ton fusil, Aaron.

Puis, se souvenant soudain de la présence d'Izzy à son côté, il lui tendit galamment la main pour l'aider à descendre du chariot.

Quand leurs mains se frôlèrent, la jeune femme sentit un agréable frisson lui parcourir la colonne vertébrale. « Ce n'est pas à cause de lui, se dit-elle pour calmer les battements de son cœur. C'est seulement l'excitation de cette journée. »

Matt s'était-il aperçu de quelque chose ? Non, il montrait sa mine habituelle, assez sombre. Et son regard noir, qui semblait la transpercer.

— Si vous pouvez ramasser du bois pour le feu, avec les enfants… Dès qu'Aaron et moi, nous reviendrons de la chasse, nous ferons le souper.

— Ici ?

— Pourquoi pas ? Nous sommes en pleine nature. Cet endroit en vaut bien un autre.

— Oui, bien sûr…

Elle s'éloigna, désireuse de mettre un peu de distance entre eux.

Matt et Aaron s'enfoncèrent dans la forêt, tandis que les autres se mettaient à rassembler du bois mort. Avant peu, ils en eurent assez pour une bonne flambée.

— Dommage que Matthew ne nous ait pas laissé d'allumettes, dit Izzy en serrant son châle autour de ses épaules.

— Pas besoin, dit tranquillement Benjamin.

Il tira de sa poche un briquet rudimentaire, fait d'une pierre à fusil et d'un bout de métal. Par frottement au-dessus d'un peu d'herbe sèche, il produisit une étincelle, qui se communiqua à une brindille. En soufflant sur le point incandescent, il obtint un départ de feu, qu'il alimenta aussitôt.

— Oh, s'extasia Izzy en s'agenouillant près de lui et en présentant ses paumes à la flamme, comme tu es habile !

Le petit garçon rayonnait de fierté.

— C'est facile, quand on sait le faire…

Izzy regarda les trois enfants assis autour du feu.

— Moi, je n'ai jamais vécu dans la nature. J'ai beaucoup à apprendre.

— On te montrera, répondit gentiment Del.

Puis, soudain incertaine, elle regarda ses frères.

— On lui apprendra, hein ?

Clement acquiesça, un peu surpris de devoir enseigner à une adulte ce qui lui semblait être des évidences.

— Papa dit toujours que ceux à qui il arrive malheur dans la nature sont des idiots incapables de se servir de leur tête.

Izzy eut un rire joyeux.

— J'espère que j'apprendrai à me servir de la mienne avant qu'il ne soit trop tard !

Elle tourna la tête vers le chariot, un peu plus loin.

— Toutes ces provisions, dit-elle en soupirant, et pas moyen de les cuisiner. J'aimerais cuire du pain et faire du café, mais avec quoi ?

Benjamin sourit.

— Bien sûr, on n'a pas de bouilloire, mais il y a un petit chaudron. Il est juste sous le sac de farine. Et je crois que je peux vous trouver quelque chose pour cuire le pain.

Izzy alla voir et revint avec une poignée de grains et une marmite toute cabossée, qu'elle était allée remplir au bord du torrent. Bientôt, une bonne odeur de café se mit à flotter dans l'air.

Benjamin, qui était allé fureter aux alentours, revint avec une large pierre plate. Izzy le regarda sans comprendre et il expliqua :

— Ça marche aussi bien qu'une poêle, essayez…

La jeune femme mêla un peu d'eau et de sucre à de la farine. Elle étala la pâte obtenue sur la pierre et plaça celle-ci sur un lit de braises.

Un peu plus tard, Matt et Aaron surgirent des

profondeurs de la forêt. Ils portaient sur leurs épaules une perche prélevée sur un jeune sapin, à laquelle ils avaient attaché la carcasse d'un cerf-mulet. Le poids de l'animal, même vidé, aurait fait vaciller plus d'un homme robuste ; le père et le fils semblaient le porter sans effort.

— Vous allez le faire cuire… entier ? demanda Izzy, qui se souvenait avec dégoût du quartier de viande presque crue servi la veille.

Matt secoua la tête.

— Non, nous allons le rapporter au ranch. Nous en prélèverons juste ce qu'il faut pour notre souper.

Aaron et lui reprirent leur couteau de chasse pour dépouiller et dépecer l'animal, vidé sur le lieu même où ils l'avaient abattu. Del et Izzy débitèrent le filet en petits morceaux, qu'elles embrochèrent sur des baguettes de bois vert. Quelques braises entre quatre pierres, sur lesquelles les brochettes furent posées, et le tour était joué. Ils se pressèrent tous autour du feu.

— Benjamin, dit Matt surpris après avoir mordu dans un morceau tout chaud, c'est le meilleur pain que tu aies jamais cuit.

— C'est pas moi, p'pa. C'est Isabella.

Le rancher se tourna vers sa nouvelle épouse.

— Qu'avez-vous fait pour qu'il soit aussi bon ?

Elle se sentit rougir des orteils jusqu'à la racine des cheveux, sous son regard appréciateur.

— Rien de spécial. De la farine, un peu de sucre, de l'eau… Un peu de lard aurait été bienvenu… Mais c'est Benjamin qui m'a montré comment faire cuire la pâte sur une pierre. Sans lui, pas de pain.

— C'est très bien, fils, fit Matt, pour la plus grande fierté du petit garçon.

Il en reprit un morceau avant de faire circuler la miche et le mangea lentement, savourant chaque bouchée.

— Del, reprit-il en s'appuyant sur un coude, il faudra bien regarder comment Isabella s'y prend.

— Pourquoi, papa ? demanda la fillette.

— Eh bien, comme cela, tu sauras faire quand elle ne…

Il se tut brusquement et but une gorgée d'eau dans son quart métallique, afin de dissimuler son embarras. Mais il vit Izzy le regarder au-dessus du feu et sut qu'elle avait compris.

« Quand elle ne sera plus là… » Ainsi, il s'attendait à la voir partir… Sans doute avait-il perçu sa réticence et tirait-il ses conclusions. Mais pourquoi, alors, l'avait-il épousée ? Elle baissa les yeux. Bien sûr, il devait se dire qu'il fallait être sotte, ou désespérée, ou les deux, pour accepter d'entrer dans une famille déjà composée et aller vivre dans une cahute, au milieu de nulle part.

Pour briser le silence gêné qui s'était abattu sur le feu de camp, elle interpella les enfants.

— Si vous me parliez un peu de vous ? Aaron, par exemple. Je t'ai entendu dire au pasteur que tu avais quinze ans, c'est vrai ?

— Oui… enfin, corrigea l'adolescent sous le regard moqueur de ses frères et de sa sœur, je les aurai dans deux mois.

Izzy ne cacha pas son étonnement.

— Tu parais beaucoup plus âgé !

— Papa dit toujours qu'on ne peut pas se permettre de rester longtemps un bébé, dans ces montagnes.

— Je suppose que c'est vrai. Et toi, Benjamin, quel âge as-tu ?

— Treize ans. Clement en a dix et Del, huit.

Izzy se tourna vers la fillette.

— Del, c'est pour Delphine, n'est-ce pas ?

La petite jeta un regard prudent à son père avant d'acquiescer d'un air contrit.

— Tu n'aimes pas ce prénom ?

L'enfant secoua la tête.

— Il est pourtant très joli… Cela vient des dauphins, de très beaux animaux marins, très joueurs, qui suivent les bateaux en faisant des bonds dans la mer.

La curiosité de Del fut éveillée.

— Des animaux ? A quoi ils ressemblent ?

— A des gros poissons. Mais ce n'en sont pas. Ils respirent comme nous, hors de l'eau. Les anciens pensaient qu'ils étaient frères des hommes. Ils ont créé le prénom Delphine pour leur rendre hommage.

La fillette se rengorgea.

— C'est pas mal, alors ! Mais de toute façon, on m'appelle toujours Del… ou bien P'tit bout.

Sur ces mots, elle enveloppa d'un regard d'adoration son frère aîné.

— Petit bout ?

Izzy regarda Aaron, lequel ébouriffa les cheveux de sa petite sœur.

— C'est juste un petit nom que je lui donne, expliqua-t-il. Je l'ai toujours appelée comme ça. Et vous, Isabella, quel âge avez-vous ?

La jeune femme tiqua. Elle préférait ne pas parler d'elle.

— J'ai vingt-trois ans.

— Pourquoi vous avez attendu, pour vous marier ? demanda Benjamin.

Elle sentit un début de panique l'envahir.

— Je crois... que je n'ai jamais rencontré l'homme qu'il fallait.

— Jusqu'à papa, intervint ingénument Del.

— Oui... jusqu'à maintenant.

La fillette, qui pensait toujours à l'explication gratifiante qu'elle venait de recevoir sur son prénom, demanda encore :

— Tu as d'autres noms qu'Isabella ?

La jeune femme songea à toutes les humiliations subies, sa vie durant. Les noms qu'on lui avait lancés au visage, si cruels qu'elle en souffrait encore.

— Non.

Elle se pencha pour se verser du café.

— Non, seulement Isabella.

Matt lorgna la jeune femme. Qu'est-ce qui avait pu causer son brusque changement d'humeur ? Une seconde auparavant, elle était détendue et animée, et voilà qu'elle paraissait nerveuse et comme blessée.

Il la regarda pensivement remplir son quart émaillé de café, puis replacer le chaudron sur les braises. Il remarqua que ses ongles étaient courts, comme si elle travaillait souvent de ses mains ; et que, bien que sa robe fût très propre, les manchettes et l'ourlet en étaient élimés, usés presque jusqu'à la trame.

Elle était arrivée pour entamer une nouvelle vie avec

rien d'autre que les vêtements qu'elle avait sur elle. Où étaient donc tous les objets qu'une jeune femme accumulait depuis l'enfance ou dont elle avait hérité ? Robes, vaisselle, souvenirs de toutes sortes ? Lorsqu'il avait, lui-même, traversé le continent pour s'installer dans l'Ouest avec sa famille, Grace, sa femme, avait tenu à emporter tous ses trésors…

Assombri par le tour que prenaient ses pensées, il se leva.

— Il est temps d'y aller.

Aaron se mit sur ses pieds à son tour et aida son père à charger la carcasse du cerf-mulet dans le chariot. Les autres, sans attendre d'en recevoir l'ordre, se mirent à ramasser tout ce qui se trouvait autour du feu, dont ils dispersèrent les brandons. En quelques minutes, les lieux étaient à peu près dans l'état où la famille les avait trouvés.

Les enfants montèrent dans la caisse du chariot et s'installèrent confortablement contre les sacs de provisions. Matt grimpa sur le siège du cocher et tendit la main à Izzy. Quand elle l'eut rejoint, il claqua légèrement les guides et l'attelage s'ébranla.

A mesure qu'ils s'élevaient dans la montagne, l'air devenait plus pur et plus vif. Izzy resserra frileusement son châle autour de ses épaules et contempla le cercle d'or de la lune, ainsi que les étoiles qui s'allumaient.

— Vous avez froid ? s'enquit Matt.

Elle secoua la tête.

— Il y a des couvertures dans la caisse, si vous voulez.

— Laissons-les aux enfants. Ils ne vont pas tarder à s'endormir.

Matt acquiesça.

— Cela a été une journée bien remplie, pour eux… pour vous aussi, d'ailleurs.

Comme elle gardait le silence, il ajouta :

— Je suis désolé, pour le pasteur.

— Ce n'est pas votre faute, s'il était ivre.

— Non, sans doute. Il faut dire que nous l'avons dérangé à un très mauvais moment…

— N'était-ce pas plutôt… un agréable moment ?

Matt haussa les épaules.

— Je veux dire qu'à ce que je sais, il reste sobre le dimanche, du moins jusqu'à la fin de l'office. Là, j'ai bien cru qu'il allait s'écrouler avant celle de la cérémonie…

Le ton moqueur et complice de sa remarque, et sa voix chaude, firent sourire Izzy.

— C'est ce qui serait arrivé, sans son lutrin, renchérit-elle. Un vrai pilier de l'église !

Matt sourit.

— Avez-vous remarqué qu'il avait mis son pantalon à l'envers ?

— Non ? C'est vrai ?

Elle porta la main à sa bouche, mais ne put retenir le fou rire qui la secouait.

— Voilà pourquoi il tirait toujours sur ses bretelles… Il devait être en train de s'habiller quand vous l'avez trouvé.

— En fait, je l'ai déniché dans une chambre au-dessus

du saloon en compagnie de Lil… une… euh… une employée du saloon. Je les ai… interrompus…

Il se mit à rire, lui aussi.

— Je ne sais pas lequel des deux était le plus furieux de mon intrusion. Mais j'ai promis au pasteur un billet d'un dollar s'il était prêt, et dans la rue, avant que j'ai pu compter jusqu'à dix. Ça lui a donné des ailes, mais je parierais que ce dollar est à présent plié dans le décolleté de Lil…

Izzy aurait dû être choquée ; mais elle n'arrivait pas à se formaliser, tant la gaieté et le rire de Matt étaient contagieux. Tandis que le chariot suivait la piste qui montait, toujours plus haut, vers les vallées d'altitude, ils continuèrent à se moquer du pasteur et de ses façons bien peu ecclésiastiques — jusqu'à ce que retentisse un cri qui glaça le sang de la jeune femme.

— Qu'est-ce c'est ?

— Ce n'est qu'un loup qui appelle sa femelle.

— Un… un loup ? Je ne savais pas qu'il y en avait dans ces montagnes…

— Beaucoup.

— Est-ce qu'ils attaquent ?

— Quand ils ont très faim, ou qu'on les accule. Mais ne vous inquiétez pas, c'est surtout pour le bétail qu'ils sont une menace. Ils n'attaquent l'homme qu'en tout dernier recours.

Elle porta une main tremblante à sa gorge.

— C'est… c'est rassurant.

Quand la silhouette des bâtiments du ranch se profila dans l'obscurité, Izzy se tourna vers les enfants.

— Ils dorment, chuchota-t-elle.

— Ils seront contents de retrouver leur lit, dit Matt en souriant. Et nous aussi, d'ailleurs.

Nous…

L'humeur légère et insouciante qui avait gagné Izzy s'évanouit d'un coup. Bien sûr, elle savait qu'il comptait dormir dans son lit cette nuit. Avec elle. Mais jusque-là, elle n'avait pas voulu y penser. Mon Dieu, qu'allait-elle faire ?

— Vous voyez que vous avez froid.

— Non, c'est juste que…

Sans écouter ses protestations, il retira sa veste de cuir fourrée et la lui posa sur les épaules, ce qui eut pour effet de la faire frissonner de plus belle. L'odeur musquée de Matt imprégnait le vêtement.

Comme ils approchaient de la maison, un concert d'aboiements salua leur arrivée et les enfants se redressèrent en se frottant les yeux. Bien avant l'arrêt de l'attelage, les chiens envahirent la caisse du chariot en sautant par-dessus les ridelles, remuant la queue à qui mieux mieux et léchant toute frimousse passant à leur portée.

— Allez, tout le monde au lit ! décréta Matt. Sauf Aaron, qui va m'aider à porter cette carcasse dans la grange et à finir de la découper.

Bien que l'adolescent eût été profondément endormi quelques minutes auparavant, il aida Izzy à mettre pied à terre et vint prendre sa place auprès de son père.

Izzy les regarda mener le chariot vers la grange, dont les hautes portes permettaient qu'on l'y rentre sans problème. Quand il s'y engouffra, elle suivit les autres dans la maison.

Benjamin, quoiqu'à moitié endormi, fit repartir le feu. Clement gratta une allumette et réveilla la lampe à pétrole. Del dormait debout. Ils ne tardèrent pas à gagner leur soupente.

— Bonne nuit, Isabella, lancèrent-ils en chœur.

— Bonne nuit !

Izzie, frissonnante, alla se camper devant le feu. Ce n'était pas la fraîcheur nocturne qui la faisait frémir ainsi, elle le savait. C'était l'appréhension.

Bien sûr, elle aurait dû le prévoir, en répondant à cette lettre, puis en prenant le train pour traverser tout le continent. Elle n'était plus une enfant et savait ce qu'un homme était en droit d'attendre du mariage. Elle ne doutait pas, en fait, de pouvoir… répondre à cette attente. C'était seulement qu'elle n'en avait nulle envie. Cette perspective lui faisait peur. La terrifiait, même. La rendait malade. Mais elle y survivrait, comme elle avait survécu à bien d'autres épreuves tout aussi pénibles.

Elle se fit chauffer une bassine d'eau et l'emporta dans la chambre, en prenant bien soin de refermer la porte.

Elle déposa le récipient sur une petite table et s'assit au bord du lit pour se déshabiller. Comme elle l'avait déjà fait la veille, elle plaça son petit poignard sous l'oreiller, puis retira sa robe et ses jupons, ses chaussures, ses bas et sa chemise. Elle les lava soigneusement dans la bassine et les pendit aux crochets du mur, pour les faire sécher. Puis elle procéda à sa toilette.

Elle frissonna de plus belle en enfilant sa modeste chemise de nuit, qu'elle boutonna jusqu'au cou. Au fond de son sac de voyage, elle trouva sa brosse à cheveux, au manche poli par l'usage. Elle défit les épingles qui retenaient sa chevelure et brossa longuement chaque mèche, en se refusant à regarder son reflet dans le miroir fendu, au-dessus de la commode. C'était inutile. Elle savait de quoi elle avait l'air. Elle avait même eu cet air-là toute sa vie… Oh, bien sûr, des hommes l'avaient parfois remarquée, mais elle avait toujours redouté ces moments-là. Car chaque fois, elle avait dû se battre pour conserver la seule chose qu'aucun de ces malappris n'avait jamais pu lui prendre : son honneur.

A présent, elle allait devoir céder, de son plein gré, ce qu'elle n'avait jamais voulu donner à personne. Pas par amour, non. Mais parce que c'était la règle commune, la façon dont les choses se faisaient.

La seule façon, aussi, de s'intégrer à une famille et d'avoir un foyer.

Elle ferma les yeux un instant, ravalant les larmes qui montaient. Puis elle se raidit en entendant la porte de la maison s'ouvrir et se refermer, les voix assourdies du père et du fils se souhaitant bonne nuit, le craquement de l'échelle de meunier sous les pas d'Aaron. Ses cheveux se hérissèrent quand la porte de la chambre s'ouvrit.

Elle se retourna et eut encore un choc : les mains, les avant-bras et les vêtements de Matt étaient ensanglantés.

— Je suis navré, dit-il en en avisant son air dégoûté.

C'est toujours très salissant de débiter une carcasse. D'habitude, je me nettoie dans la grange, mais ce soir, il n'y avait plus d'eau dans la cuve et, comme il est tard et qu'il fait froid, j'ai pensé que je pourrais me laver ici.

— Oui, bien sûr…

Elle se força à poser un pied devant l'autre et à aller vers lui.

— Il y a une bassine, là. Quand vous aurez fini, je laverai vos vêtements. Je devrais pouvoir faire partir tout ce sang.

Il s'assit au bord du lit, tira ses bottes, retira sa chemise tachée. Puis il s'approcha de la bassine et entreprit de brosser ses doigts, son torse et son visage.

Tout ce temps, elle le regarda faire, incapable de détourner son regard. Jamais elle n'avait vu un tel homme. Bronzé par des années de vie au soleil, en pleine nature, son corps était mince et dur, et les muscles de son dos et de ses épaules roulaient sous sa peau à chacun de ses mouvements.

Il était si grand, si fort… Sans doute pouvait-il se montrer violent… Elle en frémit.

Quand il eut terminé, il savonna de nouveau son visage, prit un rasoir et s'attaqua à la barbe dure qui mangeait ses joues.

Izzy le regardait, fascinée. A quoi ressemblerait-il après cette opération ? A chaque passage de la lame, ses traits devenaient plus visibles. Elle avait jusque là noté le front haut, les yeux pénétrants. Elle pouvait à présent apprécier la sculpturale harmonie du visage, les pommettes bien dessinées, les lèvres fermes, la drôle de petite fossette, sur son menton. Il paraissait bien plus jeune, ainsi. Pas plus de trente-cinq ans, songea-t-elle.

Elle le vit qui l'observait dans le miroir, rougit vivement, détourna les yeux et se remit à rassembler les vêtements souillés de sang.

Matt continua à la regarder, tout en finissant de se raser. Elle l'impressionnait. Il y avait en elle quelque chose de solaire et de terrien à la fois, dans la façon, par exemple, dont elle avait ri avec lui du pasteur ivrogne. Beaucoup de dames se seraient senties outragées par le spectacle que leur avait offert l'étrange révérend. Mais si elle avait certainement été choquée, elle n'avait pas paru scandalisée pour autant. Et cependant, il y avait une véritable innocence en elle. Dans ses yeux, quand elle croyait qu'on ne la regardait pas ; dans sa façon d'examiner tout ce qui l'entourait, comme si elle voulait en retenir chaque détail.

Elle était un peu petite pour son goût. Un peu trop fragile d'apparence, aussi. Mais elle avait des yeux magnifiques, c'était même la première chose qu'il avait remarquée chez elle. Verts, plutôt que bleus, sauf quand y passait un éclair de colère. Car alors, ils devenaient d'une envoûtante couleur d'ambre, tels des nuages d'orage sur un ciel d'été.

Ses cheveux défiaient toute description. Il les avait cru bruns, jusqu'à ce qu'un rayon de soleil vînt jouer dessus, aujourd'hui. Il y avait alors discerné des nuances de miel doré et de cuivre. Il aimait comme elle les portait à présent, lâchés autour de son visage si fin et si lisse.

Il sentait monter en lui une excitation virile, devant le contraste de la chaste chemise de nuit boutonnée jusqu'au cou et de cette masse soyeuse invitant à la caresse. Peut-être l'arrangement qu'ils avaient conclu ne serait-il pas désagréable, après tout…

Il rinça son vieux coupe-chou et s'essuya le visage. Lorsqu'il se retourna, elle allait tremper dans la bassine ses vêtements souillés. Se sentant observée, elle les leva devant sa poitrine.

— Attention, lui dit-il doucement, vous allez tacher votre chemise de nuit.

Il lui prit les vêtements et les trempa dans l'eau.

Quand il reporta son regard sur elle, elle n'avait pas bougé et le dévisageait, fascinée comme un moineau par un serpent.

— Qu'avez-vous, Isabella ?

— Rien.

Elle recula et lui tourna le dos, incapable d'affronter son regard.

— Je… je peux faire du café, si vous voulez, proposa-t-elle.

— Non, merci. Il est trop tard. Allons plutôt au lit…

Il mit la main sur son épaule et elle sursauta comme s'il l'avait frappée.

Matt se figea et retira sa main. Elle avait donc tellement peur de lui ? Il s'aperçut alors qu'elle tremblait violemment.

— J'imagine, murmura-t-il, que je ne ressemble pas aux hommes que vous avez pu connaître en Pennsylvanie…

Sa voix était volontairement douce et basse, son ton apaisant.

— Par ici, loin de la civilisation, nous avons tendance à oublier un peu la façon dont on vit ailleurs.

Comme elle ne bougeait pas, il s'enhardit et posa une main sur ses cheveux. C'était aussi doux qu'il le pensait. Epais, foisonnant, et très attirant. Il se pencha, pour mieux sentir son frais parfum de femme, tandis que ses doigts se perdaient dans la soie de sa chevelure.

Comme elle se tenait très raide, elle ne pouvait dissimuler ses réactions. Des vagues d'émotion la secouaient, la faisant trembler de plus belle.

Il abaissa sa main. Le ton de sa voix se fit plus abrupt qu'il ne l'aurait voulu.

— Au lit.

— Comment ?

Elle leva les yeux, décontenancée par cet ordre sans équivoque.

— J'ai dit : au lit. Vous avez froid.

— Mais…

— Allez, Isabella.

Domptée, elle marcha vers le lit et s'y glissa. Il attendit qu'elle eût ramené les couvertures autour d'elle, ne laissant à découvert que son visage plus blanc que le drap ; ses yeux étaient agrandis par la peur.

Que se passait-il ? Pas de doute, elle était terrifiée. Par lui ? Ou bien…

Il comprit enfin, en un éclair. Bien sûr !

Il ravala sa déception. Cela faisait longtemps qu'il

était privé de femme et il avait espéré que ce soir… Mais il pouvait attendre encore.

Peut-être n'était-elle qu'épuisée par tous ces voyages ? Il devait bien avouer qu'il était fatigué, lui aussi.

Il alla souffler la lampe, sur la commode, puis revint vers le lit à tâtons et se coucha près de sa jeune épouse.

Izzy se crispait déjà contre les attouchements qu'elle allait devoir subir. Il avait l'air si en colère ! Il lui faudrait s'accoutumer à ces sautes d'humeur. Quand il était furieux ainsi, pouvait-il aussi se montrer cruel ? Longtemps privé d'une femme, allait-il la prendre comme une brute ?

Après de longues et angoissantes minutes, elle se risqua à couler un regard vers lui. Il était étendu sur le flanc et lui tournait le dos. Son souffle était calme et profond.

Elle finit par comprendre qu'il s'était assoupi.

C'était sa nuit de noces et son mari dormait.

Elle faillit sangloter de soulagement. Elle échappait, pour cette nuit du moins, à ce qu'elle redoutait le plus. Demain, eh bien, ce serait un autre jour.

Longtemps, elle regarda Matt, sa poitrine qui se soulevait, ses larges épaules musclées.

A présent qu'elle pouvait y réfléchir plus sereinement, elle devait admettre qu'il ne l'avait touchée qu'avec infiniment de douceur et de retenue. C'était plutôt à elle d'être honteuse de sa réaction. Las, elle s'était attendue à tellement autre chose… Le temps de s'apercevoir qu'il ne tentait pas de la forcer ou de la brutaliser, il était trop tard. Le mal était fait : elle tremblait comme une feuille.

Que devait-il penser d'elle ? Elle ne pouvait pas même lui expliquer ce qu'elle ressentait. Il lui était impossible de seulement imaginer pouvoir parler de choses aussi intimes.

Elle contempla l'épaisse chevelure de Matt, qui descendait bas sur sa nuque. Timidement, elle avança sa main pour la toucher, comme il l'avait fait avec elle ; mais elle ne put aller au bout de son geste et, retirant sa main, elle ferma les yeux — pour sombrer, comme son époux, dans un profond sommeil.

5

Izzy se réveilla en sursaut. Elle s'assit sur le lit, se frotta les yeux et regarda la place vide à côté d'elle. Elle avait dormi si profondément qu'elle n'avait pas entendu Matt quitter la chambre.

Ses vêtements tachés de sang trempaient toujours dans la bassine, mais ses bottes n'étaient plus sur le plancher, ni sa veste fourrée sur la patère.

Sans prendre le temps de se laver, elle enfila ses vêtements et se rua hors de la chambre.

La cabane était vide, mais un feu brûlait dans la cheminée et il y avait des assiettes sales sur la table.

Izzy drapa un châle autour de ses épaules et sortit à la recherche des uns et des autres. Elle entendait vaguement des voix enfantines à quelque distance, derrière la grange.

Elle découvrit la petite Del sous un arbre, la tête levée vers la cime où Benjamin, couché sur une branche, avançait en rampant, une torche enflammée à la main. Juste au-dessus de lui, il y avait un nid d'abeilles sauvages et des dizaines d'entre elles bourdonnaient autour de sa tête.

— Benjamin ! Attention, tu vas te faire piquer ! lui cria Izzy avec angoisse.

— Oh, il l'a été des centaines de fois ! dit Del avec un accent de fierté. Mais c'est le seul moyen pour leur prendre leur miel.

Izzy regarda, éberluée, le garçon tenir la torche sous le nid. Au bout de quelques minutes, la danse vrombissante commença à ralentir, comme si la fumée engourdissait les abeilles. Alors, le jeune garçon plongea vivement sa main dans le nid et l'en retira noire d'insectes, dont il se débarrassa tandis qu'il glissait à terre le long du tronc. Une fois au sol, il brandit son trophée : un gros rayon alvéolé empli de miel sauvage, qu'il rompit pour pouvoir le partager.

— Tiens, Del.

Il offrit le plus gros morceau à sa petite sœur.

— Et voila pour vous, Isabella.

Izzy accepta la friandise avec un sourire et lécha avec gourmandise le miel parfumé qui dégoulinait des alvéoles.

— Si tu en trouves d'autres, je pourrais en faire un dessert, proposa-t-elle.

Benjamin montra les arbres majestueux qui s'élevaient autour d'eux.

— Il y en a plein ! J'en connais bien une douzaine, rien qu'ici.

— Il me rapporte du miel chaque fois que j'en ai envie, se rengorgea la petite Del.

Izzy considéra le garçon avec un respect tout neuf. Puis, sentant confusément qu'elle devait, sinon des excuses, au moins une explication aux enfants :

— Je suis désolée d'avoir dormi si longtemps… Le voyage a dû me fatiguer plus que je ne l'aurais cru.

Del lui dédia un sourire plus doux que le miel qui lui poissait les lèvres.

— Pas grave ! Papa nous a dit de te laisser dormir autant que tu voudrais.

Izzy regarda autour d'elle.

— Où est-il, à propos ?

Benjamin donna un coup de menton vers les pentes boisées.

— Dans les montagnes. Aaron et lui suivent une harde de mustangs.

— Pour quoi faire ?

— C'est comme ça qu'il gagne sa vie. Il attrape des chevaux sauvages et il les dresse pour la remonte de l'armée.

— Je croyais qu'il était rancher ?

Benjamin balaya d'un revers de la main la mèche qui lui tombait sur les yeux.

— C'est ce qu'il veut faire, mais tant que notre troupeau n'est pas assez important, il doit gagner de l'argent par ailleurs.

— Mais ce n'est pas dangereux d'attraper des chevaux sauvages ?

Le frère et la sœur échangèrent un sourire entendu.

— Ce n'est pas les attraper qui est dangereux, dit Benjamin, c'est les dresser. Papa a été jeté si souvent à bas de sa selle que c'est un miracle qu'il puisse encore marcher.

Izzy se sentit chavirée d'inquiétude à cette seule idée.

— Est-ce qu'ils rentreront pour dîner ?

Le jeune garçon haussa les épaules.

— Ça, on ne sait jamais... Parfois, ils reviennent le soir même, mais ils peuvent suivre une harde pendant des jours et même des semaines.

— Des semaines ?

Elle avait peut-être un sursis, ou du moins un répit, avant de devoir affronter ses craintes les plus intimes. Une autre pensée lui vint soudain à l'esprit.

— Mais... et vous, les enfants ? Ne me dis pas que vous restez seuls pendant des semaines ?

Benjamin parut surpris par la question.

— Ben, si... Mais ce n'est pas grave : on fait notre travail, comme d'habitude.

— Mais que se passerait-il si vous aviez besoin de votre père ou de votre frère aîné ?

— Pour quoi faire ? s'enquit innocemment le jeune garçon.

— Je ne sais pas... Si l'un de vous avait un accident, par exemple ?

— Il en resterait deux. L'un courrait tout de suite prévenir papa dans la montagne et l'autre irait en ville, chercher le médecin.

Benjamin montra le fusil qu'il avait laissé contre un tronc d'arbre.

— Papa nous a appris à nous en servir dès qu'on a été assez grands pour le porter. Il y a un signal, en cas de problème. Trois coups en l'air, l'un après l'autre, et lui et Aaron reviennent au grand galop.

— Oui, c'est rassurant, bien sûr… si du moins ils sont assez près du ranch pour les entendre.

Izzy sentit son cœur se fendre, à la pensée de ces enfants qui s'élevaient presque tout seuls.

C'est alors qu'elle vit le troisième larron sortir de la forêt, des peaux d'animaux jetées sur son épaule.

— Tu poses des pièges, Clement ? lui demanda-t-elle.

L'enfant parut un peu gêné. Contrairement à Benjamin, avec ses cheveux sombres et son large sourire, le blond Clement semblait toujours plus à son aise avec les chiens et les chevaux qu'avec les gens.

— Ben oui. Je n'aime pas beaucoup tuer ces bêtes, mais il y en a qui nous font des problèmes, alors il le faut bien.

Il montra une épaisse fourrure fauve et argent.

— Ce lynx a bien failli tuer le poney de Del. J'ai dû lui tirer un coup de fusil. Et puis je l'ai dépouillé et j'ai mis sa peau à sécher sur un cadre.

— Que vas-tu en faire ?

— Avec d'autres que j'ai en réserve, on pourra coudre une parka pour Del. Peut-être une paire de mocassins, aussi…

Il eut une brève hésitation, puis tira de sa chemise une minuscule boule de poil toute frissonnante.

— Oh, un petit lapin ! s'exclama sa sœur.

— Je l'ai trouvé dans les bois, dit Clement, à côté de ce qui restait de sa mère. Elle a dû être attaquée par un coyote.

Del pressait déjà le petit animal contre sa joue.

— Je peux le garder, dis ?

— Si p'pa et Isabella sont d'accord, répondit son frère. Il faudra le protéger des chiens.

— On pourrait lui construire une cage, suggéra Izzy.

— Oui, c'est ce qu'il faut faire.

— Il trouve toujours des tas d'animaux, reprit Del en caressant la petite boule de poils. Une fois, il a ramené toute une famille de lapins qui avaient perdu leur mère. Quand ils ont été assez grands, on les a relâchés dans la nature, mais ils reviennent toujours voir Clement.

— Après ça, dit Benjamin en riant, papa a eu bien du mal à nous faire manger du lapin !

— Oh, mon Dieu, bien sûr, approuva Izzy. Je n'aurais pas pu, moi non plus.

— Il le faut bien, intervint timidement Clement. Bien sûr, pour Del, ce sont des animaux familiers, mais c'est aussi de la nourriture, comme les oies, les canards et les cerfs. Sans eux, on mourrait de faim. Le gibier est rare en hiver, surtout quand il y a du blizzard. Il faut chasser sans tout massacrer et aussi ne rien perdre.

Izzy ne savait que trop ce que c'était que d'avoir faim et elle admirait la façon qu'avait le jeune garçon d'envisager la nature, avec respect et pragmatisme. Une sorte de philosophie qu'il avait sans nul doute héritée de son père.

— Tiens, Clement, dit Benjamin en lui tendant un morceau de rayon. Je l'ai gardé pour toi.

— Mmm… merci !

Le garçon se délesta de ses peaux et se mit à lécher le miel avec gourmandise.

Izzy soupira.

— Bon, je crois que je ferais bien de m'occuper de préparer le déjeuner.

— On a déjà mangé, lui dit Clement en souriant. Papa nous a préparé des sandwichs au gibier, avant de partir.

— On dirait qu'il pense à tout, constata la jeune femme. Bien, je vous attendrai pour le dîner, alors…

Elle les laissa et retourna vers la maison, en repensant à tout ce qu'elle venait d'entendre. Ces enfants avaient appris à prendre soin d'eux-mêmes comme des autres et à tout partager. Ils avaient eu, c'était indéniable, un bon professeur en la matière.

Matthew Prescott, à ce qu'il semblait, était un homme qui ne tenait jamais rien pour acquis. Il ne fallait sans doute pas le juger trop sévèrement : sans une mère à la maison, il était bien forcé de leur apprendre qu'il y avait peu de place, dans leur vie, pour le sentimentalisme. Ils devaient se montrer efficaces, audacieux et indépendants.

Elle avait bien l'intention de leur montrer qu'elle pouvait l'être aussi.

Ne voulant pas tacher sa seule robe, Izzy passa une des chemises de Matt par-dessus. Elle lui arrivait sous les genoux.

Elle savait qu'il lui en coûterait un effort surhumain, de prétendre nettoyer la cabane en un jour ; mais elle pouvait au moins essayer de lui redonner une apparence à peu près convenable. Elle commença par tirer des seaux d'eau au torrent tout proche afin de remplir le gros chaudron pendu à une crémaillère, dans la cheminée. Après l'avoir fait chauffer, elle y versa une dose généreuse de savon en paillettes et y plongea tous les vêtements sales qui traînaient à droite et à gauche. Bientôt, les chemises, culottes, bas et autres claquèrent au vent, suspendus à une corde à linge tendue entre deux arbres. Izzy aéra la literie de la chambre et monta dans la soupente des enfants pour faire de même avec les nids d'animaux qui leur servaient de lits. Elle la débarrassa de tout ce qu'elle put y trouver et en récura le plancher à grande eau jusqu'à le faire briller comme un sou neuf.

Tandis qu'il séchait, elle nettoya les vitres, puis elle découvrit un cellier, creusé sous la cabane. On y accédait par un escalier de bois et on y trouvait des étagères remplies de fruits séchés ou bien cuits, en bocaux : des pommes et à peu près tous les types de fruits secs et de baies que l'on pouvait cueillir dans la région. Dans une tranchée creusée dans la terre, recouverts d'une fine couche de sable pour les garder au frais, il y avait aussi abondance de légumes tels que pommes de terre, carottes, blettes et rutabagas. Pour Izzy, il s'agissait d'un véritable trésor. Elle en fit une sélection avec soin, qu'elle emporta dans la chemise qui lui servait de tablier. Dans la grange, elle ne tarda pas à trouver le frais appentis grillagé de toile moustiquaire où l'on conservait la viande. Elle préleva un morceau de cerf, revint dans la cabane et le plaça dans une grosse marmite, avec les légumes. Enfin, mouillant de la farine, elle prépara une pâte et la laissa lever tandis qu'elle finissait son ménage.

Le soleil couchant la trouva qui refaisait les lits, montant et descendant sans compter l'échelle de meunier qui desservait la soupente. Elle accrocha le linge propre des enfants à des clous dans le mur de rondins.

Elle en fit autant dans la chambre de Matthew, dont elle refit le lit avec des draps frais.

L'heure de préparer le souper approchant, elle retira la chemise qui lui avait servi de tablier, la lava et alla l'étendre. Puis elle brossa ses cheveux et les rassembla en les faisant tenir par un peigne. Cela fait, elle resta un moment à admirer le résultat de son travail. Elle était épuisée, mais satisfaite. Elle avait fait ce dont elle avait toujours rêvé : s'occuper de sa propre maison.

Cette seule pensée la remplissait d'une joie tranquille.

Elle venait à peine de disposer sur la table le joli service en porcelaine quand elle entendit les chevaux de Matt et d'Aaron. Elle ouvrit la porte et vit le père et le fils qui revenaient de la grange. Benjamin, Clement et Del les accompagnaient. Autour d'eux bondissaient et jappaient les chiens, trempés d'avoir traversé le torrent.

Avant qu'elle eût pu dire un seul mot, ces derniers la bousculèrent et s'engouffrèrent dans la maison, s'ébrouant d'importance et projetant des gouttelettes d'eau et de boue dans toutes les directions, avant d'aller tourner autour de la table.

Izzy poussa un cri d'horreur puis, les mains sur les hanches, s'écria :

— Allez, ouste ! Hors d'ici, allez-vous-en !

Les chiens ignorèrent superbement ses protestations et ne bougèrent pas, même lorsque, les deux mains sur leur échine, elle tenta de les pousser vers la porte. Pire, prenant ces tentatives pour des démonstrations d'affection, ils lui rendirent la pareille en lui faisant fête, si bien qu'elle eut toutes les peines du monde à se débarrasser d'eux. Et quand elle se retourna, ce fut pour découvrir, consternée, les traces boueuses laissées par les bottes de Matt et des enfants, accessoires dont ils se débarrassèrent, d'ailleurs, d'un coup de pied aussi vigoureux qu'imprécis.

— Ça sent bon, dit Aaron en se tournant vers elle avec un grand sourire.

Puis il vit l'expression atterrée de son visage.

— Que se passe-t-il, Isabella ?

— Ce qui se passe ? Tout mon travail… les chiens… et vous…

— Ils ont faim et nous aussi, dit Matt, avec un clin d'œil. Nous avons eu une longue journée…

— Et moi, alors ?

— La dernière fois que je vous ai vue, repartit-il avec un demi-sourire, vous dormiez comme un bébé.

Excédée, elle se détourna, de peur de laisser échapper des paroles qu'elle regretterait. Après tout, ce n'était pas réellement sa maison… Elle s'était aveuglée. C'était celle de Matthew, de ses enfants, de ses chiens même, plutôt que la sienne. Elle montra la bassine, qu'elle avait remplie d'eau fraîche, après son ménage, et auprès de laquelle elle avait placé un pain de savon.

— J'espère, dit-elle d'une voix blanche, que vous voudrez bien vous laver un peu, avant le dîner.

Matt regarda avec surprise son dos très raide, ses poings serrés. Qu'avait-elle donc ? Ne l'avait-il pas laissée tranquille, la nuit dernière ? Et ne l'avait-il pas laissée dormir, aussi, quand les enfants et lui-même étaient partis vaquer à leurs occupations ?

Si c'était une première scène de ménage qu'elle voulait, il allait lui donner satisfaction.

Mais cela sentait vraiment très bon, et il mourait de faim, après toute une journée passée en selle.

On verrait plus tard, pour les explications.

Sans un mot, il roula ses manches et alla se laver les mains et les avant-bras. Puis il aspergea un peu son visage et se sécha.

— Tu as vu, p'pa ?

Aaron souleva le couvercle de la marmite et huma avec délices les effluves qui en montaient. Il prit son couteau à sa ceinture, dans l'intention manifeste de se couper sans attendre un morceau de viande.

— Une minute ! s'écria Izzy. Je pense que tu pourrais… te laver les mains, d'abord.

Aaron consulta son père du regard puis se dirigea, en traînant les pieds, vers la bassine.

— Benjamin, Clement, Del, je vous serais reconnaissante si vous vouliez faire de même, dit la jeune femme, toujours très raide.

— Pourquoi ? demanda Benjamin en leur nom à tous. On sera tout aussi sales, demain, quand on aura fait toutes les corvées.

— Bien sûr, mais au moins vous serez propres pour passer à table.

Les enfants se tournèrent tous trois vers leur père, avec un bel ensemble.

— C'est vrai, il le faut, papa ?

— Je crois, répondit Matt avec flegme, que si vous voulez goûter aux bonnes choses qu'Isabella prépare, vous feriez mieux de faire ce qu'elle dit.

— Bon…

Benjamin s'avança le premier et plongea ses mains de l'eau avec tant de réticence qu'on aurait pu croire qu'il craignait de se brûler. Comme il les en retirait immédiatement pour se saisir de la serviette, Izzy secoua la tête.

— Non, sers-toi du savon, Benjamin, et lave-toi bien les avant-bras, ainsi que le visage, le cou et les oreilles.

Le garçon parut aussi enthousiaste qu'un condamné sommé de passer la tête dans un nœud coulant, mais il obtempéra. Son jeune frère et sa sœur suivirent. Quand ils en eurent terminé avec leurs ablutions, ils prirent tous place autour de la table.

Izzy y posa un plat de gibier entouré de pommes de terres et de carottes, une saucière pleine d'un onctueux fumet et la corbeille à pain, débordant de belles tranches encore chaudes. Avant même qu'elle ait eu le temps de s'asseoir, Matt et les enfants avaient déjà rempli leurs assiettes et fondaient sur elles comme des busards.

— Mmm… C'est le meilleur plat que j'aie jamais mangé ! dit la petite Del après quelques bouchées. C'est même meilleur que ce que tu prépares, Benjamin !

— Je pensais justement la même chose, approuva Aaron.

— Je peux avoir un peu de pain ? fit Matt.

Benjamin lui en passa un morceau et il mordit machinalement dedans avant de s'interrompre, surpris, et de mastiquer plus lentement.

Quant aux autres, ils avaient déjà terminé leur assiette et lançaient des reliefs de viande aux chiens.

— Je ne sais pas comment vous faites pour que la sauce soit aussi bonne, dit Benjamin, après avoir asséché son deuxième verre de lait.

— Et ce pain, ajouta Clement, comment faites-vous pour qu'il soit aussi moelleux ?

— Je te montrerai la prochaine fois que j'en ferai cuire, lui répondit Izzy.

Elle s'aperçut soudain que personne n'avait dit les grâces et s'inclina aussitôt en fermant les yeux. Normalement, elle aurait dû se borner à demander au Tout-Puissant d'étendre sa bénédiction sur la nourriture. Mais ce soir-là, elle pria pour acquérir la patience… de supporter la famille Prescott dans son ensemble et de réfréner ses propres envies de meurtre.

Les autres l'observaient en silence.

— Qu'est-ce que tu dis, quand tu pries ? demanda innocemment la petite Del.

— Si tu veux, je t'apprendrai les mots.

Mais après un regard vers les visages fermés de ses frères, la fillette secoua la tête.

— Ce n'est pas la peine, dit-elle, je n'ai pas besoin de les savoir.

Il y eut un moment de gêne et Aaron, une fois de plus, vola au secours de sa belle-mère.

— Vous savez, on a souvent fait cuire du gibier, ici, mais il n'a jamais été aussi tendre, lui dit-il avec chaleur.

— C'est juste une question de temps de cuisson.

Benjamin essuya le lait qui lui maculait les lèvres.

— Vous avez cuisiné comme ça parce que c'est votre premier jour chez nous ou ça va toujours être aussi bon ?

Malgré toutes les mauvaises manières dont elle venait d'être le témoin, Izzy ne put s'empêcher de sourire.

— Ça dépend un peu de ce que vous rapporterez à la maison, mais tant que nous aurons du gibier et des légumes, cela devrait aller.

Comme les enfants se levaient déjà de table, elle ajouta :

— Attendez un peu, s'il vous plaît !

— Pourquoi ? fit Del.

— Il y a un dessert…

— Un dessert ? Qu'est-ce que c'est ?

Ils se rassirent tous très promptement.

— Je vous le servirai dès que j'aurai terminé, dit tranquillement Izzy, faisant exprès, par jeu autant qu'à titre de leçon, de mastiquer lentement de très petites bouchées.

Mais elle n'en rougissait pas moins de se sentir ainsi l'objet de l'attention générale. Finalement, elle se dirigea vers le foyer, souleva le couvercle d'une autre cocotte, prit une louche et versa dans des bols un mélange de pommes cuites au miel surmonté de biscuits à la cannelle émiettés.

— Cela s'appelle une *Apple Betty*, expliqua-t-elle en posant le dessert devant chacun, et c'est encore meilleur, si vous versez un peu de crème — que voici — dessus…

Puis elle savoura son triomphe, comme son mari et les enfants se jetaient sur la friandise. Matt s'interrompit le premier pour lui demander :

— Vous n'en prenez pas ?

Elle secoua la tête.

— Je n'ai plus faim. Mais il en reste, si les enfants en veulent encore.

Des sourires réjouis lui apprirent que ce « si » était superflu… Les seconds bols furent vidés aussi rapidement que les premiers.

— C'était vraiment bon, soupira Aaron en léchant sa cuiller.

— Je te remercie.

— Le meilleur dessert de toute ma vie, renchérit Benjamin, lyrique, en raclant son bol jusqu'à la dernière miette.

— C'est toi-même qu'il te faut remercier, remarqua Izzy en souriant. C'est l'excellent miel sauvage que tu es allé chercher que j'ai mis dans les pommes.

Le jeune garçon rougit de plaisir.

— Je crois que je pourrais manger toute une marmite d'*Apple Betty*, dit Clement en se levant de table.

— Moi deux ! s'exclama Del en l'imitant.

Izzy sourit de plus belle.

— Si vous faisiez cela, vous deviendriez plus ronds que la marmite !

Les enfants éclatèrent de rire et se rassemblèrent devant le feu, suivis des chiens qui leur faisaient fête.

— C'était vraiment un excellent repas, Isabella, dit aimablement Matt.

Ces mots la réchauffèrent plus que la flambée, dans l'âtre.

— Voulez-vous du café ? proposa-t-elle.

Avant qu'elle eût pu esquisser un geste, il se leva pour aller chercher la cafetière et remplit leurs deux tasses.

Puis il regarda autour de lui.

— Vous avez bien travaillé, on dirait.

— Je… J'ai juste nettoyé.

Elle n'était pas très à son aise, assise ainsi près de son mari tout neuf, mais il lui fallait bien boire son café, maintenant qu'il lui avait rempli sa tasse.

Se rendant parfaitement compte de ce qu'elle ressentait, Matt retint un sourire. Pour quelque mystérieuse raison, il ne détestait pas la mettre mal à l'aise.

— Ça sent bon le propre, reprit-il.

— J'ai utilisé le savon que j'ai trouvé sur les étagères. J'espère que ça ne vous dérange pas ?

— Du tout, il est là pour ça. C'est juste que nous n'avons guère le temps de l'utiliser nous-mêmes.

— Oui, j'ai vu cela ! Je veux dire : j'ai vu que les enfants et vous, vous travaillez beaucoup.

Elle but une gorgée de café et rassembla tout son courage.

— J'ai une question…

— Allez-y, j'en ai quelques-unes, moi aussi.

Il se sentait bien, repu, satisfait. Rien de tel qu'un bon dîner et une soirée au coin du feu pour détendre un homme après une journée de dur labeur. Bien sûr, si une jolie femme était à son côté, ce n'en était que mieux…

— Pourquoi Del refuse-t-elle d'enfermer les poules dans le poulailler ?

— D'abord, nous n'avons pas de vrai poulailler ; un coin de grange en fait office. Del a perdu beaucoup de poules à cause des coyotes.

— Pourquoi ne pas en construire un ?

— J'aimerais bien, dit-il avec impatience. Cela fait partie des nombreuses tâches auxquelles je dois m'atteler dès que j'en aurai le temps. Mais, pour le moment, c'est dans la grange… A moins…

Il sourit.

— A moins que vous ne préfériez les avoir ici, avec nous !

Izzy comprit qu'il la taquinait. Mais la façon dont il la regardait lui mettait le feu aux joues.

Elle baissa les yeux sur sa tasse de café et, pour pouvoir s'échapper, bredouilla :

— Je vais faire la vaisselle.

— Pas tout de suite…

Son ton était calme et tranquille, mais n'avait rien de nonchalant. On sentait une volonté très ferme, derrière.

— Je vous l'ai dit, moi aussi, j'ai quelques questions à vous poser.

Izzy coula un regard de côté, vers les enfants.

— Pourquoi ne pas attendre un peu ? Quand nous serons seuls.

Il haussa les épaules.

— Comme vous voudrez. J'ai une paire de harnais à raccommoder, de toute façon.

Il alla décrocher d'une patère lesdits harnais, revint s'installer dans un fauteuil, près du feu, puis, tirant sa blague à tabac, il se roula une cigarette. Izzy s'immobilisa, frappée par cette vision.

C'était une scène dont elle avait souvent rêvé : un bel homme, à la prestance virile, assis au coin du feu avec des enfants et des chiens à ses pieds…

Une représentation du bonheur à laquelle elle était étrangère. Pas de place pour elle, dans ce tableau.

Sa peine fut si vive, soudain, qu'elle dut se détourner pour cacher les larmes qui lui venaient aux yeux. Bien vite, elle remplit la bassine avec l'eau chaude de la bouilloire et se mit à laver les assiettes.

Elle sursauta quand elle vit Aaron prendre un torchon et commencer à essuyer les assiettes.

Comme il la dominait d'une bonne tête, elle devait lever les yeux pour lui parler.

— Ce n'est pas la peine, Aaron. Je suis sûre que tu as eu plus que ta part de travail, aujourd'hui.

L'adolescent lui prit des mains une tasse, l'essuya puis la rangea avec précaution dans le vaisselier.

— Vous avez eu la vôtre, vous aussi… Je n'avais pas vu notre maison aussi propre depuis bien longtemps.

— C'était sale, c'est vrai. Il faut dire que les chiens et les poules n'arrangent rien.

Ils échangèrent un sourire complice.

Aaron essuya une assiette et la mit sur la pile.

— Je suis désolé pour les traces de boue, les chiens et tout ça. Désolé pour ce qu'on a fait à votre plancher…

— C'est ton plancher, aussi, tu sais.

— Oui, bien sûr.

Il resta un moment silencieux, digérant ces paroles.

— Vous savez, on ne pensait pas à mal. Seulement, avec le départ de maman, eh bien…

Sa voix s'enroua légèrement d'émotion.

— … cela fait un moment que… que l'on a tout laissé aller, vous comprenez ?

Les mains de la jeune femme se crispèrent, dans l'eau, sur une délicate assiette de porcelaine.

— Oui, bien sûr, Aaron, lui dit-elle doucement. Bien sûr que je comprends.

Il prit l'assiette et l'essuya avec soin.

— Mais nous ferons de notre mieux, acheva-t-il, si vous nous laissez un peu de temps.

Du temps… Comme il était gentil, et sage, malgré son jeune âge ! Elle le laissa essuyer la dernière assiette, puis lui reprit le torchon.

— Voilà, lui dit-elle, tu peux aller rejoindre tes frères et sœur, à présent.

Il commença à s'éloigner.

— Oh et… Aaron ?

— Oui ?

— Merci !

Il lui dédia un sourire si semblable à celui de son père qu'elle se sentit fondre.

Izzy continua à essuyer la table, les chaises et même le plancher, faisant disparaître toutes les taches de boue et les traces de pas qu'elle y trouvait. Elle cherchait désespérément à s'occuper, elle le savait, pour retarder le moment où elle n'aurait plus rien à faire. Le moment où…

— Vous n'allez pas nous rejoindre ? demanda Matt en levant les yeux de ses harnais.

— Juste une minute…

Elle traversa la pièce et en revint avec une corbeille pleine de vêtements.

— Qu'est-ce que c'est ? fit Benjamin.

— Deux ou trois choses qui ont besoin d'être raccommodées, répondit-elle en s'asseyant près du feu.

Tout de suite, elle enfila une aiguille.

— Clement, approche un peu la lampe d'Isabella, ordonna Matt.

Le petit garçon s'exécuta et Izzy le remercia d'un sourire avant de s'absorber dans son travail. Elle prit une chemise déchirée et commença à rapprocher les bords de l'accroc par une série de tous petits points très réguliers. Ce fut terminé en un clin d'œil et elle en prit une autre dans la corbeille. Del, qui l'avait observée, se saisit de la chemise réparée et examina la fine reprise.

— Comment tu fais ça ?

— Regarde, je vais te montrer…

La fillette s'assit auprès d'elle et la regarda poser une petite pièce sur un trou dans le tissu.

— Tu veux essayer ?

Del avança timidement sa main et Izzy lui passa la chemise, l'aiguille et le fil. L'enfant essaya alors, maladroitement, de continuer le point, sous le regard attentif de sa belle-mère.

— J'espère que ce n'est pas une de mes chemises, plaisanta Benjamin.

— Si c'est une des miennes, dit Clement sur le même ton, je ne veux plus jamais la mettre.

Honteuse, Del reposa l'ouvrage.

— Je ne voulais pas apprendre, de toute façon, marmonna-t-elle.

Izzy lui prit la main.

— Il faut du temps et de la pratique pour y arriver correctement. C'est comme quand tu as appris à marcher. Les premières fois, tu as dû tomber sur le derrière, mais très vite, tu es arrivée à te mettre debout et à poser un pied devant l'autre.

Elle se tourna vers les garçons.

— Puisque vous êtes si malins, pourquoi n'essayez-vous pas, vous aussi ?

— Ah non, se récria Benjamin, c'est un travail de fille !

— Qui a besoin de savoir coudre ? s'exclama Clement en écho.

— C'est sans doute ce que pense aussi votre père, répondit calmement Izzy, mais il aurait bien dû raccommoder quelques-uns des vêtements qui s'entassent dans la maison.

Matt fit un clin d'œil à ses fils.

— Allez-y, leur dit-il. Essayez…

— Bah, ce n'est rien du tout !

Benjamin prit la chemise et s'évertua à continuer la couture. Il aligna rapidement les points et brandit le vêtement pour montrer son travail. Les points étaient si irréguliers que le tissu faisait un gros pli. Toute la famille éclata de rire.

— Très bien, Clement, dit le garçon en passant l'ouvrage à son frère. Voyons si tu fais mieux…

Son cadet prit beaucoup plus de temps, mais sa prestation ne fut guère plus convaincante et les rires redoublèrent.

— Vous voyez, leur dit Izzy, ce n'est pas aussi facile que ça en a l'air. Mais vous montrez des dons certains. Je suis sûre qu'avec un peu de pratique, vous serez bientôt capables de repriser vos affaires vous-mêmes.

Aaron étouffa un bâillement. Il avait été en selle dès l'aube, abattant le travail d'un homme toute la journée.

— Je crois que je vais y aller, p'pa, annonça-t-il.

Il marcha d'abord vers la porte et les chiens, comme à un signal, se ruèrent au-dehors. Aaron referma ensuite et gagna l'échelle de meunier qui conduisait à la soupente.

— Bonne nuit, Isabella, lança-t-il en montant.

— Bonne nuit, Aaron, dors bien…

Un par un, ses frères et sa sœur le suivirent, souhaitant bonne nuit au passage.

Izzy prit bien vite une autre chemise dans la corbeille

à ouvrage, contente de ce subterfuge qui lui permettait de ne pas être obligée de soutenir le regard de Matt.

— Je ne les avais pas entendus rire comme cela depuis longtemps, remarqua le rancher.

— Ce sont de bons petits que vous avez, Matthew.

— Oui, je le crois. Je sais que… ce n'est pas toujours facile, pour eux.

Il se remit à son propre travail de bourrellerie, lançant parfois un regard furtif à sa nouvelle épouse.

Il aimait bien l'air qu'elle avait ainsi, dans le halo de la lampe à pétrole, sa tête baissée, le ballet gracieux de ses doigts.

Il se leva pour suspendre les harnais à la patère.

— Je crois qu'il est temps d'aller nous coucher.

Le cœur d'Izzy se mit à battre plus vite. L'instant était venu d'affronter ses craintes.

Sans hésitation apparente, elle posa son ouvrage, prit la lampe et se dirigea vers la chambre à coucher.

6

Matt suivit Izzy dans la chambre, en referma la porte et y appuya son dos. Avant même d'y pénétrer, il savait ce qu'il allait y trouver. Toujours cette même odeur, propre et fraîche. Comme elle.

Il prit tout de même le temps de regarder autour de lui.

— Vous êtes sûre que c'est bien la même pièce ? plaisanta-t-il. Je ne me souviens pas l'avoir jamais vue ainsi.

Malgré les battements désordonnés de son cœur, elle esquissa un sourire.

— Je n'étais pas sûre que vous le remarqueriez, dit-elle en posant la lampe sur la commode.

— Je remarque beaucoup de choses…

Il avança d'un pas et vit tout de suite la lueur d'inquiétude qui s'allumait dans les yeux de la jeune femme.

— … par exemple, la façon dont vos cheveux scintillent, à la lumière de la lampe.

Personne ne lui avait jamais dit une chose pareille. Confuse, elle fit un pas en arrière et sentit les rondins du mur, dans son dos.

Matt s'approcha encore.

— … et aussi comme vos yeux s'agrandissent, lorsque vous êtes troublée.

Elle porta la main à sa gorge.

— Je ne…

Avant qu'elle ait pu achever son geste, il saisit sa paume.

— Il ne faut plus mentir, Isabella, ni à moi, ni à vous-même.

Elle s'empourpra. Les yeux de Matt s'étrécirent.

— C'est bien ce que je pensais. Le moment est arrivé d'un brin de vérité. Qu'êtes-vous réellement venue faire ici ?

— Je vous l'ai dit, je suis venue en réponse à la lettre que…

— Et ceci ?

Il tira de sa ceinture le petit poignard pointu qu'Izzy croyait avoir dissimulé sous son oreiller. Dans sa hâte, ce matin, en découvrant qu'elle était seule, elle avait oublié de vérifier que cette arme, minuscule mais très efficace, était toujours en place. Puis, dans le tourbillon de son ménage, elle n'y avait plus pensé.

— Comment se fait-il, demanda Matt sans du tout élever la voix, que j'aie trouvé cet… objet sous votre oreiller ?

— Je… je l'y ai mis.

— Vous aviez l'intention de me tuer pendant mon sommeil ?

— Bien sûr que non ! C'est juste une habitude que j'ai.

— J'ignorais que les pieuses demoiselles des

congrégations religieuses de Pennsylvanie dormaient avec un poignard sous leur traversin.

— Oui… Non !

Elle poussa un soupir excédé.

— Oui ou bien non ?

Elle détestait avoir à mentir. Mais une chose en amenait une autre, puis une autre encore. Elle se mit à réfléchir à toute allure.

— On m'a prévenue qu'il y avait du danger dans l'Ouest. Comme… comme ces loups que nous avons entendus, hier. Mes amis m'ont conseillé d'emporter une arme. Et, comme je ne sais pas me servir d'un pistolet…

Elle laissa sa phrase en suspens et regarda au fond des yeux sombres, si pénétrants de Matt.

— C'est bien la vérité ? fit-il doucement.

Elle déglutit avec peine, croisant mentalement les doigts.

— Oui.

— Pourquoi aviez-vous peur de me le dire ?

— Parce que je pensais que vous alliez me trouver stupide. Vous, vous vivez ici. Tout ce qui me fait peur doit vous paraître normal, anodin.

Elle détourna les yeux.

— Vous avez d'autres questions ?

— Non. Mais peut-être est-ce à moi de vous faire un aveu.

Avant qu'elle eût pu esquisser un geste, il la prit dans ses bras et murmura, à quelques centimètres de sa bouche :

— J'ai eu envie de vous embrasser dès que vous avez passé cette porte.

Il avança la tête, mais Izzy tourna la sienne au même moment, si bien qu'il n'embrassa que sa tempe. Mais il y eut, entre eux, comme un éclair, aussi brûlant que soudain.

La jeune femme ne s'était pas attendue à cela… à cette étrange sensation, en elle, ce vertige, comme si elle avait le tournis, cette faiblesse dans ses jambes, si brusque qu'elle avait dû s'accrocher à la chemise de Matt pour ne pas tomber.

Par la fenêtre aux vitres toutes propres, la lune baignait la scène de ses rayons d'argent. Matt avança la main et tourna la molette de la lampe jusqu'à l'extinction.

— Qu'est-ce que vous faites ?

— La lumière artificielle vous va bien, mais vous êtes encore plus jolie dans le clair de lune.

Elle battit des paupières tandis que, de ses lèvres, Matt entamait une lente exploration de son visage.

Malgré elle, elle soupira. Les mains puissantes du rancher remontaient dans son dos, allumant des milliers de feux partout où elles passaient. Elle se raidit et tenta de se dégager.

— N'ayez pas peur, voyons. Je ne vais pas vous mordre…

La voix était basse, chaude, séductrice.

— Et vous, Isabella, est-ce que vous mordez ?

Elle savait qu'il essayait de la mettre à l'aise. Elle esquissa un faible sourire.

— Je… n'ai pas… cette réputation…

— Bien ! Nous ne risquons rien, alors, ni l'un ni l'autre. Déshabillons-nous…

Elle sentait chacun de ses nerfs la piquer, le long de sa colonne vertébrale. Il devina son trouble.

— Avez-vous besoin d'aide ? lui offrit-il très doucement.

— Non, je…

Elle respira profondément, tâchant de combattre cette tension dont elle savait bien qu'il pouvait la deviner, en elle.

— Je peux le faire moi-même.

Elle n'avait pas détaché le premier bouton de sa robe qu'il avait déjà retiré sa chemise et s'asseyait sur le lit pour retirer ses bottes.

— Qu'avez-vous ?

Il se tenait très droit et la regardait.

— R… rien…

En fait, le voir ainsi, à demi dévêtu, faisait battre son cœur à tout rompre.

« Tu peux le faire… »

Elle tentait de s'en convaincre. Sans doute pas avec autant d'enthousiasme que Matthew, mais elle pouvait y arriver.

D'une main tremblante et malhabile, elle défit un bouton, puis un deuxième. Il ne la quitta pas des yeux. Même alors que, très gênée, elle avait détourné le regard, elle sentait encore le sien, qui la brûlait. Elle finit de se déboutonner jusqu'à la taille ; mais elle ne se résolvait pas encore à écarter les pans du bustier qu'elle retenait au contraire, cachant sa chemise.

Il tapota le lit à côté de lui.

— Venez ici…

Lentement, comme si elle marchait vers l'échafaud, elle obtempéra.

Lorsqu'elle se pencha pour retirer ses bottines, il se mit à genoux devant elle.

— Laissez-moi vous aider.

Elle aurait dû être émue par sa délicatesse, ses attentions. Au lieu de cela, elle tremblait de le sentir la toucher. Il retira la première bottine et garda un instant son pied dans ses mains, comme pour le soupeser. Puis il retira l'autre et les posa toutes deux sur le côté. Avant qu'elle eût pu l'en empêcher, il passa les mains sous sa robe pour rouler ses bas et les retirer. Sentir ses fortes mains sur la chair de ses cuisses coupait le souffle à la pauvre Izzy.

Elle regarda la tête penchée de Matt. Devinait-il l'effet que ses effleurements avaient sur elle ? Pouvait-il sentir comme elle tremblait ? Et la sensation de froid glacial et de chaleur intense qui l'envahissait, tour à tour, sous ses doigts ?

Il posa ses bas sur une chaise et leva la tête.

— Je vais vous aider à retirer votre robe.

— Non !

Ignorant sa protestation, il prit ses mains et la fit se lever. Puis il l'attira contre lui.

— Votre pudeur est adorable, Isabella, mais rappelez-vous tout de même que nous sommes légalement mariés.

Il fit remonter ses mains le long des bras d'Izzy, puis sur ses épaules, massant, de ses pouces, les nœuds de tension de son cou. Elle ferma les yeux et laissa échapper un soupir. Elle penchait la tête d'un côté, puis de l'autre, comme un chat que l'on caresse, incapable de résister au plaisir qu'il lui procurait. Elle aurait pu rester ainsi toute la nuit, comme hypnotisée par ses exquises caresses.

— Là… c'est mieux…

Au son de la voix grave, profonde de Matt, elle rouvrit les paupières et se trouva face à ses yeux sombres, insondables, où brillait une étrange lueur. Leurs deux visages étaient si proches que leurs lèvres se touchaient presque. Elle pouvait sentir son souffle chaud sur sa tempe, sa respiration qui s'accélérait tandis que leurs regards se rivaient l'un à l'autre.

Les mains de Matt, si habiles qu'on les eût dit douées d'une vie propre, étaient redescendues à la base de sa gorge. Izzy déglutit et il lui sembla que ce simple bruit de gorge provoquait un fracas de tonnerre dans ses oreilles.

Puis les mains se déplacèrent encore, ouvrant les deux pans de la robe et les faisant glisser de ses épaules. A la lueur de la lune, le fin caraco de dessous révélait ses seins bien plus qu'il ne les dissimulait.

Se sentant nue et vulnérable, elle croisa les bras sur sa poitrine et recula peureusement.

— Isabella…

Quand il avança la main pour toucher son épaule, elle sursauta comme sous l'effet d'une brûlure et recula encore, pour lui échapper.

Les yeux de Matt, qui, un instant auparavant, rayonnaient de désir, se mirent à flamboyer brièvement de colère.

— Qu'avez-vous donc, bon Dieu ? gronda-t-il. Est-ce que je suis… répugnant à ce point ?

— Bien sûr que non !

— Alors, que se passe-t-il ? Est-ce que je vous demande trop ?

Elle était trop effrayée et trop embarrassée pour articuler un seul mot.

Le ridicule de la situation le rendait plus amer et plus brutal qu'il ne l'aurait voulu.

— La vie ici est peut-être différente de ce que vous avez connu avant et de ce que vous attendiez. Vous devez me trouver… assez peu délicat, voire rustre. Je suis simplement un homme normal, avec des appétits d'homme ! Je n'ai pas abusé de vous, que je sache. J'ai même été particulièrement patient.

Il s'approcha d'elle de nouveau, mit les mains sur ses épaules — et elle tressaillit violemment.

Il resta un instant interdit, puis jura sourdement.

— Je n'ai jamais, de ma vie, forcé une femme, et bon Dieu, je n'ai pas l'intention de commencer !

L'esprit vide, Izzy se réfugia dans la seule défense qu'elle put trouver.

— Vous… vous n'avez nul besoin d'être grossier avec moi, et je ne le tolérerai pas !

— Vous ne… ?

L'espace d'un instant, il resta éberlué. Puis il se pencha pour ramasser sa chemise et ses bottes.

— Rassurez-vous, lui dit-il fermement, vous n'aurez pas besoin de tolérer ma présence plus longtemps. Je préfère aller dormir dans la grange !

Il tourna vivement les talons et quitta la chambre en un éclair.

La porte d'entrée claqua violemment dans le silence de la maison endormie.

Izzy demeura longtemps étendue sur le grand lit, regardant sans les voir les ombres sur le mur de rondins. Le tumulte dans sa tête était bien trop grand pour qu'elle pût espérer trouver le sommeil.

Qu'avait-elle fait ? Et si Matthew décidait de la renvoyer d'où elle venait ? Il en avait parfaitement le droit : leur mariage n'avait pas été consommé. Il pouvait l'accuser de s'être jouée de lui, sous l'apparence, en plus, de vouloir l'aider.

Elle s'était crue capable, une fois mariée, d'affronter ses peurs. Mais celles-ci étaient bien trop enracinées en elle pour disparaître aussi aisément. Peut-être bien, songea-t-elle avec une sourde inquiétude, qu'il était trop tard pour qu'elle pût vivre une vie normale, comme n'importe quelle femme. Peut-être ne parviendrait-elle jamais à supporter qu'il pût s'approcher d'elle.

Combien de temps Matthew pourrait-il souffrir un tel comportement de la part de son épouse et pourquoi, d'ailleurs, le devrait-il ?

« Je suis simplement un homme normal, avec des appétits d'homme… »

Ces mots sonnaient encore à ses oreilles et la fustigeaient.

— C'est moi qui ne suis pas normale, murmura-t-elle.

Elle s'illusionnait en prétendant le contraire.

Pourtant, elle avait essayé ; elle avait vraiment

voulu se convaincre que sa nouvelle vie, à l'autre bout du continent, ferait d'elle, également, une femme nouvelle. Isabella Prescott. Madame Matthew Jamison Prescott. Mère de quatre enfants, respectée par toute la communauté.

Les larmes lui vinrent aux yeux. Ce n'était qu'un rêve idiot. Les enfants, déjà très autonomes et pleins de ressources, n'avaient nul besoin d'elle. En fait, ils se débrouillaient parfaitement tout seuls.

Quant à elle, elle ne pourrait jamais être une épouse pour Matthew, pas comme il le souhaitait en tout cas.

Elle ravala ses larmes et roula sur le côté, les yeux obstinément clos. C'était toujours de cette manière qu'elle tentait de s'évader de la réalité. En se forçant à rêver. Toujours le même merveilleux songe éveillé : une belle et grande maison. Un beau, bon et gentil mari. Et des enfants autour d'elle, comme une nichée de poussins.

Elle lutta de toutes ses forces pour le susciter encore, pour s'y blottir.

Hélas, le rêve pâlissait, s'estompait jusqu'à s'évanouir, impuissant à s'imposer face à l'implacable réalité.

Matt tira nerveusement sur sa cigarette. Cette maudite femelle le tenait à sa merci. Sans y penser, il reprit le poignard effilé qu'il avait glissé dans sa ceinture et en éprouva le fil du pouce. Que lui avait-elle raconté, déjà ? Ah oui, sa peur d'un environnement hostile. Après tout, pourquoi pas ? Une femme de la ville pouvait bien avoir quelque raison de s'effrayer, par ici. Tout de même, elle aurait pu lui en parler, il aurait apaisé ses craintes.

Mais pourquoi diable cacher ce machin sous son oreiller ? A moins bien entendu qu'elle pensât que le plus grand danger auquel elle devait faire face se trouvait précisément dans ce lit.

C'était bien cela qui le rendait enragé.

Très bien, se dit-il en recrachant un nuage de fumée bleue. Elle avait dans le passé subi quelque chose de grave. C'était très évident. Il pouvait sentir sa terreur, comme celle d'un animal. Il n'avait pourtant pas ménagé sa peine pour lui montrer qu'il n'était pas une brute. Las, elle tressaillait chaque fois qu'il tentait de la toucher. Comme si elle croyait qu'il allait lui faire du mal.

Si elle avait tellement peur des hommes, pourquoi diable avait-elle voulu l'épouser ? Les yeux de Matt s'étrécirent, à mesure qu'une idée se faisait jour dans son esprit. Peut-être avait elle eu des ennuis. Peut-être cherchait-elle à échapper… à sa famille par exemple, qui lui reprocherait quelque chose. Mais quoi ? Portait-elle un enfant non désiré ? Cherchait-elle un pauvre imbécile à qui faire porter le blâme et la responsabilité ?

D'un geste brusque, il jeta sa cigarette et l'écrasa sous sa semelle.

Trop préoccupé pour songer un instant à dormir, il prit une hache et se dirigea vers le tas de bois. Mieux valait, après tout, détourner sa colère et employer l'énergie qu'elle générait à une activité utile.

Tandis qu'il fendait les premières bûches, il fut

forcé de reconnaître que ce qu'il venait d'imaginer ne résistait pas à l'examen. Si Isabella avait cherché un père de substitution pour un enfant naturel, elle aurait tenté de le séduire dès le premier soir, pour mieux le prendre au piège.

Cela lui aurait été facile, elle était très séduisante avec ses grands yeux, son sourire timide et son corps aux courbes affriolantes. Lui… eh bien, il était privé de femme depuis longtemps. Si elle l'avait, si peu que ce fût, encouragé, il se serait jeté sur elle avec gourmandise. Oui, ç'aurait été avec gratitude qu'il se serait laissé prendre au piège…

Par le passé, il n'avait pas toujours été un très bon connaisseur de la psychologie féminine ; mais il était patent qu'Isabella McCree cherchait à fuir quelque chose. En tout cas, quelles qu'aient été ses raisons de vouloir se marier, il était tout aussi clair que l'amour n'était pas du nombre.

Lui vivait sans, depuis longtemps, déjà. Il avait appris à remplir sa vie avec autre chose. Ses enfants, d'abord. Et puis le travail. Dur, épuisant, harassant. Le travail qui vous donnait l'oubli.

Il n'y avait pas de raison que cela change.

Isabella s'éveilla en entendant les chiens aboyer. L'aube allumait à peine ses feux à l'horizon, mais toute la maisonnée était déjà debout. Confuse d'avoir une fois encore dormi trop longtemps, elle s'habilla en hâte et se rua hors de la chambre.

Benjamin, Clement et Del étaient sur le seuil, tandis que Aaron finissait d'empaqueter des restes du dîner, pour les placer dans des fontes de selle. Il leva les yeux vers elle lorsqu'elle approcha.

— Oh, bonjour ! J'ai bien cru qu'on serait partis avant votre réveil.

— Partis ?

Il acquiesça.

— P'pa et moi, on part dans la montagne, ce matin.

Elle gagna la porte, juste à temps pour voir Matt se hisser en selle. Il portait des jambières de cuir, un caban fourré et un chapeau à larges bords.

— On ferait mieux de ne pas traîner, Aaron, lança-t-il. Je voudrais prendre ces mustangs avant qu'ils fichent le camp trop loin.

— Oui, p'pa.

Le garçon alla assujettir les fontes derrière le troussequin de sa selle.

— Vous, les enfants, vous restez avec...

Matt se tut en voyant Isabella paraître sur le seuil. Elle portait la même robe fanée que la veille au soir. Ses cheveux étaient tirés et noués par un ruban. D'un geste nerveux, elle tenait dans ses mains les plis de sa jupe.

— Bonjour, Matthew.

Tiens ? Elle voulait se montrer courtoise avec lui ? Puisque c'était ainsi, il ne le serait pas moins.

— Bonjour.

— Vous partez ?

— Oui.

— Combien de temps pensez-vous être absents ?

— Aussi longtemps qu'il le faudra pour ramener

la harde que nous traquons. Avec un peu de chance, nous serons de retour dans un jour ou deux. Mais personne ne peut dire combien de temps cela pourra prendre.

Il se tourna vers les enfants.

— Ne vous éloignez pas de la maison, leur recommanda-t-il, et n'oubliez pas notre signal.

— Oui, p'pa.

Il toucha le bord de son chapeau à l'intention d'Izzy, puis poussa son cheval au trot. Aaron fit de même, puis se retourna sur sa selle.

— Au revoir P'tit bout, Benjamin, Clement... Faites bien attention à Isabella !

— T'inquiète pas ! répondirent ses frères et sa sœur.

Les chiens, prêts à participer à la poursuite, se mirent à aboyer, mais sur un bref commandement de leur maître, trois d'entre eux revinrent vers la maison, la queue basse.

Aaron se retourna encore pour agiter sa main ; Matt, lui, se borna à pousser son cheval en avant.

Quelques minutes plus tard, les deux chevaux disparaissaient derrière la première crête.

Isabella rentra dans la maison. Le regret et le soulagement se partageaient son cœur. Bien qu'elle ne fût pas très rassurée à l'idée de rester livrée à elle-même dans ce pays sauvage, elle avait tout de même la compagnie des enfants et des chiens... Pour quelques jours, voire une semaine, elle pouvait souffler un peu et baisser sa garde. Pas besoin d'être une épouse.

Elle userait de ce répit au mieux. Pour se familiariser avec la routine de sa nouvelle vie et faire mieux connaissance avec les jeunes Prescott, qui paraissaient si unis.

Après tout, son rêve était devenu réalité et, si elle ne parvenait pas à devenir vraiment la femme de Matthew, elle était au moins bien décidée à apprendre comment être une bonne mère pour ses enfants.

7

— Ah ! Je savais bien qu'on les retrouverait de ce côté-ci du torrent.

Matt releva la tête. Le soleil commençait à baisser. Avec son foulard, il s'essuya le visage, puis se hissa de nouveau sur son cheval.

— On va les suivre jusqu'à ce qu'il fasse trop sombre pour voir les traces, puis on reprendra la piste demain matin.

C'étaient là presque les seuls mots qu'il avait prononcés de toute la journée.

Son fils sommeillait vaguement sur sa selle.

— Tu viens ?

— Oui, p'pa.

Matt poussa son cheval en avant, sans l'attendre. Comme ils entraient dans un bois, le père et le fils durent se baisser pour éviter les branches basses. Parfois, ils examinaient une touffe de crins restée sur l'écorce d'un arbre ou prise dans un roncier ; certains alors qu'ils pistaient bien l'étalon rouan qu'ils avaient repéré, ils continuaient leur route.

Matt savait bien qu'Aaron était épuisé. Si ce n'était pour un rapide casse-croûte, ils n'avaient pas pris le temps de s'arrêter. Il avait mené un train d'enfer. Mais il avait besoin de s'éloigner un peu du ranch et de laisser la traque lui vider l'esprit.

Il était un homme à la parole plutôt rare et, quand quelque chose le tourmentait, il avait pour habitude de ne prendre conseil que de lui-même.

« Ne laisse pas les autres te dicter ce que tu dois faire », lui disait toujours son père.

Il s'était lancé dans cette histoire de mariage sans guère réfléchir. C'était surtout la remarque d'Aaron à propos de Del qui l'avait décidé. La pauvre petite en avait vu de rudes, malgré son jeune âge. Sa maman partie. Ses frères pour uniques compagnons. Un père qui ne savait pas l'élever comme une petite fille qui deviendrait un jour une femme. Une dame accomplie, comme l'était Isabella, lui paraissait avoir été désignée par la providence pour s'en charger. Il n'avait tout simplement pas imaginé qu'elle ne souhaiterait pas pour autant être réellement son épouse. Il était privé de compagnie féminine depuis longtemps à présent, et avait cru pouvoir s'en accommoder ; il avait oublié ce que c'était que d'avoir une femme de chair et de sang près de lui. Elle allait sans doute lui valoir encore bien des interrogations et des décisions difficiles.

C'était une rude travailleuse, pas de doute à cela. Elle s'était tout de suite attaquée au ménage, et avec quel entrain ! Il respectait cela, chez une femme. En un rien de temps, elle avait fait resplendir sa vieille cahute. Et c'était une sacrée cuisinière, aussi… Matt n'avait pas aussi bien mangé depuis des lustres.

Mais elle ne saurait pas faire la différence entre

un loup et un grizzly, ni tenir une arme. S'enfuirait probablement comme un lapin au premier signe d'un danger. Elle était une femme des villes, incapable de s'adapter à la sauvagerie de *son* monde.

Et elle avait peur de lui, peur qu'il la touche…

C'était là le point le plus douloureux, et le seul qui comptât. Il pouvait bien y en avoir des millions d'autres en sa faveur, ils ne pourraient contrebalancer celui-là. A quoi bon avoir dans sa vie une femme si elle fuyait toute effusion comme s'il se fût agi d'une tare et sursautait de terreur chaque fois qu'il posait la main sur elle ?

— … plus rien, p'pa. Qu'en penses-tu ?

Il revint à la réalité. Son fils l'interrogeait, mais, trop profondément plongé dans ses pensées, il n'avait qu'à moitié entendu.

— Quoi ?

— Je dis qu'il fait trop sombre pour distinguer les traces. Il faut s'arrêter pour la nuit.

— Oui… oui, bien sûr.

Il regarda, devant lui, un bouquet d'arbres au bord du torrent.

— Il n'y a qu'à… camper là, c'est un bon endroit.

Ils entravèrent leurs chevaux et se mirent à ramasser du bois mort pour le feu. Bientôt, un appétissant fumet de viande rôtie s'éleva dans l'air.

Plus tard, allongés sur leurs nattes de bivouac, la tête sur leur selle, le père et le fils buvaient leur café en silence.

Plusieurs fois, Aaron essaya d'alimenter la conversation, mais Matt, perdu dans ses pensées, ne lui répondit que par des monosyllabes.

L'adolescent s'éclaircit la gorge.

— J'ai remarqué quelque chose, ce matin, papa.

Matt leva les yeux vers lui.

— Tu as dormi dans la grange, cette nuit, dans le box de Blue…

Son père but une gorgée de café sans piper mot.

— Et quand tu es parti, tu n'as pas embrassé Isabella.

— Je n'ai pas non plus embrassé tes frères et sœurs.

— Non, mais Isabella, enfin… c'est différent. Je veux dire, elle est ta femme.

— Je sais cela. Où veux-tu en venir ?

Aaron haussa les épaules.

— Eh bien, je pensais…

Il s'interrompit, pesant visiblement ses mots. Son père ne serait pas trop ravi d'entendre ce qu'il voulait lui dire et il se sentait responsable de ce qui arrivait, puisque c'était lui qui avait fait entrer Isabella dans leur vie.

— Tu m'as dit que les hommes et les femmes n'étaient pas comme les animaux, qu'ils avaient besoin… de ressentir quelque chose, l'un pour l'autre, avant… avant de se marier.

Les mâchoires serrées, Matt se demandait avec amertume qui était le plus gêné par cette conversation, lui ou bien son fils.

— J'ai dit cela, oui, et alors ?

— Eh bien je pensais que, puisqu'elle et toi, vous

avez été mariés si vite, vous n'avez pas eu le temps, de... enfin... d'avoir des sentiments.

— Que voulais-tu que nous fassions ? Que nous vivions ensemble sans passer devant un pasteur ?

— Non, mais je me disais...

— Tu te disais quoi ?

Matt lança le reste de son café dans le feu et regarda un instant les flammes grésiller, avant de s'élever de nouveau.

— Finissons-en, j'aimerais bien avoir un peu de tranquillité avant de dormir.

— Oui, p'pa.

L'adolescent se jeta à l'eau.

— Je crois que tu devrais lui faire la cour, avec des petits cadeaux, des mots gentils... comme ça, elle... elle tomberait amoureuse de toi et elle resterait.

Aaron avait conscience que ses joues étaient en feu. Et à voir la façon dont son père le regardait, il en avait trop dit.

Prenant sa couverture de selle, il s'enroula dedans et conclut :

— Voila ce que je voulais dire. Bonne nuit, p'pa.

— 'nuit.

Matt passa la main dans son col de chemise et prit la petite blague à tabac qu'il portait autour du cou, pendue à une lanière de cuir. Il versa quelques brins dans une feuille de papier qu'il roula, puis craqua une allumette soufrée. Une lueur fugitive brilla dans la nuit. Il inhala la fumée et pensa à ce que son fils venait de lui dire.

Sacré gamin ! Il allait avoir bien des déconvenues,

s'il croyait que l'amour pouvait s'acheter contre quelques babioles et des mots doux. Si c'était le cas, le monde entier ne serait que romance et amourettes. Matt songea qu'il avait bien besoin de cela, dans sa misérable existence : ce rituel imbécile que l'on appelait faire sa cour !

D'un geste sec, il repoussa sa couverture et se leva, sous le prétexte d'aller voir les chevaux. Cela fait, il fit les cent pas autour de leur campement, s'arrêtant parfois pour regarder le ciel.

Il n'avait pas de temps à perdre à ce genre de sottises, ni aucun talent pour cela, du reste. Et puis, bon sang, il avait un ranch à faire tourner ! Une famille, aussi, dont il devait s'occuper. Que pouvait-il faire de plus ?

Il prit une dernière bouffée et jeta son mégot dans le feu. Puis il retourna s'étendre, s'enroula dans sa couverture et rabattit son chapeau très bas sur son visage.

Il voulait bien être pendu s'il prenait au sérieux une minute de plus la suggestion d'un gamin inexpérimenté comme Aaron. Il n'allait quand même pas pousser le ridicule jusqu'à courtiser sa propre femme !

— Ne les laisse pas se disperser, Aaron. Garde-les bien groupés.

Dans la lumière du soleil couchant, Matt regardait son fils pousser son cheval au galop pour ramener dans la harde de mustangs captifs une jument qui s'en était échappée. L'adolescent maniait le lasso comme un cow-boy chevronné. Bien vite, il passa sa corde autour de l'encolure de la beauté blanc et noir et la ramena dans le troupeau.

Matt siffla et les fidèles chiens de berger vinrent mordre les chevilles des traînards, les forçant à marcher au pas du reste de la harde.

Le rancher chevauchait en tête, tenant d'une main ferme le licol qu'il avait passé à l'étalon rouan. Tant qu'il tiendrait leur chef, les autres mustangs suivraient.

Il frotta sa barbe dure. La semaine avait été longue et pénible. L'étalon leur avait donné bien du fil à retordre, mais cela en valait la peine. Sa harde comptait plus de cinquante têtes. A cinq dollars le cheval en l'état, dix s'il était déjà rompu à la selle, il y avait de quoi réaliser un assez joli profit. Il pourrait faire toutes les améliorations qu'il avait prévues dans la maison et même, peut-être, construire une nouvelle grange.

Quand il vit apparaître la silhouette familière des bâtiments du ranch, il poussa un soupir de plaisir. La fumait montait de la cheminée et des lumières brillaient aux fenêtres.

Oui, il était en train de construire là quelque chose qui en valait la peine, surtout pour ses enfants. Ici, ils grandissaient libres. Libres de se développer harmonieusement, d'apprendre et d'être fiers. Loin de la prétendue civilisation et de la folie de la guerre, qui avait coupé la nation en deux il n'y avait pas si longtemps, même si nombreux étaient ceux qui semblaient l'avoir oublié. Ici, la honte et les chagrins du passé vous laissaient en paix.

Le cheval de Matt, qui sentait l'écurie après toutes ces journées passées dans la nature, prit le galop. L'étalon l'imita. Une fois à la porte du corral, le rancher l'ouvrit et détacha l'animal, qui s'y engouffra en croyant s'enfuir. Toute la harde le suivit. Lorsque la dernière jument fut entrée dans l'enclos, Matt en referma la barrière. Les mustangs désorientés y tournèrent un instant, sans but.

La porte de la maison s'ouvrit alors et les chiens se ruèrent dehors en hurlant leur joie. Benjamin, Clement et Del se ruèrent à leur suite, suivis, mais un peu plus tard, d'Isabella.

— Bravo, papa, vous les avez eus ! criaient les enfants enthousiastes.

— Aaron !

La petite Del sauta dans les bras de son frère aîné, qui la souleva en l'air et la fit tourner, encore et encore, avant de la reposer au sol.

— Tu m'as manqué, P'tit bout, dit-il en lui ébouriffant les cheveux.

Les enfants escaladèrent la barrière du corral pour mieux voir les mustangs.

— Oh, mon Dieu, murmura Izzy, je ne me doutais pas que c'était… aussi beau !

Matt, lui, ne savait pas pourquoi il prenait autant de plaisir à le lui entendre dire.

— C'est vrai qu'ils sont magnifiques, reconnut-il. J'essaie de m'en souvenir chaque fois que je suis tenté de ne voir en eux qu'un moyen de payer les factures.

— Le vieil étalon est très, très malin, intervint Aaron. Mais papa l'a été plus que lui…

— Avez-vous été en danger ?

— Non, se rengorgea quelque peu l'adolescent. Ce ne sont pas les premiers mustangs que nous capturons…

— Mais si ce sont des chevaux sauvages, l'interrompit la jeune femme, éberluée, comment avez-vous fait pour en capturer autant en une seule fois ?

— Quand papa a réussi à attraper l'étalon, c'était gagné. Les juments l'auraient suivi n'importe où.

Comme s'il avait compris et s'en était vexé, le vieux rouan se cabra derrière la barrière.

— Je crois qu'elles se jetteraient dans le feu, sans hésiter, pour lui…

— Ainsi vous avez attrapé le mâle pour qu'elles le suivent ? C'est très malin !

Izzy s'avança pour mieux voir et effleura dans ce mouvement l'épaule de Matt. Il en eut comme une poussée de fièvre et un frisson de plaisir.

— Bah, répondit-il doucement, c'est plutôt une question de chance.

Il tendit les rênes de son cheval à Benjamin.

— Tiens, emmène le vieux Blue à son box, donne-lui une double ration d'avoine et bouchonne-le bien.

Le garçon le regarda d'un air un peu surpris mais acquiesça. Aaron demanda la même chose à Clement.

C'est alors que le regard de Matt tomba sur un petit bâtiment qui semblait une extension de la grange.

— Qu'est-ce que c'est que ça ?

Izzy eut un léger tressaillement en entendant les enfants répondre avec fierté :

— Notre nouveau poulailler. Viens, p'pa, on va te montrer !

— Un poulailler ?

Matt s'approcha du petit appentis et les autres le suivirent.

— Isabella trouvait qu'on perdait trop d'œufs, dans la grange, alors on a coupé quelques arbres pour faire cette petite cabane, adossée à la grange ; on s'y est tous mis ! expliqua Del, volubile.

Elle manœuvra le loquet qui ouvrait la petite porte.

— Regarde, p'pa. On a même mis un perchoir, pour les poules.

— C'est moi qui l'ai fabriqué, dit Clement.

— Je vois ça…

Matt regardait ses enfants, qui rayonnaient de joie et de fierté.

— Isabella dit qu'on pourrait vendre nos œufs à Sutton's Station et que comme ça, mes poules nous aideraient à payer les choses dont on a besoin. Hein, Isabella ?

— Bien sûr, dit la jeune femme. Tout le monde aime les œufs, mais tout le monde n'a pas un beau poulailler comme celui-là. Tu pourrais aussi vendre quelques poussins et poulets, à des gens qui voudraient commencer un élevage.

Elle sentit le regard de Matt se fixer sur elle avec une telle intensité qu'elle fut forcée de détourner le sien.

Benjamin intervint à son tour.

— Elle a dit aussi que je pourrais vendre le miel que je récolte, parce qu'il est très bon.

— Ah oui ?

— Oui, p'pa.

— Et moi, les peaux des animaux que je trappe,

renchérit Clement, tout excité. Isabella dit que les gens seraient prêts à payer cher pour la fourrure des animaux de la montagne.

Matt la regardait toujours fixement, comme pour l'étudier.

Izzy n'était pas sûre de bien comprendre ce que ce regard signifiait, mais sans doute voulait-il lui faire sentir qu'elle avait outrepassé son rôle. Il y avait quelque chose de primitif en cet homme-là, de dangereux. Il avait le même air que lorsqu'elle était arrivée, celui d'un rude montagnard, d'un cow-boy barbu, le regard dissimulé par le rebord de son chapeau. Il n'y avait pas moyen de savoir s'il était content ou bien en colère, mais ce qui était certain, c'était que la façon dont il la regardait la rendait particulièrement nerveuse.

Elle se tourna vers la maison.

— Allons, Benjamin et Clement, faites ce que votre père vous a dit, occupez-vous des chevaux. Matthew, Aaron, je pense que vous voulez dîner ?

— Ça, c'est la meilleure chose que j'aie entendue depuis des jours, Isabella, dit chaleureusement Aaron.

Il passa un bras autour des épaules de sa petite sœur et suivit sa belle-mère à l'intérieur.

Matt resta sur place quelques minutes encore, à regarder le poulailler. Pourtant, ce n'était pas vraiment le petit appentis qu'il voyait, ni l'espoir et l'enthousiasme qu'Isabella avait su allumer dans les yeux des enfants, bien qu'il en ait été, là aussi, très impressionné.

Non, c'était le mouvement de ses hanches, quand

elle s'était éloignée. Bon sang, il y avait trop longtemps qu'il était sur la piste…

Peut-être qu'il s'imaginait à tort que les choses avaient pu changer, comme par magie. Qu'elle allait faire éclater son carcan de peur et ouvrir grands ses bras pour l'accueillir. Mais il n'avait pas pu inventer ce frôlement contre son épaule, ni la chaude admiration, dans la voix d'Isabella. Non plus que tous ses efforts pour l'épater.

Après le dîner, il prendrait un bain bien chaud et y resterait longtemps. Puis il raserait sa fichue barbe. Et il dormirait dans son lit, avec sa femme !

Il prit le chemin de la maison, en sifflotant.

— Ça fait des jours que je pense à ce bon pain, dit Aaron en épongeant la sauce de son assiette. Pas toi, papa ?

Il avançait déjà la main pour en prendre un autre morceau.

Matt acquiesça, tout en continuant à manger.

Benjamin, Clement et Del, attablés comme eux, écoutaient Aaron leur faire le récit de la longue traque.

— Je pense qu'on faisait bien… quinze, peut-être vingt miles par jour…

Il s'interrompait pour mâcher et avaler, puis reprenait son histoire.

— Où est-ce que vous dormiez ? demanda Clement.

— Parfois au bord d'un torrent et d'autres fois, sur une crête. Chaque jour, on montait un peu plus. Je crois que l'étalon voulait mettre ses femelles à l'abri, très haut dans la montagne, pour qu'elles soient tranquilles jusqu'au printemps.

— Vous avez dû avoir froid, s'inquiéta Del.

— Non…

Aaron prenait son rôle de héros très au sérieux. Jamais il n'aurait admis, devant sa petite sœur, avoir été gelé jusqu'aux os, ses pieds eussent-ils été transformés en deux blocs de glace.

— Nous avions nos couvertures et puis, nous dormions tout près du feu.

— Vous ne vous êtes jamais perdus ? s'enquit Izzy, tout en remuant des beignets, pochés dans un bouillon de légumes.

— Aucun risque avec papa, il connaît ces montagnes comme sa poche. Pas vrai, p'pa ?

Matt hocha la tête, toujours en silence. Il avait la tête ailleurs. En fait, il mobilisait toutes les ressources de sa volonté pour ne pas regarder les hanches de sa femme quand elle bougeait devant le feu.

Izzy se tourna vers eux.

— Vous en voulez encore ?

— Oh oui, alors !

Aaron tendit son assiette et elle la lui remplit.

— Matthew ?

Sans se faire prier, son mari lui tendit la sienne.

Izzy enveloppa la poignée de sa cafetière cabossée d'un torchon et la tira du feu. Matt put respirer son odeur féminine lorsqu'elle vint remplir sa tasse.

En buvant son lait, de l'autre côté de la table, Aaron s'étonna :

— Comment faites-vous donc pour le tenir aussi frais ?

— Isabella garde une cruche de lait dans le puits, au bout d'une corde, expliqua Benjamin. Elle dit que cela l'empêche de tourner.

— Ça, ce n'est pas bête, pas vrai, p'pa ? dit Aaron en s'essuyant les lèvres. Je me demande pourquoi on n'y avait pas pensé.

— Bah, ce n'est rien…

Izzy leva la cruche et remplit de nouveau son verre.

— En Pennsylvanie, nombreux sont ceux qui font cela, pendant les chaleurs de l'été.

— Tout de même, moi je trouve ça très malin, pas toi, papa ?

Matt laissa échapper un léger soupir agacé. Avec ses gros sabots, on entendait l'adolescent venir de loin. Ses intentions étaient aussi limpides que les carreaux des fenêtres, lesquels étaient plus propres qu'il ne les avait jamais vus : il essayait de lui arracher quelques stupides compliments.

Ignorant la question d'Aaron, il repoussa sa chaise et se leva.

— C'était vraiment très bon, Isabella, lui dit-il.

Elle rougit de plaisir.

— Maintenant, si ça ne vous fait rien, je vais aller voir les mustangs. Ensuite, je prendrais bien un bain.

Il se tourna vers les enfants avec un air lourd de sens.

— Ça a été une longue semaine. Aaron et moi avons besoin de repos…

Avant qu'il ait eu seulement le temps de saisir son chapeau, son fils aîné entraînait déjà ses frères et sa sœur vers leur soupente.

Izzy plongea la vaisselle dans une bassine d'eau chaude et entreprit de la laver. Entre-temps, elle avait rempli d'eau le grand chaudron pendu à la crémaillère de la cheminée.

Quand Matt revint du corral, la baignoire avait été placée devant le feu. A côté, sur une chaise, étaient posés un pain de savon, plusieurs épaisses serviettes et son rasoir.

Un sourire se dessina sur ses lèvres quand il regarda tour à tour la baignoire de métal et la porte — close — de la chambre. Isabella faisait décidément des efforts pour bien l'accueillir.

Il retira sa chemise et commença par savonner son visage et son cou, puis se rasa soigneusement. Seulement alors, il retira ses bottes et ses vêtements, avant de rentrer dans l'eau chaude avec béatitude.

Il aurait aimé se laver très lentement, profiter tout son soûl de ce luxe trop rare. Mais la pensée de ce qui l'attendait dans l'autre pièce le fit se hâter un peu. Il se savonna le corps et les cheveux, en faisant bien mousser, plongea la tête sous l'eau. Se leva, ruisselant. S'essuya, puis drapa la serviette autour de ses reins. Un instant plus tard, il avançait vers la chambre.

Izzy était au lit, le cœur battant, les mains moites. Elle avait eu une semaine entière pour se préparer à ce moment et était déterminée à réussir.

Elle avait pris le temps de faire entièrement sa

toilette et même d'appliquer quelques gouttes de la précieuse eau de rose qu'elle avait apportée dans ses bagages depuis la lointaine Pennsylvanie ; sa chemise de nuit avait été lavée, ses cheveux brossés jusqu'à les faire crépiter.

Elle avait questionné les enfants, afin d'en apprendre le plus possible sur le compte de Matthew Prescott. Bien qu'ils fussent un peu trop jeunes pour en savoir bien long sur l'histoire de leur famille, elle avait entendu, dans leurs récits, tout l'amour et le respect qu'ils portaient à leur père. Benjamin lui avait ainsi raconté comment Matthew avait fait demi-tour, une fois, à mi-chemin de la ville et du ranch, en s'apercevant que Webster Sutton lui avait rendu trop d'argent avec sa monnaie.

— Pourquoi n'a-t-il pas attendu sa prochaine visite en ville pour réparer l'erreur de l'épicier ? s'était-elle étonnée.

— Parce que p'pa sait bien que monsieur Sutton ne roule pas sur l'or et qu'il se disait qu'il en avait peut-être besoin.

Puis Clement lui raconta que Matt, malgré son dégoût des villes et de leurs habitants, avait risqué une fois sa vie pour aller secourir des chasseurs imprévoyants qui s'étaient perdus au cours d'un blizzard précoce, en fin d'automne.

— Personne ne connaît ces montagnes mieux que lui, ajouta le petit garçon. Mais quand ils ont voulu le payer, il a refusé en leur disant que la vie humaine n'avait pas de prix.

Ce n'était donc pas seulement un homme bon et

honnête que Matthew Prescott, mais aussi une âme noble, à ce qu'il semblait.

Izzy sentait des frissons se diffuser le long de sa colonne vertébrale.

Elle espérait que les apparences n'étaient pas trompeuses car ce soir, elle allait se donner à lui.

8

Matt entra dans la chambre et referma la porte. Un moment il resta immobile, afin d'accommoder ses yeux à la pénombre. La lampe était éteinte, mais le clair de lune à travers les carreaux diffusait une lueur bien plus poétique.

Comme le reste de la maison, la pièce avait été briquée à fond. Elle sentait le savon et aussi… oui, la rose, il aurait pu le jurer.

Ses vêtements ne traînaient plus à même le plancher ; ils étaient pendus aux murs. Le vieux couvre-lit avait été ravaudé jusqu'à paraître neuf, et dessous, sa femme le regardait, avec des yeux qui paraissaient plus grands que son visage.

— On dirait décidément que vous n'avez pas chômé, durant mon absence.

— J'espère que cela ne vous ennuie pas.

— Comment cela pourrait-il m'ennuyer ? Je n'ai jamais vu la maison aussi propre !

Izzy aurait dû se sentir fière, mais elle était distraite par le ventre plat de Matthew, sous la serviette nouée bas sur ses hanches, et par la fine toison noire qui s'y perdait.

— Je suis bien contente que vous ayez pris ces mustangs.

— Et moi, donc !

Il passa la main sur la pile de vêtements qu'elle avait préparée pour lui, quand il se lèverait le lendemain. Un pantalon bien repassé, une douce chemise de laine, ses bottes de rechange fraîchement cirées.

— Quand l'armée me les aura achetés, j'aurais de quoi faire agrandir cette cabane. Je pense aussi construire une nouvelle grange.

— Oh, ce serait formidable ! Combien de temps vous faut-il pour les dresser, Matthew ?

Il esquissa un sourire en s'asseyant au bord du lit.

Elle se raidit, révélant sa chemise de nuit boutonnée jusqu'au cou.

— Ai-je dit quelque chose de drôle ?

Il secoua la tête.

— Non, c'est de vous entendre m'appeler Matthew. La seule personne avant vous qui m'ait jamais appelé comme ça, c'était ma mère.

— Oh ! Je suis désolée.

— Non, il ne faut pas…

Il avança sa main et sentit qu'Isabella se crispait. Instantanément, il la retira, résolu à progresser tout doucement et sans plus faire d'erreur.

— En fait, j'aime que vous m'appeliez ainsi

— C'est vrai ?

Il acquiesça, puis fit courir ses doigts sur l'édredon, pour se retenir de caresser ces boucles qui l'attiraient irrésistiblement.

— On dirait que ce couvre-lit est neuf.

— J'ai seulement réparé quelques trous.

— Vous travaillez vite et bien.

Il immobilisa sa main, dans l'espoir que, par mégarde, elle irait la toucher.

— Cela m'a tenue occupée chaque soir, après dîner.

Il était si tranquille, si calme, que cela en devenait très déconcertant. Elle sentait sa présence, sa quasi-nudité, l'odeur propre et fraîche de sa peau tendue sur les muscles gonflés.

Elle s'éclaircit la gorge.

— Vous ne m'avez toujours pas dit combien de temps il vous faudra pour les dresser ?

— Dresser n'est pas le mot. Il s'agit tout bonnement de les habituer à la selle, à l'entrave qu'elle représente.

Le parfum de rose était bien réel et il comprit que c'était la peau de la jeune femme qui sentait ainsi. Il brûlait de le respirer partout, le long de sa gorge, entre ses seins… et cette seule pensée le rendait fou.

— Je me suis toujours demandé comment on s'y prenait, continua Izzy en frissonnant. Est-ce qu'on doit battre ces malheureux mustangs, pour briser leur volonté ?

— Les battre ? Non, non, rien de tout cela…

Il posa sa main sur une bosse du couvre-lit, bien conscient qu'en dessous se trouvait la cuisse d'Isabella. Il vit ses yeux s'agrandir un instant, puis elle se reprit.

— Mais ce sont des animaux sauvages. Il faut les habituer à la présence humaine, d'autant que ces êtres inconnus qu'ils redoutent tant, ils vont devoir les porter sur leur dos. On n'y parvient pas par la violence, mais en instaurant peu à peu la confiance entre l'homme et l'animal.

La confiance ? Un luxe qu'elle eût aimé s'offrir, elle aussi.

— Ainsi, vous ne les battez pas pour les soumettre ?

— Bien sûr que non !

Il s'appliquait à ne pas laisser transparaître, dans sa voix, le moindre soupçon d'impatience. Il fallait se souvenir qu'elle était une fille de la ville et que tout cela l'effrayait. D'ailleurs, elle était plus craintive qu'une biche.

— Vous devriez venir voir comment je m'y prends, de temps à autre. Vous jugeriez par vous-même.

— Je ne sais pas…

La peur était toujours là, mais au moins, elle paraissait réfléchir à sa proposition.

— Les enfants m'ont dit que c'était dangereux, que des chevaux sauvages vous avaient souvent jeté à bas de votre selle.

Il sourit de nouveau et Izzy remarqua que le coin de ses yeux se plissait.

— Ça c'est vrai, j'en ai été éjecté tant de fois que je ne les compte plus. Et en général, cela fait mal, croyez-moi ! J'en garde le souvenir un peu partout sur mon corps.

— Pourquoi continuer, alors ?

— Parce que cela rapporte. Vendre des mustangs à l'armée me permet de vivre ici et d'élever mes enfants de la manière qui me plaît.

L'évocation des jeunes Prescott adoucit le regard d'Isabella.

— Ils sont très bien vos petits, Matthew…

Le sourire de Matt s'élargit.

— Merci, je le crois aussi. Je vous suis reconnaissant d'être venue jusqu'ici pour m'aider à les élever. Et maintenant…

Il se pencha vers elle.

— … je commence à avoir un peu froid, alors si ça ne vous ennuie pas, je vais me glisser sous les couvertures.

Elle s'était attendue à ce qu'il contournât le lit, pour aller s'étendre de l'autre côté. Au lieu de cela, il enleva simplement la serviette qu'il avait nouée autour de ses reins, et vint s'allonger auprès d'elle. Izzy savait qu'elle avait le droit de le regarder. Après tout, ils étaient mari et femme. Mais elle n'y parvenait tout simplement pas. Alors elle détourna la tête, jusqu'à ce qu'elle entendît le sommier grincer sous le poids de Matt.

Comme il s'installait, il la frôla du pied. Immédiatement elle se figea, pétrifiée. Pourtant, elle avait eu des jours et des nuits pour se préparer à cet instant. Elle avait cru pouvoir enfouir ses terreurs au plus profond d'elle-même et lui offrir ce qu'il attendait. Mais se savoir étendue à côté d'un homme nu, qui attendait qu'elle s'offrît pour satisfaire son désir, la faisait trembler.

— Isabella…

Il roula sur le côté et la prit par l'épaule.

S'interdisant de flancher, elle resta immobile, attendant avec terreur ce qui allait s'ensuivre.

Dès qu'il la toucha, Matt sentit le trouble qu'elle éprouvait. Il se garda bien de précipiter les choses. Cette fois, il percerait la carapace qu'elle s'était fabriquée. Il la convaincrait de se détendre et de savourer le plaisir qu'ils pouvaient se donner.

— Isabella, je voudrais seulement vous embrasser...

Il se pencha et effleura ses lèvres. Elle les garda obstinément closes. La langue de Matt vint s'insinuer entre elles ; las, elle serrait tellement les dents que la barrière en était infranchissable.

Il se contenta donc de doux baisers sur sa tempe, sa joue et le bout de son nez.

Ce petit jeu la détendit et même, la fit sourire, jusqu'au moment où, faisant pointer sa langue, Matt la passa autour de son oreille, puis l'y introduisit. Elle en ressentit plusieurs ondes de choc. Elle posa ses mains, paumes ouvertes, sur la poitrine de Matt ; mais, avant qu'elle ait pu le repousser, il l'entoura de ses bras et la serra contre lui, continuant à l'embrasser dans des parties aussi sensibles que la gorge ou ce petit creux entre le cou et l'épaule.

Izzy s'était préparée à ressentir du dégoût ou de la répulsion, ou bien alors, avec de la chance, à ne rien sentir du tout. Elle ne s'était pas attendue à ce frisson de plaisir qui lui parcourait l'échine, ni à cette chaleur en elle, lorsque les lignes dures du corps de Matt venaient se frotter à la douceur de sa chair, à elle.

— Voulez-vous m'embrasser, Isabella ? dit-il, son souffle chaud sur le visage d'Izzy, ajoutant au trouble de la jeune femme.

— Je… je ne sais pas…

— Comment cela ?

— Je… je ne sais pas comment m'y prendre.

Elle avait très honte de devoir faire un tel aveu. Elle pouvait sentir le rouge monter à ses joues ; Matt, elle en était sûre, allait se moquer d'elle ! Sans doute il riait déjà, en lui-même.

Mais il lui dit, très simplement :

— Je vais vous montrer. D'abord, vous faites ceci…

Et il effleura ses lèvres, dans le plus doux des baisers. Il la sentit qui se raidissait de plus belle. Sa voix prit un ton plus apaisant encore, quand il murmura, tout près de sa bouche :

— Puis, ceci…

Il la saisit par les bras, qu'il la força à nouer autour de son cou.

— Vous voyez, maintenant, vous me tenez comme je vous tiens. Comment vous sentez-vous, jusque-là ?

— B… bien…

C'était à peine un murmure, et elle ne parvenait pas même à l'articuler correctement, tant sa gorge était nouée. La bouche de Matt était déjà sur la sienne. Ils se faisaient face, leurs corps se touchaient. Sa légère chemise de nuit n'était guère un rempart.

Elle restait parfaitement immobile, craignant de bouger, voire de respirer.

— Maintenant, Isabella, posez vos lèvres sur les miennes.

Il sourit quand elle obéit, malgré sa très visible angoisse. Puis il la vit battre des cils et fermer les yeux.

Matt sentit alors tous ses sens s'enflammer. Ce pauvre petit baiser était bien plus enivrant qu'il ne l'aurait cru.

— Voici maintenant ce que moi, j'appelle un baiser.

Sans lui laisser le temps de réagir, il approfondit leur étreinte. Il l'entendit pousser un gémissement. De plaisir ou de protestation ? Il n'en savait rien, mais continua jusqu'à ce qu'ils fussent tous deux à bout de souffle.

Avant qu'Izzy eût pu comprendre ce qui lui arrivait, il fit courir ses mains sur elle jusqu'à ce qu'il rencontre la ferme douceur de ses seins. Elle poussa un soupir étranglé lorsqu'il les caressa de ses pouces.

Elle était muette de stupeur, sous l'effet de la bouleversante vague de plaisir qui la submergeait. Son corps réagissait de la façon la plus surprenante qui fût. Ses seins semblaient fondre sous les caresses. Au plus profond d'elle-même, une tension presque insupportable se relâchait soudain en une chaleur liquide. Elle craignait que ses nerfs, tendus à l'extrême, ne se rompent.

Soudain, elle sentit son érection et eut un cri étouffé.

— Non... non, je vous en prie.

Rassemblant toutes ses forces, elle le repoussa.

Dans un état de frustration intense, Matt se passa la main dans les cheveux. Son souffle était court et son cœur battait la chamade.

— Mais enfin, que se passe-t-il ? Cela vous plaisait, non ? Je suis sûr que oui.

Izzy sentit le rouge de la honte lui monter aux joues. Oui, c'était vrai : elle avait aimé ses caresses et c'était bien cela qui lui faisait peur. Elle n'était pas supposée éprouver du plaisir. Du moins, elle ne le pensait pas.

— Je suppose que oui… Oui, c'était agréable.

— Alors pourquoi voulez-vous que j'arrête ?

— Parce que je ne peux pas… penser… quand… vous faites ça.

Comment pouvait-elle se défendre, si elle perdait toute maîtrise de soi ? Elle avait besoin de garder la tête claire et c'était impossible quand il l'embrassait et la touchait ainsi.

— A quoi diable voulez-vous penser ? Je croyais… que vous aviez appris à avoir confiance en moi.

— Mais j'ai confiance en vous !

Dieu, elle ne reconnaissait pas sa propre voix. Précipitée, haletante… Elle détestait l'entendre ainsi. Faible, sotte, comme celle de ces femmes qui disent une chose et en pensent une autre. Oh, elles les avaient vues, aguichant les hommes et pressant leurs corps contre eux, puis faisant mine d'être offensées quand ils répondaient à leurs avances.

— Ceci ne ressemble guère à de la confiance.

Il effleura sa joue et elle tressaillit.

Tout cela pour rien, songea-t-il.

Ils étaient revenus au point de départ.

Son ton se durcit.

— Ecoutez, je ne vais pas vous faire de mal, Isabella.

— Je le sais bien.

— Vous ne vous comportez pas comme si vous en étiez persuadée.

Ses yeux s'étrécirent.

— Isabella, qui donc vous a fait du mal ?

Elle ferma les siens, souhaitant à la fois qu'il retire sa main et ne la retire pas. Elle avait un pouvoir étrange, cette main. Mais cela, jamais elle n'oserait le lui dire.

Il attendit, l'espace de quelques battements de cœur, puis reprit, en essayant de maîtriser le ton de sa voix :

— Allez-vous répondre à ma question ?

Izzy garda les yeux obstinément clos, comme pour se recroqueviller sur de mauvais souvenirs. Car ils étaient bien là, c'était visible, à l'affût dans les recoins de sa mémoire et qui la tourmentaient, la blessaient toujours.

— Je… je ne peux pas.

— Vous ne pouvez pas ou vous ne voulez pas ?

Cette fois, malgré ses efforts, la voix de Matt était pleine de colère et de frustration.

Elle refusait d'ouvrir les yeux. Tout plutôt que de devoir lire du dégoût dans ceux de Matthew.

— J'avais espéré que ces quelques jours de séparation arrangeraient les choses.

Il rejeta les couvertures et bondit hors du lit. Il ne savait pas ce qui le rendait le plus furieux : le rejet qu'il subissait ou bien le ridicule d'être, malgré tout, encore en érection.

— Je vois que j'avais tort. Vous n'êtes pas venue ici

pour devenir une épouse et une mère. Vous cherchiez simplement un endroit où vous cacher.

Il enfila à la hâte le pantalon tout propre et sauta dans ses bottes. Puis il traversa la chambre sans même prendre la peine de boutonner sa chemise.

— Je crois que la meilleure chose à faire, dans notre intérêt à tous deux, est que j'envoie Aaron en ville dès demain matin, avec un message.

— Un message ?

— Oui. Il le donnera à Web Sutton, lequel le remettra à Boone à son prochain passage, pour l'avertir qu'il doit passer vous prendre avec sa diligence et vous ramener d'où vous venez.

Très choquée, Izzy resta interdite, incapable de prononcer un seul mot pour sa défense.

Il lui lança un rapide coup d'œil puis se détourna, prenant son silence pour une approbation.

— C'est comme ça… Enfin, pour le moment, je n'ai qu'à me contenter d'aller dormir dans la grange.

Elle entendit longtemps ces mots résonner dans sa tête, après qu'il eut violemment claqué la porte de la chambre et que le bruit de ses pas eut décru sur le plancher, puis sur le gravier, au-dehors.

Une larme perla entre ses paupières toujours closes. Elle l'essuya d'un geste vif et enfouit son visage dans son oreiller. Elle n'avait pas le droit de pleurer. Elle était l'artisan de son propre malheur. Elle avait fait ce long voyage en croyant pouvoir effacer son sombre passé et se construire un avenir meilleur. Mais on n'effaçait pas l'ardoise aussi facilement que cela. Les mauvais souvenirs étaient bien trop ancrés en elle. Chaque fois qu'elle prétendait les oublier, ils revenaient l'assiéger et la paralyser de peur.

Voilà à présent que son nouveau mari se sentait trahi. Il y avait parfaitement de quoi, en effet. Il avait cru, à bon droit, se trouver une épouse, mais le marché lui avait laissé un goût amer… Oh, bien sûr, il avait trouvé une cuisinière, une femme de ménage et, si on voulait, une aide pour élever ses enfants. Mais il n'avait toujours pas de femme.

Elle avait pourtant essayé de remplir cette… fonction. Dieu, comme elle avait essayé ! Elle avait sincèrement cru y parvenir. D'autant plus que c'était si bon d'être entre ses bras, d'être embrassée, caressée par lui.

Mais la peur était la plus forte, bousculant le plaisir pour faire remonter à la surface tous les mauvais souvenirs jusqu'à ce que, vaincue, elle suffoque sous leur poids.

Et à présent, Matthew la renvoyait.

C'était tout ce qu'elle avait gagné en prétendant être ce qu'elle n'était pas. Quand le masque d'Isabella tombait, restait la vraie, la pathétique et misérable Izzy.

Debout devant le corral, engoncé dans sa veste fourrée, Matt regardait les mustangs. Après la semaine qu'il venait de passer, il aurait pu dormir dix heures, voire davantage, même dans la grange. Mais il était trop sur les nerfs pour pouvoir seulement s'allonger.

Comment avait-il pu se conduire à ce point comme un imbécile ? Il avait fini par se convaincre qu'Isabella flirtait avec lui. Il s'était même illusionné au point de lire une invite dans ses yeux.

Mais il n'y avait rien eu d'autre, en vérité, que de la peur.

Il se roula une cigarette, craqua une allumette et s'accouda à la barrière. Maudit soit le sort qui l'avait conduite ici. Comme s'il n'avait pas, lui-même, un fardeau suffisamment lourd à porter !

La renvoyer ne l'enthousiasmait pas. Et ce n'était pas à cause de l'argent que cela lui coûterait — un argent qu'il n'avait pas, du reste —, mais plutôt à cause d'un remords qui commençait à le ronger.

Son silence était-il un assentiment ou bien se trompait-il, là encore ?

Elle avait traversé un continent, s'était arrachée, peut-être, à l'affection de sa famille et de ses amis, pour répondre à l'appel d'un étranger, du moins l'avait-elle cru. Elle avait jeté par-dessus les moulins tout ce qui lui était familier, coutumier, pour venir jouer le rôle d'une mère et d'une épouse. Et elle lui avait bien dit qu'elle n'avait rien vers quoi elle pût retourner.

Mais lui, qu'y pouvait-il ? Il ne l'avait pas invitée à venir. A l'évidence, il ne servait à rien d'espérer la voir un jour remplir son devoir conjugal, comme on disait. Quel avenir pourraient-ils bien avoir ensemble ?

Bien sûr, il y avait les enfants. Si elle ne pouvait pas être sa femme, elle serait du moins une mère pour eux. Il pouvait voir que déjà, Aaron, Benjamin, Clement et Del s'étaient attachés à elle. Ils étaient à l'aise avec leur belle-mère et elle l'était aussi, avec eux. Si seulement elle pouvait l'être autant avec lui ! Et voilà que se présentait un autre problème, qui n'avait rien à voir, celui-là, avec sa fierté masculine. Les enfants seraient cruellement déçus. Ils voudraient savoir pourquoi leur père renvoyait dans l'Est la gentille Isabella. Et comment pourrait-il le leur expliquer ?

Aaron saurait.

Aaron et son étrange capacité à observer, à voir ce que les autres ne percevaient pas. Il avait senti la tension, entre eux, et il avait même proposé une solution. Son conseil idiot de faire sa cour à sa femme…

Pendant ce temps, dans le corral, l'étalon rejoignait un groupe compact de juments. Comme l'une d'elles commençait à faire nerveusement des bonds de côté, il émit un hennissement rentré, à la fois doux et profond. Immédiatement, la jument releva la tête, attentive, et le mâle vint frotter ses naseaux contre son cou, comme un baiser, jusqu'à ce que, au bout d'un moment, elle redevînt parfaitement calme.

Matt se sentit profondément ému par cette scène de la vie sauvage qu'il avait le privilège de contempler. Est-ce que toutes les créatures au monde avaient ce besoin de tendresse et de confiance ?

Une pensée embarrassante prenait corps, dans son esprit. Et si Aaron n'avait pas tort, après tout ?

Que fallait-il pour courtiser une femme comme Isabella ? Des cadeaux, sans doute. Elle avait bien besoin d'une nouvelle robe. Celle qu'elle portait partait en lambeaux ; il lui fallait la laver tous les soirs, afin de pouvoir la remettre le lendemain. Matt y avait pensé, déjà, mais il ressentait une sorte de gêne à acheter quelque chose d'aussi frivole qu'une robe de femme. Tout ce qu'il avait pu lui offrir, pour l'instant, c'était des confiseries.

Il sourit malgré lui en revoyant le visage de la jeune femme, ce jour-là, s'éclairant de surprise et de plaisir en découvrant la friandise.

Il serra les poings. Il ne pouvait tout de même pas la couvrir de sucreries et, pour des cadeaux plus substantiels, il n'avait pas assez d'argent.

Des fleurs, peut-être… Il y en avait encore dans les fonds de certaines vallées abritées, là où la chaleur emmagasinée par la roche les protégeait du froid de la nuit. Mais il n'avait guère le temps de les rechercher. Pas s'il voulait débourrer sa harde de mustangs sans trop attendre.

Il se mit à réfléchir. S'il lui cuisinait quelque chose de spécial ? Elle aimait cuisiner, elle devait donc être gourmande. Un grand cerf wapiti, peut-être ? La venaison en était particulièrement savoureuse. Mais cela voulait dire passer du temps loin du ranch, pour traquer l'animal, l'abattre et le dépouiller.

Sa frustration monta d'un cran. Pourquoi donc gâchait-il tant d'énergie à ces sottises ? Il n'avait pas de temps à perdre. Comment pourrait-il, lui, faire la cour à une femme ? Il avait déjà si peu d'heures de sa vie à consacrer à ses enfants…

Il tira une dernière bouffée de sa cigarette puis la jeta et l'écrasa sous sa botte.

Quoi que pouvaient en penser Aaron, ses frères et leur petite sœur, mieux valait renvoyer cette femme dans l'Est, tout de suite, avant qu'elle ne prenne décidément trop de place dans leur vie.

Au matin, il enverrait son fils aîné en ville, avec un message pour ce vieux Boone.

« Passe au ranch avec ta patache dès que ton circuit le permet. »

Cette décision abrupte n'apaisa pas le feu de ses reins, ni rien d'autre en lui, d'ailleurs. En fait, elle ne lui apporta aucun réconfort. Rien qu'un surcroît de culpabilité.

9

— Mieux vaut laisser papa tranquille, aujourd'hui…

Izzy passait près de la cheminée quand elle entendit ce conseil murmuré par Benjamin à ses jeunes frères et sœur.

— Il est fou de rage à cause d'on ne sait pas quoi.

Le jeune garçon se tourna vers Del.

— Tu lui as fait quelque chose ?

— Moi, non, se défendit la fillette. Peut-être Clement ?

Clement secoua la tête.

— Je ne lui ai rien fait. P'pa est grognon depuis qu'il s'est levé ce matin.

Il empoigna sa parka. Du travail l'attendait au-dehors.

— Je l'ai vu sortir de la grange, ce matin à l'aube, et il avait l'air d'humeur à se colleter avec un grizzly. Il n'a même pas laissé à Aaron le temps de déjeuner et il l'a envoyé en ville, porter une lettre à monsieur Sutton. Isabella, ajouta-t-il, vous savez de quoi il s'agit ?

La jeune femme sentit ses joues s'embraser et se détourna pour éviter le regard de l'enfant.

— Euh… il a peut-être besoin de courses à l'épicerie…

— Peut-être.

Benjamin décida qu'il n'avait plus faim. Son père n'était pas même venu prendre son petit déjeuner, et ce n'était vraiment pas bon signe.

— Je crois, dit-il en se levant de table, que je vais faire un saut jusqu'au corral, voir comment p'pa s'y prend avec ses mustangs.

— Je viens avec toi !

Del enfilait déjà sa parka. Son frère secoua la tête.

— Oh non, toi, tu restes avec Isabella.

— Pourquoi ?

— P'pa dit qu'il est temps que tu apprennes les trucs des dames : cuisiner, laver, tout ça…

— Je ne veux pas faire de trucs de dame ! Je veux aller avec toi !

— D'accord, d'accord !

Benjamin quitta la maison, la fillette sur ses talons.

— Mais ne t'en prends qu'à toi si papa te crie dessus !

— Ça ne sera pas la première fois !

Elle sautillait pour rester à la hauteur de son frère, en raison des grandes enjambées qu'il faisait.

— Mais je ne comprends pas pourquoi il est si ronchon, depuis qu'Isabella est ici. Aaron disait pourtant qu'elle allait lui rendre le sourire, à notre papa…

En entendant ces mots, Izzy sentit son cœur se fendre. Elle plongea des paillettes de savon dans l'eau chaude et se mit à frotter les vêtements sales de Matt sur la planche à lessive, en s'accusant d'avoir provoqué un beau gâchis. C'était l'histoire même de sa vie. Quand donc allait-elle apprendre à connaître ses limites ? Elle avait bonne mine, à prétendre jouer à la dame accomplie…

Elle plongea les vêtements dans une bassine d'eau claire, puis les en retira et les essora. Enfin, elle les plaça dans une corbeille et les emporta pour les étendre au-dehors, sur un fil.

Elle jeta un coup d'œil vers le corral. Les enfants faisaient des bonds en poussant des cris de joie. Matt s'agitait, tel un pantin désarticulé, en tentant de rester sur sa selle, comme le cheval qu'il montait ruait, derrière la barrière.

Tout cela était bien étrange. Quelle sorte d'homme était Matthew Prescott, pour vivre en pleine nature et dompter des chevaux fous ?

Depuis son arrivée dans ce ranch, elle se demandait pourquoi il était venu s'enterrer dans ces solitudes. Quelque chose paraissait incongru, dans cette situation. Il pouvait bien essayer de passer pour un simple fermier, ses manières, son éducation sautaient aux yeux. Et il y avait aussi autre chose… un aspect sombre et sauvage en lui.

Pourtant, il fallait bien avouer qu'il s'était montré très patient et même attentionné, avec elle. Davantage, même, qu'elle aurait été en droit de l'attendre. Si elle essayait encore, pourrait-elle réussir à le satisfaire ?

Quand la dernière chemise fut accrochée au fil, claquant au vent, elle serra son châle autour d'elle et se dépêcha de rentrer, bien déterminée à trouver un accommodement.

La cheminée étincelait. Izzy en avait frotté les pierres jusqu'à éliminer la plus petite trace de suie. Les rayons rasants du soleil qui déclinait projetaient de petits arcs-en-ciel sur les poutres du plafond.

Un rôti de venaison tournait sur la broche. De belles tranches de pain croustillantes reposaient sur la table et toute la maison embaumait les pommes cuites dans le sucre brun et la cannelle.

Izzy plaça un torchon sur une bassine où de la pâte était en train de lever. Puis elle sortit ramasser son linge.

Les cris et les rires qui redoublaient, près du corral, attirèrent son attention. Les trois enfants étaient assis sur la barre supérieure de la clôture, mais on ne voyait plus leur père. Intriguée, elle traversa la cour. Elle vit alors Matt se relever dans la poussière. Quand il croisa son regard, sa figure s'allongea. Il la considéra une seconde, puis alla ramasser son chapeau en boitillant, l'enfonça sur son crâne et marcha vers un mustang tacheté qui, sur le qui-vive, le regardait du coin de l'œil.

— Tu crois que tu as gagné, c'est ça ? lança-t-il.

Izzy pressa sa main sur sa gorge. Etait-ce à cette jument qu'il s'adressait, ou bien à elle ?

Il se hissa de nouveau en selle et la bête se cabra aussitôt, dans un bond prodigieux.

Comme cela ne suffit pas à la débarrasser de ce poids

sur son dos, elle se mit à galoper autour du corral, tout en se débattant en une série de bonds et de ruades en tout sens.

Izzy, aux premières loges, vit avec étonnement Matt cahoter et rebondir sur sa selle comme un ludion, les épaules et la tête balancées d'avant en arrière et de gauche à droite. Comment pouvait-on s'exposer à un tel traitement ? Il restait comme vissé sur sa selle. Les minutes passant sans que la jument pût s'en défaire, ses soubresauts se firent moins violents. A part, de temps à autre, un coup de tête rebelle, le bel animal finit par accepter cette créature bizarre sur son dos et même par répondre à ses sollicitations. Doucement, graduellement, monture et cavalier se mirent à tourner autour du corral dans un rythme plus harmonieux.

Izzy observa comment Matt alternait les allures de la jument : du pas au trot, du trot à l'amble, de l'amble au galop. Finalement il fit halte et se laissa glisser au sol. Il flatta alors la crinière de l'animal et, près de son oreille, murmura d'une voix douce et apaisante :

— C'est bien ma belle, tu as tout très bien compris. Je ne suis pas surpris que tu te sois débattue, c'était juste pour cacher combien tu avais peur, je le sais. Mais il ne faut pas… On va bien s'occuper de toi, à présent.

Il la prit par la bride et, boitant toujours, l'entraîna lentement vers la porte du corral. La sueur et la poussière se disputaient son corps ; on eût dit qu'il revenait de guerre, blessé et meurtri.

— Benjamin ! Déharnache-la et bouchonne-la bien avant de l'installer dans un box, s'il te plaît.

— Oui, p'pa.

— Combien en as-tu montés, aujourd'hui ? demanda Clement.

— Cinq.

Il claqua son chapeau sur ses jambières de cuir, soulevant un nuage de poussière. Puis il s'essuya le front de sa manche, d'un geste las.

— On devrait pouvoir débourrer toute la harde en deux semaines environ.

Izzy frissonna en pensant à tout ce que Matt allait devoir endurer avant d'en avoir terminé avec ce terrible travail.

— Tu as fini pour aujourd'hui, papa ? fit la petite Del en trottinant près de lui.

— Ça, oui ! J'ai ma dose.

Il coula un regard vers Izzy, au passage.

— J'espère qu'il y a un petit quelque chose à manger, marmonna-t-il, parce que j'ai rudement faim.

Bien que son ton ait été neutre, Izzy sentit un petit frisson d'excitation la parcourir. C'était la première fois qu'il lui adressait la parole de toute la journée.

— On va mettre la table, répondit-elle en hâte.

— Oh, pas la peine de vous presser...

Il s'arrêta près d'une pompe à bras, montée sur un abreuvoir.

— J'ai besoin de quelques minutes pour me laver.

Izzy retourna terminer de ramasser son linge et, du coin de l'œil, le regarda plonger sa tête sous le robinet et pomper vigoureusement pour s'asperger le visage et le torse.

Très vite, les enfants le rejoignirent et l'imitèrent, plongeant la tête sous l'eau en riant aux éclats.

Izzy courut vers eux avec des serviettes sèches et elle eut un choc en voyant le torse nu de Matt. Elle s'efforça de ne pas le regarder trop fixement en lui en tendant une.

— Merci.

— Je vous en prie.

Ces mots sonnaient creux, raides et pesants et, navrée, elle sentit qu'un mur d'incompréhension s'élevait entre eux, de plus en plus haut à chaque minute.

— Je… je vais m'occuper du dîner.

Mais avant cela, elle alla dans la chambre, où elle plia des vêtements, mettant à part un pantalon et une chemise pour Matt. Puis, tandis qu'elle passait dans la pièce principale, elle pensa avec amertume à la froideur et à la réserve du rancher. Mieux valait encore sa colère que cette politesse glaciale et formelle.

La diligence ne repasserait peut-être pas par le ranch avant des mois. Comment pourrait-elle endurer son dédain ? Comment pourrait-elle même supporter de prendre un seul repas en sa présence ?

— Mmm… Ça sent bon, ici ! claironna Del en ouvrant la porte.

Les chiens se ruèrent à l'intérieur, aboyant et reniflant partout.

A la dérobée, Izzy regarda Matt se diriger vers la chambre. Il en referma la porte et, peu après, revint habillé de propre et se mit à table. Les enfants y étaient déjà assis, les joues rouges de plaisir et les cheveux encore humides.

Ils levèrent tous la tête en entendant un bruit de sabots.

— Aaron ! s'écria la petite Del.

Elle se rua au-dehors, les chiens sur ses talons.

— Benjamin, dit tranquillement Matt, après le dîner, tu t'occuperas du vieux Blue… Aaron et lui ont eu une longue journée.

— Oui, p'pa.

Le sourire du jeune garçon s'élargit en voyant paraître son frère aîné sur le seuil, Del, comme à son habitude, dans son ombre.

— Tu as fait vite, fils.

— Oui, p'pa… Blue et moi, on avait faim !

Comme il s'asseyait à table, Matt lui demanda :

— Tu as porté mon message ?

Aaron acquiesça en évitant de regarder Izzy. Bien que son père ne lui ait rien dit du contenu du billet qu'il l'avait chargé de porter, il se doutait bien que cela avait un rapport avec elle. Il n'était pas non plus besoin d'avoir une longue habitude des relations entre les hommes et les femmes pour s'apercevoir que l'heure n'était pas au beau fixe, dans le couple.

— Monsieur Sutton m'a dit de te dire que quand Boone repassera en ville, il lui fera la commission que tu demandes.

A ces mots, Izzy ressentit une douleur si vive qu'elle dut fermer un instant les yeux.

— Ça a l'air bien bon, Isabella, reprit Aaron en se servant du rôti avant de passer le plat à son père.

— Et le pain est tout chaud, papa, ajouta la petite Del avec gourmandise.

Elle mordit dans un morceau et en prit un autre, puis tendit la corbeille à ses frères.

— Je n'aime pas les navets, maugréa Clement.

— Ceux-là, je crois que tu vas les aimer, dit Aaron. Comment les faites-vous cuire, Isabella ?

— Oh, c'est une simple purée agrémentée de pommes de terre, de beurre frais et d'oignons sauvages.

Clement en porta à sa bouche une toute petite bouchée, la goûta, puis en reprit en soupirant :

— Je crois que je pourrai en manger un peu…

Izzy coupa le gras de la viande et le mélangea dans une casserole à des restes de nourriture afin de confectionner une pâtée pour les chiens, qu'elle déposa dehors, devant la porte. Quand ils se furent tous précipités sur cette mixture, la jeune femme referma sur eux.

Au bout de la table, Matt dînait en silence. Peut-être était-ce parce qu'il avait faim, que cela lui paraissait si bon…

Mais même rassasié, il eut encore envie de manger une tranche de rôti et un dernier morceau de ce pain qui fondait dans la bouche. Il en était à se demander si la nourriture lui paraissait tellement délicieuse à cause de cette autre faim qui le rongeait.

— Il y avait un capitaine de cavalerie en ville, p'pa, dit Aaron en se servant un verre de lait. Je lui ai parlé des mustangs. Il a dit qu'il allait envoyer une patrouille les chercher la semaine prochaine.

— Déjà ? Tu ne lui as pas dit combien j'en avais à débourrer ?

— Si, mais il dit qu'il est pressé. De nouvelles recrues viennent d'arriver de l'Est et il faut leur procurer des montures.

Matt passa la main sur son front d'un air las.

— J'espérais m'en occuper seul, mais je crois que tu tiens ta chance de commencer à débourrer des mustangs…

— C'est… c'est vrai ?

Les yeux de l'adolescent brillaient de plaisir et de fierté.

— Et moi, papa ? hasarda Benjamin plein d'espoir. Je n'ai que deux ans de moins qu'Aaron.

— Je sais, fils, et ton tour viendra. J'essaie seulement de t'épargner les plaies et les bosses pour quelque temps encore.

— Ce n'est pas grave, ça, papa… je suis presque aussi bon cavalier que lui !

— Tu l'es, c'est vrai. Mais toi, Clement et Del, vous allez devoir, la semaine prochaine, faire le travail d'Aaron et le mien, en plus du vôtre. Cela devrait vous occuper suffisamment.

— Mais…

Izzy posa sa main sur l'épaule du jeune garçon. Si elle pouvait épargner à Matthew la fatigue supplémentaire d'une discussion vaine avec son fils…

— Benjamin, lui dit-elle, est-ce que les mots *Apple Betty* te rappellent quelque chose ?

Toutes ses protestations moururent sur les lèvres du garçon quand elle apporta le dessert à table.

Les biscuits à la cannelle étaient si tendres qu'ils fondaient dans la bouche ; une crème fouettée légère, aérienne, surmontait les morceaux de pommes caramélisés.

Plus personne ne pipa mot jusqu'à ce que les bols fussent vides.

— Isabella, dit Aaron en vidant un nouveau verre de lait et en s'essuyant la bouche d'un revers de main, c'est le meilleur repas que j'aie jamais fait.

Izzy rougit en passant près de Matt pour remplir sa tasse de café.

— Oh, c'est surtout que tu avais très faim…

— Non, je suis honnête. Vous êtes la meilleure cuisinière que je connaisse.

La jeune femme pouvait sentir le regard de Matt sur elle, tandis qu'elle ramenait la cafetière sur le feu.

— Del, dit-il d'un ton strict, aide Isabella à débarrasser la table et à faire la vaisselle.

— Oui, p'pa, dit la fillette d'un ton contrit.

Elle quitta la table avec un regard déçu vers son père et son frère aîné, et alla rejoindre Izzy près du feu.

— Benjamin, reprit Matt, va t'occuper de Blue. Clement, tu l'aideras et tu vérifieras que les mustangs vont bien avant d'aller te coucher.

Les deux garçons opinèrent, prirent leur parka et gagnèrent la porte. Quand ils l'ouvrirent, un concert d'aboiements les accueillit, et les chiens les escortèrent jusqu'à la grange.

Izzy remplit une bassine d'eau savonneuse et y plongea les assiettes, qu'elle commença à laver. A son côté, Del les essuyait, en soupirant.

Pour la distraire un peu, Izzy lui souffla :

— Je suis en train de te faire une robe, Del, avec un peu de tissu rose que j'ai trouvé dans la maison.

— C'est pas la peine, fit la fillette, je porte les vieux vêtements de Clement.

— Je vais tout de même la finir, dit Izzy sans s'émouvoir. Au cas où tu voudrais enfin t'habiller comme une fille.

Pour changer de sujet, elle ajouta, l'air de rien :

— Tu connais les lettres de l'alphabet ?

— Bien sûr !

Del les récita en chantonnant.

— Papa m'a appris.

Izzy sourit.

— C'est bien. Est-ce qu'il t'a appris à lire et à écrire, aussi ?

— Un peu. Je sais écrire mon nom.

Elle l'épela avec fierté.

— Mais je ne suis pas très forte avec les mots que je n'ai pas vus avant.

— Peut-être pourrait-on en apprendre quelques nouveaux…

Elle lui en fit épeler quelques-uns, pas trop compliqués — ciel, lit, pomme. La fillette les assimila avec une rapidité qui la surprit.

— Et les opérations ?

— P'pa m'a appris les additions et les soustractions. Mais je ne vois pas à quoi sert tout le reste.

Benjamin et Clement, qui revenaient du corral, suspendirent leurs parkas et se joignirent à la conversation.

— Tu veux dire, les machins comme les tables de multiplication ? railla l'un.

— Et la division, ajouta l'autre, sur le même ton.

Del acquiesça.

— Jamais pu m'y faire non plus, dit Benjamin. Mais ça ne fait rien, on n'en a pas besoin.

— Ah non ?

Izzy essuya ses mains et posa son torchon sur le dos d'une chaise.

— Voyons un peu…

Elle réfléchit un moment puis demanda :

— Si votre harde de mustangs est de cinquante têtes, et que l'armée veut vous payer le tout cent dollars, direz-vous que c'est un bon prix ?

Les enfants se tournèrent vers leur père, mais celui-ci ne broncha pas. Comprenant que nulle aide ne leur viendrait de lui, ils se mirent à conférer entre eux.

— Cent dollars, c'est beaucoup d'argent, avança la petite Del.

Clement essayait de compter sur ses doigts.

— Papa dit que les mustangs s'achètent cinq dollars par tête et dix dollars s'ils sont débourrés.

— Alors, c'est pas assez, supputa Benjamin, un peu perdu.

— Non, tu as raison, ce n'est effectivement pas assez, fit Izzy. Combien faudrait-il demander en plus ?

— Au moins… cinquante dollars, dit le jeune garçon avec un air d'importance.

— Cela ne serait pas encore assez. Je vais vous montrer quelque chose.

La jeune femme prit une ardoise et un bout de craie,

sur une étagère au-dessus de la cheminée, puis s'assit sur le plancher. Les enfants firent cercle autour d'elle. Même Aaron, par curiosité et amusement, s'approcha.

— Vous avez cinquante mustangs à cinq dollars par tête.

Elle posa l'opération et la leur montra.

— Donc votre harde vaut déjà deux cent cinquante dollars. Après le débourrage, à dix dollars par tête, elle vous en rapportera cinq cents.

Aaron se tourna vers son père.

— C'est vrai, papa ? C'est ce que l'armée va payer ?

Matt acquiesça.

Les enfants étaient très impressionnés.

Pendant près d'une heure, elle leur fit poser des opérations sur l'ardoise et les résoudre. Elle se penchait sur le travail de chacun et ne ménageait pas ses conseils.

Finalement son regard s'arrêta sur Del, qui se tenait la tête dans les mains, les yeux clos et la respiration régulière.

— Assez pour ce soir. Demain sera une longue journée. Surtout pour toi, Aaron.

L'adolescent opina.

— Merci, Isabella, bonne nuit !

Il tapota l'épaule de sa petite sœur, mais elle bougea à peine.

Il sourit et la souleva dans ses bras.

— Je crois que je vais devoir la porter dans son lit, chuchota-t-il.

Il regarda son père, lequel était toujours assis près du feu.

— Bonne nuit, p'pa.

— A toi aussi, fils.

Aaron se dirigea vers la soupente, sa petite sœur contre lui. Benjamin et Clement suivirent.

Dès que les enfants eurent disparu, la panique s'empara d'Izzy. Devoir rester seule avec Matthew faisait battre son cœur et s'accélérer son souffle.

Elle sentait son regard sur elle, tandis qu'elle reposait l'ardoise sur l'étagère. Elle éprouva le besoin saugrenu de brosser ses cheveux et de lisser sa robe ; mais elle n'en fit rien et se retourna.

— Oh !

Le trouvant juste derrière elle, elle sursauta vivement, avant de se recomposer une contenance comme elle le pouvait et de demeurer parfaitement immobile.

— C'est bien, ce que vous avez fait, Isabella, lui dit Matt. C'est la première fois que je les vois se passionner autant pour l'étude.

— Oh, ce n'est rien, c'est seulement que…

Elle détestait s'entendre bafouiller ainsi. Mais il était vraiment tout proche et la fixait avec une telle intensité qu'elle ne pouvait soutenir son regard.

Les mains crispées sur sa poitrine, déterminée à réprimer ses émotions, elle poursuivit :

— J'ai bien aimé cela, moi aussi. Ils ont l'esprit ouvert, éveillé.

Sa stupeur fut grande lorsqu'il prit son menton entre ses doigts pour la forcer à le regarder. Son cœur s'affola.

— Je ne sais pas ce que je dois faire de vous, Isabella.

L'espace d'un instant, il la regarda d'une telle façon qu'elle fut certaine qu'il allait l'embrasser. A cette seule pensée, ses jambes menaçaient de se dérober sous elle. Or, bien qu'elle tentât de toutes ses forces de le nier, elle ne voulait rien tant que sentir sa bouche sur la sienne, se blottir dans ses bras et l'embrasser jusqu'à en perdre la raison.

Doux Jésus, pouvait-il le lire dans ses yeux ? Pouvait-il deviner, rien qu'en la regardant, que sa chair et ses os étaient en train de fondre ? Déjà, elle frissonnait…

A cet instant précis, il recula d'un pas.

Elle fut trop d'abord trop déconcertée pour réagir. Puis, luttant contre une vague d'amertume et de désappointement, elle se força à sortir de sa torpeur et prit une lampe à pétrole sur l'étagère. Ce faisant, elle vit que sa main tremblait. Priant pour que ses jambes ne la trahissent pas également, elle se dirigea vers la chambre à coucher.

A la porte, elle se retourna.

— Bonne nuit, Matthew.

Il ne la regarda pas et répondit d'une voix atone.

— Bonne nuit.

Lorsque la porte se fut refermée sur elle, il se roula une cigarette, craqua une allumette et, pensif, contempla le feu dans la cheminée. Mais c'était Isabelle qu'il voyait et non les flammes. Il la revoyait assise sur le plancher, entourée par les enfants. Elle ne paraissait pas beaucoup plus âgée qu'eux, avec ses cheveux lâchés, ses joues roses et ses yeux qui brillaient. Avec eux, elle oubliait un instant d'avoir peur. Sa posture perpétuellement en alerte laissait place à la douceur, à la bonté, aux rires sans retenue.

Sans effort, par le jeu, elle les avait amenés à compter, à calculer avec elle. Elle savait éveiller leur soif de savoir, ce besoin de comprendre le comment et le pourquoi des choses.

Peut-être était-il allé un peu vite en besogne. Peut-être méritait-elle une autre chance. Oh, il ne pensait pas à lui, non, mais à ses enfants…

Il jeta son mégot dans le feu et traversa la pièce. Tous ses os lui faisaient mal. Il aurait bien mérité, après le travail de brute accompli dans la journée, de dormir dans son lit !

Soudain, son visage s'assombrit. Il y avait eu dans le passé de cette femme des blessures si profondes qu'elles mettraient sans doute toute une vie à guérir. Que croyait-il donc ? Qu'il pourrait les refermer ? Allons donc !, les raviver, plutôt !

Le départ d'Izzy dans les plus brefs délais serait une bonne chose pour elle, comme pour lui.

En soupirant, il sortit et gagna la grange.

10

Matt se jeta dans le travail, les jours suivants, jusqu'à la limite de ses forces.

Tandis qu'avec Aaron il débourrait les mustangs à un rythme infernal, Izzy et les autres enfants durent faire face à un important surcroît de travail.

L'élevage n'était pas la seule activité du ranch. Son isolement obligeait à pratiquer également un certain nombre de cultures vivrières, qu'il fallait bien récolter et engranger. Le foin et le blé emplissaient les greniers à grains, pommes de terre, navets, pommes et poires s'empilaient du sol au plafond dans le cellier.

Parfois, des gelées nocturnes précoces givraient le linge sur son fil, le rendant glacé et craquant. Izzy en avait les doigts gourds et rougis, en venant le ramasser. D'autres fois, le ciel était clair et sans nuage, et le labeur du jour paraissait un peu moins harassant. Mais même la plus douce des journées avait un je ne sais quoi de vif et de piquant dans l'air, qui annonçait l'hiver à venir.

En prévision, Izzy et les enfants attelèrent le vieux Blue à la charrette et allèrent couper du bois dans la forêt. Tard dans la soirée, après avoir passé des heures en selle, Matt et Aaron devaient encore débiter des bûches, qu'ils empilaient ensuite sous un appentis, contre la cabane.

Après dîner, Izzy apprenait aux enfants à faire des chandelles ou à fabriquer de la pâte à pain pour les reposer des séances d'écriture, de lecture et de calcul. En échange, ils lui apprirent à faire du feu en battant le silex, à charger une arme à feu et à s'en servir. Ces leçons étaient toujours ponctuées de grands éclats de rire.

La jeune femme avait l'impression que quelque chose s'apaisait enfin, dans sa relation avec Matthew. Alors même qu'il se dépensait sans compter, il paraissait plus détendu avec elle, et plus si pressé de faire valoir ses droits d'époux. Le plus étrange dans tout cela, c'était que, depuis qu'il ne la poursuivait plus, elle se sentait attirée par lui d'une façon qu'elle n'aurait jamais crue possible. C'était comme si une barrière était tombée ; elle le voyait sous un tout autre jour.

C'était une folie et elle voulait s'en persuader. Elle s'imaginait des choses qui n'avaient pas lieu d'être. Il était, tout de même, un homme et comme tel, avait le pouvoir de faire souffrir une femme, si celle-ci relâchait sa vigilance.

Il n'avait plus jamais essayé de l'embrasser et il arrivait à Izzy de rêver, parfois jusque tard dans la nuit, au goût de ses lèvres sur les siennes et à son corps dur contre le sien.

— J'ai fini ! s'écria triomphalement la petite Del en brandissant son ardoise, interrompant la rêverie de sa belle-mère.

On y lisait « déveloper ».

— Non Del, il y a deux p.

Le soupir résigné de la fillette fut si sonore que ses frères partirent d'un grand rire.

— Je n'arriverai jamais à écrire tous ces mots !

— Mais si, la rassura Izzy. Je suis sûre que dès demain, tu les auras assimilés.

Aaron leva les yeux du harnais qu'il réparait.

— Est-ce votre maman qui vous a appris, Isabella, ou êtes-vous allée à l'école ?

— Euh… je…

Prise de court, la jeune femme cherchait en vain une réponse convaincante. Percevant son trouble, Matt leva la tête à son tour. Izzy sentit ses joues s'empourprer de plus belle.

— Non… j'ai… j'ai appris à la maison.

— On ne le dirait pas. Vous êtes très bonne en calcul comme en grammaire.

— C'est que… j'ai toujours aimé apprendre. Maintenant, Del, nous allons faire quelques opérations.

— Tu vivais comment, en Pennsylvanie ? fit la fillette sans même accorder un regard aux chiffres que la jeune femme avait inscrits sur l'ardoise. Tu avais des frères et des sœurs ?

— Non, j'étais seule, répondit-elle d'une voix tendue.

— Et vos parents, s'enquit à son tour Benjamin, est-ce qu'ils étaient fermiers ?

— Je…

Tous avaient délaissé leurs tâches et regardaient

la pauvre Izzy, dont la nervosité croissait à chaque seconde.

Le temps ne lui avait pourtant pas manqué, pour anticiper ces questions et préparer des réponses plausibles. Mais à présent que le moment était venu, une vague de culpabilité la submergeait.

Elle eût aimé pouvoir disparaître dans un trou de souris. Un mensonge, encore, après tout ceux qu'elle avait déjà dû proférer ? Elle prit une large inspiration et se lança dans un conte né de ses rêveries enfantines.

— Ils étaient très gentils. Mon père était pasteur. Il était grand et très beau, avec des cheveux noirs qui grisonnaient seulement sur les tempes.

Ce père-là n'était qu'un fantasme, un prédicateur qu'elle avait souvent vu prêcher, tout en imaginant ce que serait d'avoir un papa comme lui.

— Sa femme, enfin… maman était petite et très jolie. Une vraie dame, à la voix douce et au plus tendre des sourires.

— Comment ils sont morts ? demanda Del.

Izzy battit des paupières.

— Morts ?

— Oui : tu dis « étaient », alors, c'est qu'ils sont morts, non ?

— Oh… oui, bien sûr ! Un accident… dans leur voiture. C'était horrible, tout ce sang…

— Elle s'est retournée ? fit Aaron.

Izzy hocha la tête.

— Ils essayaient de traverser à gué une rivière en crue. Le courant les a emportés et ils se sont noyés.

— Alors, il ne devait pas y avoir de sang, fit observer Benjamin.

— C'est que… leurs corps ont été projetés sur les rochers.

— Mais la rivière a dû laver le sang. Et vous, pourquoi vous n'étiez pas avec eux ?

C'était Clement cette fois, qui intervenait.

Izzy, aux abois, jeta des regards autour d'elle comme pour chercher un appui.

— Je… j'étais à l'église, avec des amis. Je n'aime pas en parler.

Les enfants la regardaient, les yeux écarquillés, des dizaines de questions sur les lèvres. Mais, avant qu'ils aient pu en articuler une, Matt mit de côté la selle qu'il restaurait.

— C'est assez pour ce soir. Nous avons encore une longue journée devant nous, demain. C'est le jour où l'armée vient voir la harde. Si Aaron et moi en mettons un coup, nous aurons peut-être débourré tous les mustangs avant leur arrivée.

Il prit l'ardoise des mains de sa fille.

— Dis bonne nuit à Isabella et plus de questions.

— Oui, p'pa. Bonne nuit, Isabella…

— Bonne nuit, Del.

La voix de la jeune femme était toujours très tendue.

Quand Izzy et Matt furent seuls, il y eut un moment de silence pesant. Puis, tournant le dos à la jeune femme, le rancher demanda :

— Il ne reste pas un peu de café, par hasard ?

— Si, je crois.

Izzy alla tirer la cafetière du feu, en protégeant sa main d'un torchon.

— Il n'y en a que pour une tasse, lui dit-elle en la lui tendant.

Il eut un sourire.

— Eh bien, partageons.

— Merci.

Sa générosité la toucha.

— Asseyons-nous près du feu, voulez-vous ? offrit-il.

Il la prit par le bras et l'entraîna vers un fauteuil où il l'installa, prenant place à côté d'elle. Puis ils restèrent un moment sans mot dire, à boire et à se passer l'unique tasse de café.

Izzy était préparée, cette fois, à répondre à une question qui, elle en était sûre, n'allait pas tarder à venir.

Mais rien ne vint. Au lieu de cela, Matt la surprit en poussant un soupir d'aise et en allongeant ses jambes.

— C'est l'heure de la journée que je préfère, avoua-t-il.

— Pourquoi cela ?

— Parce que les enfants sont couchés, les corvées faites, les chevaux en sécurité. Une sorte de paix règne partout. Mon père disait toujours que Dieu lui-même est au calme, alors, en son paradis.

— Parlez-moi de votre père.

Matt regardait les flammes.

— C'était un homme plutôt dur. Un officier de carrière. Il sortait de West Point et rêvait de voir son fils unique suivre son exemple.

— Et vous ne l'avez pas fait ?

— Si, pendant un temps. Mais c'était son rêve et non le mien. Moi, je rêvais d'autre chose.

Elle étudia un moment le beau visage pensif de Matt.

— Avez-vous réalisé votre rêve ? s'enquit-elle doucement.

— En partie.

Il la dévisagea et la sensualité de son regard l'émut plus qu'elle n'aurait su le dire.

— Mais je suppose, acheva-t-il, qu'on n'y parvient jamais tout à fait.

— Non, sans doute que non.

Elle vida la tasse de café et considéra le délicat motif de rose qui l'ornait.

— La vaisselle de votre femme est vraiment très jolie.

Il baissa les yeux sur l'objet.

— Oui, Grace aimait les belles choses.

— Parlez-moi un peu d'elle. Grace, c'est un très joli nom…

Sa rapidité fut telle qu'elle n'eut pas le temps de réagir. En une fraction de seconde, il fut hors de son fauteuil ; l'instant d'après il l'attirait à lui et la prenait dans ses bras.

— Je n'ai pas du tout envie de parler de Grace.

La tasse glissa des doigts d'Izzy et se brisa en mille morceaux à leurs pieds.

— Je…

Elle pouvait sentir la tension qui vibrait en lui et

même voir l'effort qu'il faisait pour garder à peu près la maîtrise de ses émotions.

— Très bien, Matthew, nous ne parlerons pas de…

Il la serra contre lui.

— Ces jolies choses, murmura-t-il, je ne peux pas vous les offrir, Isabella.

Ses mains étaient dures et faisaient presque mal, mais elle s'en moquait. Elle sentait son souffle chaud sur ses tempes et elle entendait le battement furieux de son cœur, tandis que les doigts de Matt glissaient sur ses bras et sur ses épaules, puis allumaient des feux le long de son échine.

— Je ne veux pas de jolies choses, Matthew…

« C'est cela que je veux… » Son sang bouillonnait comme la lave d'un volcan. « Des bras forts autour de moi pour me serrer, me caresser, m'exciter… »

Jamais elle n'avait ressenti un tel feu d'artifice d'émotions. Du feu. De la glace. Du désir. Tout cela se bousculait en elle, la laissant tétanisée, le souffle court.

Il pressa fiévreusement ses lèvres sur sa tempe et soupira :

— Je ne suis pas très doué non plus pour trouver les mots qu'il faut.

Elle frissonna.

— Je… je n'ai pas besoin de mots.

— De quoi alors ?

Les lèvres de Matthew effleuraient son front, sa joue, la ligne de sa mâchoire. Il évitait ses lèvres, comme s'il voulait la rendre folle. D'impatience. De désir.

— Je ne sais pas…

Puis, comme il la tourmentait toujours, gardant sa bouche à quelques centimètres de la sienne, elle dit doucement :

— C'est ça que je veux. Ça… seulement ça…

Elle ne pouvait plus supporter d'attendre. Sur la pointe des pieds, elle chercha sa bouche.

— Embrassez-moi, Matthew, je vous en prie… je vous en prie.

L'espace d'un instant, il parut se figer, comme s'il doutait de la réalité de cette prière. Il prit le visage d'Izzy entre ses mains et la regarda au fond des yeux.

Il baissa la tête vers elle, si lentement qu'elle crut que son cœur allait s'arrêter de battre, puis prit ses lèvres si légèrement qu'elle pensa défaillir.

Il garda les yeux ouverts tandis que leur baiser s'approfondissait toujours davantage. Il pouvait la voir se transformer. Ses joues s'empourpraient ; elle s'ouvrait comme une fleur. Le seul battement de ses cils était un enchantement. Sa respiration qui se muait en soupir lui mettait le feu aux reins.

Elle fleurait bon le sucre et la cannelle et également quelque chose d'aussi frais, d'aussi pur que la brise sur les sapins. Plus il respirait son odeur et plus il la désirait. Ce désir était réciproque, à voir la façon dont elle s'accrochait à ses épaules et lui rendait son baiser. Peut-être, après tout, avait-il réussi à abattre une barrière, entre eux — ou plutôt un mur. Un mur érigé depuis bien trop longtemps.

Il prit une profonde inspiration et murmura, la voix rauque :

— J'ai envie de toi, Isabella.

Il lui fallait toute la force de sa volonté pour se retenir de la prendre, là, tout de suite. Mais cette fois, il ne voulait commettre aucun faux pas. Oui, il lui fallait être très prudent, afin qu'Isabella n'allât pas se réfugier, une fois de plus, derrière le mur de ses peurs.

— Et toi, as-tu envie de moi ?

Elle respira profondément elle aussi, cherchant ses mots. Que lui dire ? Comment lui expliquer la nouveauté de tout cela pour elle, et l'effroi qu'elle en concevait ? Fallait-il qu'elle soit pervertie pour éprouver des choses pareilles…

Penché vers elle, il guettait sa réponse.

Comme elle gardait le silence, il la tint à bout de bras, afin de pouvoir la regarder au fond des yeux.

— Réponds-moi, Isabella. Veux-tu être à moi… complètement ?

— Je ne…

Effrayée, confuse, elle posa sa main sur la joue de Matt.

— Je ne sais pas ce que je veux.

Il prit sa main et y appuya ses lèvres. Un frisson courut sur son bras, embrasant son sang.

Il murmura, contre sa paume :

— J'ai besoin de le savoir, de l'entendre de ta bouche.

Elle recula, les yeux dilatés.

La passion ? songea Matt. Plutôt ses vieilles terreurs…

— Il faut avoir un peu pitié de moi, Isabella. Je n'y tiens plus…

— Je ne sais pas… je ne veux pas…

Elle était décidément incapable de lui dire ce qu'il voulait entendre.

— Tu ne veux pas, vraiment ?

Il la reprit dans ses bras et l'embrassa jusqu'à lui en faire perdre le souffle ; puis il dévora sa gorge de baisers.

Le souffle d'Izzy se fit de plus en plus précipité, tandis qu'elle luttait pour conserver un brin de conscience.

— Dis-le-moi, Isabella. Dis que tu ne souhaites pas… ceci…

Il défit fébrilement le premier bouton de sa robe.

Elle blêmit et murmura :

— Non… non, je ne…

Aussitôt, Matt se raidit, puis recula, le désir et la frustration mêlés vibrant en lui.

Dieu du ciel, qu'est-ce qui lui avait pris ? Il avait presque été sur le point de la forcer !

Mais c'est qu'il avait cru que quelque chose avait changé. Qu'Isabella avait commencé à éprouver quelque sentiment pour lui. Qu'elle le désirait, comme il la désirait.

Cette faim qu'il avait d'elle le bouleversait au point de faire de lui un homme qu'il ne reconnaissait pas — et qui ne lui plaisait guère.

— Matthew, dit alors Izzy d'une voix blanche, effrayée par la noirceur de son regard, c'est juste que j'ai besoin d'un peu de temps, pour…

— Du temps ?

Il jura sourdement.

— Plus un mot. Vous êtes en train de me mener

au bord de la folie et je me suis bien juré de ne plus me laisser prendre à ce jeu-là. Ni pour vous, ni pour aucune femme.

Avant qu'elle ait eu la moindre chance de s'expliquer, il tourna brusquement les talons et claqua la porte, la laissant seule et tremblante.

Elle se sentait prise dans un étau glacé. Les mots cinglants de Matt résonnaient dans son crâne, tandis qu'elle tentait de se ressaisir. La tête vide, comme anesthésiée, elle tisonna le feu et éteignit les lampes.

Même quand elle se mit au lit et se recroquevilla sous les couvertures, elle ne put se débarrasser de ce grand froid qui l'avait saisie jusqu'aux os. Elle avait beau fermer les yeux, elle revoyait toujours cette terrible douleur dans les yeux de Matthew — si semblable à celle qu'elle éprouvait depuis toujours.

Et elle avait encore le goût de ses lèvres, sur les siennes…

11

— Remonte en selle, mon garçon. Nous n'avons pas une minute à perdre si nous voulons que ces fichus mustangs soient prêts à temps.

La colère de Matt n'avait pas diminué d'un iota.

— Oui, p'pa.

Aaron se releva de la poussière où il avait été projeté et claudiqua vers la jument qui l'attendait, en alerte, les oreilles couchées. Ignorant la douleur qui vrillait tous ses membres, il se hissa sur son dos et repris l'éreintant travail du cow-boy.

Son père les avait menés à un rythme d'enfer, sans la moindre pause, depuis l'aube jusqu'au crépuscule, qui s'amorçait déjà…

Mais ce n'avait pas été en vain : si Matt travaillait encore l'élément le plus difficile de la harde, son chef, le grand étalon rouan qu'ils avaient appelé Red, d'ores et déjà on pouvait dire que le contrat était rempli, même si les acheteurs de l'armée arrivaient bien, comme convenu, avant la nuit. Matt avait été plus dur encore envers lui-même qu'envers son fils, se poussant jusqu'à l'extrême limite de ses forces.

— Del ?

La voix de Matt, sèche et sévère, déchira le silence.

— Que fabriques-tu, assise sur cette barrière ? Tu n'as rien de mieux à faire ? File finir ton travail.

— Mais il est fini, p'pa ! C'est presque l'heure du dîner !

Il parut surpris. Déjà ? Il n'avait pas vu passer cette journée.

— Eh bien, va donc voir si Benjamin et Clement n'auraient pas besoin de toi. Ou bien c'est moi qui vais te trouver quelque chose à faire. Allez !

Une larme roulant sur sa joue, la fillette dégringola de la barrière et courut se réfugier dans la maison. Izzy, qui cousait justement la petite robe qu'elle lui destinait, leva les yeux de son ouvrage à son arrivée. Bien qu'elle fût elle-même passablement bousculée par ses émotions, elle essaya de consoler la pauvre petite.

— Ton papa ne pensait pas ce qu'il a dit, Del. Il a juste peur que la harde ne soit pas prête à temps.

— Mais je n'y peux rien !

Izzy passa son bras autour de ses épaules.

— Bien sûr que tu n'y peux rien. Et ton papa le sait bien. Mais parfois les gens disent des choses qu'ils ne pensent pas, quand ils sont en colère.

— Mais pourquoi est-ce qu'il est si fâché ? Je ne l'ai jamais vu comme ça !

Del alla à la fenêtre et regarda son frère adoré rebondir sans fin sur sa selle, dans le corral.

— Même... après maman, il n'était pas comme ça !

Izzy se remémorait les quelques mots que Matt lui avait crachés au visage, la nuit précédente :

« Vous êtes en train de me mener au bord de la folie et je me suis bien juré de ne plus me laisser prendre à ce jeu-là. Ni pour vous, ni pour aucune femme. »

Elle vint se placer à côté de la fillette et vit, une fois de plus, Aaron se relever dans la poussière.

— Tu sais, parfois les grands ont beaucoup de soucis. Je ne pense pas que ton papa voulait vraiment se montrer cruel. Pas délibérément.

Elle se détourna, incapable de supporter la douleur que le père et le fils s'infligeaient. Elle ressentait chacune de leurs chutes jusque dans ses os.

— Allons, tu vas m'aider à faire le souper, tu veux ? On va préparer quelque chose de spécial pour fêter la vente de la harde. Une fois que ce sera fait, je suis sûre que ton papa redeviendra comme avant.

C'était son vœu le plus fervent. Elle ne voulait plus jamais revivre une scène comme celle de la veille. Elle ne comprenait toujours pas exactement ce qui s'était passé. Elle connaissait si mal les hommes ! Et celui-là en particulier. Il soufflait alternativement le froid et le chaud, se montrant si tendre qu'elle en avait les larmes aux yeux, puis en un clin d'œil, devenant froid et distant…

Si seulement elle avait eu quelqu'un à qui se confier ! Elle se sentait seule et sans défense. Las, il ne servait à rien de se reprocher son ignorance. Sa seule consolation était que les choses pouvaient difficilement empirer, au point où elles en étaient arrivées.

Un concert d'aboiements se fit entendre, puis le bruit

des sabots de plusieurs chevaux. Izzy leva la tête et vit trois cavaliers en uniforme bleu mettre pied à terre près du corral.

Del courut vers la porte.

— C'est l'armée, Isabella ! Je peux aller voir ?

Izzy acquiesça en voyant Benjamin et Clement sortir du bois pour rejoindre en courant le corral.

— D'accord, mais ne te mets pas dans les jambes des hommes.

— Promis !

La petite fille se glissa au-dehors et Izzy alla sortir son pain du four, puis sortit le grand chaudron : les trois militaires voudraient peut-être rester souper. Elle le leur proposerait, dès qu'elle aurait passé des vêtements propres.

Elle prit sa corbeille à linge et se dirigea vers l'étendoir.

La harde vendue, l'attitude de Matt envers ses enfants changerait sans doute… Mais envers elle ?

L'hiver venant, le travail du ranch serait forcément moins prenant. Il faudrait bien alors qu'il souffle un peu. Peut-être sa mauvaise humeur était-elle avant tout le produit du surmenage ?

Le vent faisait voler l'ourlet de sa robe autour de ses chevilles et le linge sur le fil. Il portait jusqu'à elle chaque mot que prononçaient les hommes.

— M. Prescott ? Je suis le lieutenant Gideon Trowbridge.

Le jeune officier semblait tout juste avoir atteint l'âge de se raser. Matt se dit que ce devait être sa première affectation, à la sortie de l'école militaire.

— Bonsoir, lieutenant. Seriez-vous le fils de Gabriel Trowbridge ?

— N... non, en fait, c'est mon oncle. Mais comment... ?

— Nous avons servi ensemble à Chancellorsville.

— Chancellorsville ?

Un sous-officier massif et patibulaire vint vers eux, regardant fixement Matt.

— Et de quel côté étiez-vous ? Le Nord ou le Sud ?

Il avait roulé les manches de sa chemise sur ses avant-bras musclés et était visiblement fier d'arborer, telle une décoration, une longue balafre sur la joue, ainsi qu'un nez cassé.

— Voici le sergent Harlan Cutler, dit le jeune lieutenant, et le soldat Luther Davis.

— Bonjour.

Matt hocha la tête en direction de ce dernier, qui ne lui parut guère plus âgé qu'Aaron, puis tourna délibérément le dos au massif sous-officier, sans chercher à dissimuler son dédain.

— Je connais déjà le sergent.

— Je lui ai acheté une harde en juin, expliqua Cutler. Vous n'avez pas répondu à ma question, Prescott. C'est donc que vous étiez un de ces salauds de sudistes.

Il cracha au sol un épais jus de chique, tout près des bottes de Matt, puis se tourna vers Aaron.

— Ils sont débourrés, ces mustangs, mon gars ?

— Oui, m'sieur.

— Même celui-là ?

D'un coup de menton, Cutler avait montré l'étalon

toujours sellé qui se tenait en alerte, les oreilles dressées.

Matt l'ignora et répondit au lieutenant :

— Ils sont cinquante-quatre, tous rompus à la selle. Cela vous fera cinq cent quarante dollars.

Gideon Trowbridge tira de ses fontes un lourd sac de peau.

— Voilà, monsieur Prescott, si vous voulez recompter.

Comme il le lui tendait, Cutler arrêta son geste.

— Une petite minute, mon lieutenant. Avant de le payer, faudrait m'laisser faire mon boulot. Le capitaine compte sur moi pour que l'armée ne se fasse pas voler, dans cette histoire.

— Mais puisque M. Prescott nous assure…

— Oui, eh bien on va vérifier. Monte un peu sur ce mustang, mon gars, et fais-le aller aux trois allures.

C'était à Aaron que ces mots s'adressaient. Avant que l'adolescent eût pu s'exécuter, son père le retint.

— Ne bouge pas, fils.

Matt se tourna vers le lieutenant.

— Si le sergent veut monter chaque cheval de cette harde, c'est son affaire. Pour nous, le travail est terminé.

— Eh bien, on va voir.

En laissant échapper un chapelet de jurons bien gras, Cutler marcha sur l'étalon, cravache en main. Il lui tordit la bouche en tirant vicieusement sur les rênes, dès qu'il fut en selle, ce qui arracha un cri d'angoisse à la petite Del, assise sur la barrière du corral. Le sergent leva les yeux et eut un sourire mauvais en voyant Matt et ses fils serrer les poings. Ainsi, ils les aimaient tant que ça, leurs chevaux ? Eh bien, il allait leur offrir un spectacle dont ils se souviendraient.

— Tu te rebiffes, on dirait ? dit-il au mustang, d'un ton méprisant. Je vais t'en faire passer le goût, t'inquiète pas…

Il le mit au pas autour du corral, l'injuria et enfonça brutalement ses éperons dans ses flancs. Le cheval se cabra et le sergent le cingla de sa cravache avec tant de force que le bel animal, affolé, se lança dans une série de ruades désordonnées.

— Papa, cria Del, il fait du mal à Red !

— Lieutenant, intervint Matt tout en tâchant de dominer la fureur qui montait en lui, à votre place, j'ordonnerais à Cutler de descendre de ce cheval…

— Sergent Cutler !

Le jeune officier était outré, lui aussi, par la brutalité du sergent. Mais, frais émoulu de l'école, il répugnait à réprimander un subordonné devant des civils. Peut-être ne reverrait-il jamais ces ranchers, alors qu'il devrait donner des ordres à ce damné Cutler tous les jours.

— Ça suffit comme ça !

— J'crois qu'vous pigez pas, mon lieutenant…

Tout en parlant, Cutler releva sa cravache.

— Prescott dit que ce mustang est débourré, mais il a oublié de le dire aussi au cheval… Alors je montre à ce bourrin qui est l'patron !

Il abattit lourdement sa cravache, déchirant les flancs de la bête. Fou de douleur, l'animal se cabra et rua pour se débarrasser de la brute.

— Papa ! Empêche-le… Papa !

La frayeur et le chagrin perceptibles dans le cri de la fillette firent qu'Izzy lâcha sa corbeille à linge et qu'elle courut vers le corral.

Le jeune lieutenant mit ses mains en porte-voix pour se faire entendre au-dessus des hennissements des mustangs affolés.

— Cela suffit, sergent ! Descendez de ce cheval et passez les rênes à Davis.

Cutler prit tout son temps pour obéir à cet ordre et cravacha vicieusement l'étalon une dernière fois, avant de mettre pied à terre et de passer les rênes au jeune soldat.

En passant près de Matt, il cracha derechef un épais jus de chique, en s'assurant bien cette fois de ne pas manquer sa botte.

C'est alors qu'il aperçut Izzy, qui était en train de sécher les larmes de Del.

— J'savais pas qu'il y avait une femme, ici, Prescott ! grasseya-t-il.

La façon dont la brute regardait sa belle-mère réveilla l'instinct protecteur d'Aaron.

— C'est la femme de mon père ! répliqua-t-il d'un air de défi.

— La femme de… ? Que je sois damné si c'est pas… Mais oui, bon Dieu, c'est bien ça ! Venue tout droit de cette bonne vieille Pennsylvanie…

Il s'approcha d'Izzy.

— Tu t'attendais pas à retrouver ici quelqu'un qui t'a connue, pas vrai ?

Izzy était pétrifiée. Elle ne pouvait que dévisager

en silence ce fantôme surgi du passé, avec horreur et répulsion.

— C'est le 1er de cavalerie d'Pennsylvanie qui a été envoyé ici. Et on est du premier, moi et Otis. Tu te souviens d'Otis, pas vrai ?

Il eut un rire cruel et moqueur.

— T'as toujours ton couteau, pour te protéger ?

Cette allusion remplit Izzy de honte et elle baissa la tête.

Son tourmenteur se tourna vers Matt avec un sourire goguenard.

— Feriez mieux d'pas trop lui tourner l'dos, sudiste… Madame la serveuse de bastringue était trop bien pour des gars comme nous, alors elle gardait un couteau dans sa poche. Avec ça, elle a saigné un bon copain à moi Otis, Vous verriez sa cicatrice ! Elle a menacé d'faire pareil à quiconque essaierait d'la toucher… comme si quelqu'un pouvait en avoir envie ! Une cinglée, oui, dingue à force de rester vieille fille !

— Fermez-la, gronda Aaron en s'avançant, les poings serrés. Je ne vous permets pas de parler d'Isabella comme ça.

— Isabella ? répéta Cutler avec un rire gras. Eh ben, c'est du dernier chic ! Nous, tu vois, on l'appelait Izzy… Izzy la serveuse, Izzy la souillon, qu'on essayait d'faire trébucher quand elle portait son plateau d'verres. C'était comme une danse, sauf que ça nous faisait plutôt marrer… Tu veux pas la refaire ta danse, dis, Izzy ?

— Cutler !

La voix de Matt était dangereusement calme et basse.

— Vous aimez ça, faire du mal, on dirait ?

Il dégrafa son ceinturon et le passa à son fils aîné.

— Moi, je vais me faire un plaisir de vous faire rentrer vos injures dans la gorge.

— 'Voulez vous battre, sudiste ? Y a rien que j'préfère au monde… Tout l'plaisir sera pour moi !

Comme les deux hommes s'avançaient l'un vers l'autre, le jeune soldat Davis ouvrit le rabat de l'étui de son revolver et le dégaina. Aussitôt, Aaron tira celui de son père et le braqua sur lui.

— Posez ça, tous les deux ! ordonna le lieutenant. Ce sera un combat loyal. Pas d'armes à feu.

La dignité de sa position lui interdisait de parier, mais il aurait volontiers misé sa solde sur le rancher. Surtout avec tout ce qu'il avait entendu raconter sur son compte…

Aaron et le simple soldat rengainèrent et se le tinrent pour dit.

Cutler envoya le premier coup de poing, effleurant la tempe de Matt qui répliqua par un direct à l'estomac, lequel fit se plier la brute en deux. Avec un cri de rage, le sergent fonça tête baissée vers son adversaire, le renversant.

Quoique Matt fût aguerri et musclé par des années de dur travail de cow-boy, Cutler avait pour lui l'avantage du poids et il en usait, balançant des coups qui eussent pu assommer un bœuf.

Ils roulèrent tous deux dans la poussière, jusqu'à ce

que le sergent parvînt à clouer Matt au sol. Son poing fondit sur la mâchoire du rancher. Un autre coup, à la tempe, brouilla sa vue, mais il parvint à décocher à la brute un coup de genou dans les parties qui le mit hors de combat pour une seconde, le temps de rouler pour se libérer et de secouer la tête pour se ressaisir.

— Attention, p'pa, cria Aaron, il a un revolver !

Dans un ample et fulgurant mouvement du bras, Matt fit sauter l'arme de la main du sergent.

— Et alors, ordure, lui dit-il, tu as peur de te battre comme un homme ? Il n'y a que pour martyriser les femmes et les animaux que tu as des tripes ?

Avec un cri de fauve, la brute chargea encore, mais cette fois, Matt y était préparé. Il se déroba et Cutler s'étala de tout son long dans la poussière. Quand il essaya de se relever, Matt le cueillit d'un crochet à la mâchoire qui lui écorcha les phalanges. Comme le mastodonte s'écroulait, il le rattrapa par le devant de sa chemise.

— Tu ne vas pas t'en tirer comme ça, lui dit-il.

— Toi non plus…

La lame d'un couteau brilla dans la main du sergent.

— Ta femme n'est pas la seule à savoir manier ces objets-là.

Vivement, il pointa son arme en avant. Dieu merci, la vivacité plus grande encore de Matt le protégea d'une atteinte en plein abdomen. Le couteau cependant dérapa vers son épaule et l'entailla, trempant de sang son bras.

La douleur fut si intense qu'il se sentit chanceler. Cutler en profita pour venir l'étrangler.

— Voilà tout ce que mérite un salaud de sudiste de ton espèce, lui dit-il en commençant à serrer.

Matt pouvait entendre le son étouffé de ses enfants qui criaient... quelqu'un qui pleurait... mais c'était déjà bien lointain. S'il ne se dégageait pas très vite, il était perdu.

Il projeta son crâne, très vite et très fort, droit sur le menton de Cutler, et il eut la satisfaction de l'entendre craquer.

— Et voilà tout ce que mérite une brute bornée dans ton genre, jeta-t-il en reprenant son souffle.

Avec un grognement de rage et de douleur, Cutler recula. Matt lui expédia un direct en plein visage, qui lui cassa le nez.

Le sang jaillissant sur sa face camuse, le sergent chargea tel un taureau furieux, projetant Matt avec lui contre les rondins de la barrière du corral, qui en tremblèrent.

— Ça c'est pour ta femme, sudiste, qui se croit trop bien pour des gars comme moi et mon pote !

Il propulsa son poing dans l'estomac de Matt, lequel se plia en deux sous le choc. Mais il y eut alors, dans les forces comme dans l'esprit du rancher, comme un déclic. Il frappa le sergent si fort que tout son bras en vibra. Comme la brute vacillait, il lui asséna un autre coup, qui envoya son adversaire contre la barrière du corral. Suivit une véritable pluie de coup de poing, qui firent s'écrouler Cutler sur ses genoux. Matt le força à se relever et le frappa encore, l'envoyant rouler, le visage dans la poussière. Là encore il le fit se remettre à peu près sur ses jambes et lui asséna un direct en pleine face qui eût pu étourdir un ours.

— Matthew !

Izzy était auprès de lui et lui serrait le bras.

— Arrêtez, je vous en prie ! Vous allez le tuer !

Mais Matt n'entendait plus rien. Un voile rouge devant les yeux, il saisit encore Cutler par sa chemise ensanglantée et le releva à demi ; mais la brute demeura inerte.

— Allez, grondait le rancher, relève-toi, ça ne fait que commencer !

— Matthew !

Izzy sanglotait à présent.

— Vos enfants vous regardent. Il faut vous arrêter, maintenant, je vous en supplie !

Quelques-uns de ces mots parvinrent jusqu'à lui, à travers le brouillard dans lequel il se mouvait. Il lâcha la chemise écarlate et Cutler, inanimé, s'effondra comme un sac de son.

Matt, en titubant, se tourna vers le lieutenant. Le bras gauche pendant, sans vie, et tout son visage n'étant plus que plaies, sang et bosses, il articula péniblement :

— Vous me devez cinq cent trente dollars.

— N'était-ce pas cinq cent quarante ? s'étonna le jeune officier.

Matt secoua la tête.

— Je ne vous vends plus l'étalon.

Le lieutenant opina.

— C'est bien dommage pour nous, de perdre un cheval de cette allure, mais je vous comprends.

Il retira une pièce d'argent du sac de peau et le lui tendit, avant de se tourner vers le jeune soldat.

— Je vais vous aider à charger le sergent en travers de sa selle, Davis, puis nous emmènerons ces mustangs au fort.

— Bien, mon lieutenant.

Le jeune officier tendit sa main à Prescott.

— C'est un plaisir de faire affaire avec vous.

Cette simple poignée de main faillit faire hurler Matt de douleur.

— Merci… Revenez quand vous voulez, mais que Cutler ne remette plus jamais les pieds sur ma propriété.

— Oui-da. Ce genre d'individus déshonore notre armée.

Il parut hésiter un instant, puis se lança.

— Pardonnez-moi… de ne pas avoir fait le rapprochement plus tôt, capitaine Prescott. Mon oncle m'a très souvent parlé de vous. Il disait que l'armée aurait été honorée de conserver dans ses rangs un officier tel que vous, issu de West Point, et que vous aviez fidèlement servi.

— Merci, lieutenant…

Ses enfants s'étaient rapprochés et formaient autour de lui un cercle protecteur.

— … mais la vie militaire ne me convenait pas.

Peu après, les soldats quittaient le ranch, Cutler toujours évanoui couché en travers de sa selle et les mustangs suivant une vieille femelle que le soldat Davis tenait en longe.

Les enfants se pressèrent autour de leur père, qui

chancela un peu en les serrant dans ses bras. Puis le rancher tourna un instant son regard vers Izzy qui, à l'écart, tordait nerveusement son tablier dans ses mains.

— Isabella a fait un dîner spécial, ce soir, dit la petite Del.

— J'arrive, répondit Matt, j'ai quelque chose à faire, d'abord…

Il regarda l'étalon et en un éclair, Aaron comprit ce qu'il avait en tête.

— Tu vas lui rendre la liberté, p'pa, c'est ça ?

Matt acquiesça.

— Après ce que Cutler lui a fait, il n'aura plus jamais confiance en aucun homme. Je ne peux pas l'en blâmer… et puis, il a bien gagné le droit de vivre libre.

Il avança avec difficulté vers l'étalon qui rua et recula à son approche. Avec des gestes très lents, il put toutefois lui retirer sa selle et sa bride.

— Venez, dit-il aux autres, il faut lui laisser un peu de temps pour comprendre.

Alors, toute la famille s'écarta, laissant l'étalon seul, dans le corral ouvert.

Pendant de longues minutes, le fier animal renifla la brise puis, après avoir plusieurs fois fait prudemment le tour de l'enclos, il passa la porte et regarda calmement la famille attroupée.

Comme personne ne bougeait, il prit le trot et traversa le torrent en direction des bois. Au milieu du gué, il se retourna pour voir s'il n'était pas suivi ; enfin, il se mit au galop et disparut entre les arbres.

Del dévisagea sa belle-mère.

— Tu pleures, Isabella ?

— Peut-être un peu… je suis tellement heureuse qu'il soit libre !

Matt gémit. Tout de suite, Izzy reprit conscience de son état.

— Les garçons, aidez votre père à regagner la maison.

— Non, je peux marcher…

Matt fit un pas en avant, mais, livide de douleur, il dut s'agripper à l'épaule d'Aaron pour ne pas tomber.

— Il n'est plus temps de discuter, répliqua Izzy. Del, tu viens avec moi.

Elles se ruèrent vers la cabane, Matt et ses fils suivant lentement.

— C'était quelque chose, quand tu lui as mis ton poing dans l'estomac, p'pa ! dit Benjamin, enthousiaste, en frappant du sien contre sa paume.

— Moi, j'ai eu peur quand il a tiré son revolver, avoua Clement.

— Mais tu as vu comment p'pa le lui a fait sauter de la main ? dit Aaron qui soutenait fièrement son père.

Ils arrivaient justement au seuil de la cabane.

— Et le couteau, renchérit Clement en regardant Izzy, que Cutler disait que vous…

Elle renversa un peu de l'eau chaude dont elle était en train de remplir une bassine. Tout le monde s'immobilisa. Elle s'éclaircit la gorge.

— Aidez votre père à se mettre au lit…

Izzy prit la bouteille de whisky dans le vaisselier, des

bandages et suivit la famille dans la chambre. Comme ils se rassemblaient autour du lit, en revivant chaque instant du combat, elle réclama le silence.

— Votre père a besoin qu'on le laisse un peu tranquille.

— Et ses blessures ?

— Je vais m'en occuper et quand ce sera fait, il lui faudra du repos et du silence. Allez dîner, puis mettez-vous au lit. Nous avons tous eu une très dure journée.

Avant qu'ils eussent pu protester, Matt leva la main.

— Isabella a raison. Bonne nuit, les enfants.

— Bonne nuit ! répondirent-ils en chœur.

Izzy referma la porte sur eux. Elle pouvait entendre leurs chuchotements excités à travers toute la cabane et aussi les chiens qui se battaient au-dehors, et l'appel d'un coyote, au loin…

Elle frissonna.

Elle panserait de son mieux les plaies de son mari, puis il serait temps de faire face à de très amères vérités.

12

La chambre était silencieuse, si l'on exceptait le souffle laborieux de Matt. Dans le cercle doré de la lampe à pétrole, ses traits étaient pâles et tirés.

— J'espère, dit timidement Izzy, que vous ne souffrez pas autant que vous en avez l'air…

— Allez-vous-en, lui dit-il sèchement. Je n'ai pas besoin qu'on me tienne compagnie.

Elle secoua la tête.

— Ce n'est pas pour cela que je suis ici. Restez allongé, je vais vous soigner.

Comme il allait protester, elle s'agenouilla près de lui, un doigt sur la bouche.

— Chut… je vais vous retirer vos vêtements et voir ce qu'il y a à faire.

Trop faible pour argumenter, il resta immobile tandis qu'elle lui enlevait sa chemise et son pantalon déchirés, souillés de sang et de poussière.

Elle eut beaucoup de mal à lui dissimuler à quel point elle était bouleversée de le voir dans un tel état. Se raidissant contre l'émotion qui l'étreignait, elle plongea un linge dans l'eau chaude et entreprit de laver la plaie de son bras au savon.

D'une voix hachée par la douleur, il demanda, caustique :

— Vous êtes sûre que vous n'êtes pas en train de finir ce que Cutler a commencé ?

— Je suis navrée si je vous fais mal, Matthew…

Elle travaillait vite et efficacement, nettoyant la zone douloureuse autour de sa blessure à l'épaule, puis l'entaille elle-même.

— C'est vraiment nécessaire ?

— Oui, si du moins vous voulez garder votre bras.

Il soupira, résigné :

— D'accord, faites ce que vous avez à faire.

— Tenez…

Elle lui passa la bouteille d'alcool et le laissa en avaler une longue gorgée avant de la reprendre et d'en verser une autre, plus généreuse encore, sur la blessure.

Il serra les dents.

— Fichu gâchis d'un excellent whisky, marmonna-t-il.

Il reprit la bouteille, dont il but cette fois plusieurs gorgées.

— Je sais tout de l'alcool et de ses différents usages, repartit Izzy non sans amertume tandis qu'elle replaçait le bouchon, avant d'appliquer le bandage.

Matt se tint coi, en se répétant mentalement les révélations de Cutler. Et son cœur se serra en revoyant toute cette douleur, sur le visage de son épouse, tandis que la brute débitait ses insultes.

— Voyons cet œil, capitaine Prescott…

Il tenta de sourire, mais même cette simple chose lui demandait un douloureux effort.

Rapprochant un peu la lampe, elle examina son œil presque clos.

— Vous allez avoir un joli hématome tout le long de la joue, mais ceci devrait vous soulager un peu.

Elle trempa un bandage dans l'eau froide et le lui appliqua.

— A présent, restez bien étendu sur le dos.

— Pourquoi ?

— Je vais voir si vous n'avez pas de côte cassée.

Elle se mit à tâter sa cage thoracique. Il tressaillit.

— Ouh ! Doucement…

Elle fit courir plus légèrement ses doigts sur son torse.

— C'est mieux ?

— Oui.

Il ferma les yeux.

— Vous avez un toucher plus délicat que celui des chirurgiens militaires…

Sa voix commençait à s'embrumer sous l'effet de l'épuisement et du whisky.

— Je suppose que vous parlez d'expérience ?

Elle découvrait sur son torse des cicatrices anciennes. Deux d'entre elles avaient tout l'air d'être des atteintes par balle. Une balafre, longue et fine, pouvait être la trace d'un coup de sabre ou de baïonnette.

Il rouvrit les yeux, et découvrit le visage d'Izzy à quelques centimètres du sien.

— Oui, j'ai reçu quelques balles… des coups de sabre aussi, mais j'ai eu… de la chance.

— Est-ce Chancellorsville qui vous a fait renoncer au rêve que votre père avait fait pour vous ?

Il secoua la tête et la douleur le fit se crisper de nouveau, quand elle toucha ses côtes.

— Je crois que j'ai toujours su… que je voulais être éleveur, d'une manière ou d'une autre. Mais l'effroyable boucherie de Chancellorsville m'a dégoûté à jamais de la guerre et des armes, c'est vrai.

— Pourtant, l'ardeur du combat semblait bien vous avoir repris, tout à l'heure.

— Je le reconnais. J'étais fou de rage et cogner sur cette brute de Cutler me procurait… un réel plaisir.

Sa voix devenait plus pâteuse à chaque phrase.

— Je dois vous avouer que vous voir le faire m'en a procuré, à moi aussi. Mais un petit moment, seulement. Après, devant la douleur que vous enduriez…

Elle se détourna.

Emu, il lui toucha la joue.

— Je suis désolé, Isabella, je ne suis pas du genre à me plaindre, d'ordinaire. Nous avons tous… si peu de temps sur terre. Du jour où je suis rentré de la guerre, je n'ai plus eu qu'une seule idée, une obsession, même : vivre en paix. Tout ce que je voulais, c'était qu'on me laisse tranquille, libre de suivre ma propre route.

— Et elle vous a mené ici ?

— Oui.

Il ferma les yeux.

— Moi ce qui m'a amenée ici, c'est…

Elle le regarda. La douleur, qui un instant auparavant déformait son visage, s'était éloignée, laissant ses traits détendus et apaisés. Il souriait presque.

— Matthew ?

Elle glissa une main dans la sienne. Les longs doigts puissants ne répondirent pas à la pression des siens.

— C'est bien, murmura-t-elle. Vous avez échappé, pour l'instant, à la douleur…

Et elle, tout aussi provisoirement, à l'obligation de lui avouer la peu reluisante vérité.

— Dormez bien, lui chuchota-t-elle à l'oreille.

Déjà loin, il ne broncha pas.

Ce fut la douleur, pourtant, qui éveilla Matt. Elle explosait dans son crâne, irradiant depuis son épaule, et envahissait tout son corps. Le moindre mouvement lui faisait mal et rester immobile était plus douloureux encore. Il se tourna légèrement pour soulager son épaule et dut réprimer un cri.

Puis il la vit, dans un rayon de lune. Isabella, assise sur une chaise qu'elle avait tirée près du lit. La couverture dont elle s'était enveloppée avait glissé sur le sol, révélant sa robe tachée de sang et de poussière. Ses cheveux libérés retombaient à demi sur son visage, d'une façon très aguichante.

Il avança prudemment la main vers le pansement qui barrait son épaule, puis vers son œil toujours mi-clos. Des bribes de souvenir remontaient à sa mémoire. Il se souvenait de la sensation des mains d'Isabella sur sa peau, plus douce et plus légère qu'une pluie de printemps. Du son de sa voix, si apaisante. Elle avait parfaitement pris en main la situation. Les enfants, le dîner. Elle avait lavé et pansé ses blessures, lui avait donné du whisky pour calmer la douleur, l'avait mis au lit et avait veillé à tous ses besoins.

Mais les siens ? Qui s'en souciait ?

Il la vit ciller, puis ouvrir les yeux. Tout de suite, elle quitta sa chaise pour venir s'agenouiller auprès du lit et caresser son front.

— Matthew…

Sa voix n'était qu'un doux murmure.

— Depuis combien de temps êtes-vous donc éveillé ?

— Seulement quelques minutes.

— Comment vous sentez-vous ?

— Vous êtes déjà passée sous la meule d'un moulin ?

Elle ne put s'empêcher de sourire.

— J'avoue que non !

— Moi non plus…

Il voulut sourire à son tour, mais c'était plutôt un rictus.

— … mais je suis sûr que cela ressemble à ça.

— Voulez-vous quelque chose ?

— Un peu d'eau, s'il vous plaît.

Elle se releva, traversa la chambre, revint bientôt. Matt se souleva avec peine. Elle lui soutint la tête et porta le verre à ses lèvres.

Il but longuement, puis avança sa main vers la mèche de cheveux qui retombait sur la joue d'Izzy.

— L'armée n'a pas de si jolies infirmières !

— Je ne suis pas jolie.

Elle posa le verre sur la table de nuit.

— Vous me traitez de menteur ?

— Non, mais vous êtes gentil. Et moi, je sais bien à quoi je ressemble.

— Et à quoi ressemblez-vous, à votre avis ?

Elle prit une profonde inspiration, sans oser affronter son regard. Mon Dieu, c'était tellement douloureux !

— A une menteuse. Tout ce que je vous ai raconté n'est que tissu de mensonges.

— Tout, vraiment ?

Il vit les joues de la jeune femme s'empourprer.

— Presque tout. C'est bien la lettre d'Aaron qui m'a fait venir, mais je ne l'ai pas lue dans la sacristie. Les filles comme moi n'ont pas le droit d'entrer dans l'église. J'avais pris l'habitude de regarder par les fenêtres…

— Pourquoi ?

— J'aimais entendre chanter les fidèles, et aussi la voix du pasteur.

Elle rougit encore.

— Lequel n'était pas mon père, évidemment.

— Je l'avais deviné.

Il avait prononcé ces mots sur un ton de calme évidence qui la surprit.

— Vous saviez ?

— Vous êtes peut-être une menteuse, Isabella, mais pas une très bonne.

— Je… je comprends.

Le rouge de ses joues s'accentua et elle se détourna.

— Je n'ai pas eu de père, ni de mère… Je suis orpheline. J'ai passé les dix premières années de ma vie dans un orphelinat de Pennsylvanie. Une institution pour enfants trouvés.

Dix ans, songea Matt. L'âge de Clement. Cette pensée lui fut presque aussi douloureuse que ses blessures.

— Qu'est-il arrivé ?

— On a considéré que j'étais assez grande pour gagner ma vie. Alors on m'a envoyé travailler chez Mme Eudora Hastings. Elle a trouvé que j'étais une bonne et douce nature, que je pouvais être une compagne agréable pour ses enfants et m'a gardée deux ans.

Izzy ne savait pas à quel point son visage s'éclairait à cette évocation.

— C'est un si doux souvenir. Je la considérais comme ma mère. C'était une femme austère et très exigeante, mais honnête et aussi très intelligente. Elle était une des ouailles du révérend Halfyard, qui dirigeait l'orphelinat. Elle m'a même appris à lire et à écrire, parce qu'elle m'avait surprise un jour à regarder un livre d'images. Vous n'imaginez pas ce que cela a pu représenter pour moi…

Le sourire rayonnant qui était apparu sur son visage s'affadit avant de disparaître tout à fait.

— Mais son mari mourut sur ces entrefaites et Mme Hastings fut forcée d'emmener ses enfants chez son frère, à New York. Elle ne pouvait plus me garder avec elle. Avant de nous quitter, elle a voulu me parler comme une mère. Une jeune fille seule dans le monde, m'a-t-elle dit, devait redouter certains dangers. Les hommes allaient chercher à me faire du mal et je devais leur résister de toutes mes forces. Si je permettais à l'un d'eux de faire ce qu'il voulait de moi, cela n'aurait jamais de fin et alors, les gens honnêtes ne voudraient plus rien avoir à faire avec moi… Elle m'a fait promettre de ne jamais me laisser faire et de vivre dans la décence et la crainte de Dieu. Je n'ai pas compris tout ce qu'elle m'a expliqué, mais je lui ai juré solennellement ce qu'elle me demandait. Je l'ai laissée me couper les cheveux, car elle me disait qu'ils représentaient une source de tentation pour les hommes ; je lui ai également promis de ne me vêtir que de vêtements simples et humbles, pour ne pas attirer l'attention sur moi.

— Isabella, je crois que…

— Attendez, Matthew, laissez-moi terminer.

Elle se mordit la lèvre, bien décidée à aller jusqu'au bout de sa confession.

— Pour survivre, j'ai dû travailler dans une taverne. D'abord, j'ai aidé en cuisine.

Tout en parlant, elle serrait convulsivement ses mains sur ses genoux.

— C'est là que j'ai appris à cuisiner, à laver et le reste… La patronne, Mme Purdy, me battait ; mais c'est son mari que je redoutais surtout. Un soir qu'il avait bu, il a essayé…

Les yeux de Matt s'étrécirent. A chaque mot qu'elle prononçait, il sentait la colère et la révolte croître sourdement en lui. Izzy s'en aperçut et se hâta de préciser :

— Oh, il n'est arrivé à rien… il était bien trop soûl. Son fils m'a trouvée en larmes et il m'a donné son couteau. Il m'a aussi conseillé de dormir dans le grenier, au-dessus de l'écurie, d'où je pourrais voir venir tous ceux qui auraient de mauvaises intentions. C'est ce que j'ai fait, toutes les nuits, à partir de ce moment.

— Dans l'écurie ?

La colère flamboyait dans les yeux de Matt.

— Je n'y étais pas si mal. Bien sûr, il pouvait y faire parfois très froid en hiver et très étouffant en été. Cela ne sentait pas très bon, non plus, à cause des bêtes. Mais ce grenier était mon refuge. Je le préférais à la mansarde que les Purdy m'offraient d'occuper au-dessus de la taverne ; j'y étais plus en sécurité.

— Comme vous deviez détester cette taverne !

— En effet… Les hommes étaient durs et cruels envers moi, surtout quand ils avaient bu trop de bière ou de whisky.

Matt se souvint des commentaires de Cutler, à propos de ceux qui essayaient de la faire tomber quand elle portait son plateau. Ce seul souvenir porta le comble à sa colère, le brûlant comme l'eût fait un fer rouge.

— Il y a autre chose…

Izzy baissa la voix. Son visage était si grave que Matt se demanda ce qu'elle pouvait bien avoir à lui dévoiler de plus tragique encore.

— J'ai menti à propos de la lettre d'Aaron. Mais je vous en prie, il ne doit jamais le savoir. Les églises protestantes de Pennsylvanie l'ont bien faite circuler parmi leurs ouailles, mais quand elle fut passée de famille en famille, quelqu'un l'a apportée à la taverne et l'a punaisée au mur… pour en faire un objet de plaisanterie.

Matt grinça des dents en pensant à l'innocence et à la bonne foi de son fils, mais il n'en fut pas autrement surpris.

— Les termes de la lettre, par leur naïveté, faisaient rire les imbéciles, qui la tournaient en ridicule, mais je n'en connais pas beaucoup qui auraient eu le courage de s'installer comme vous, Matthew, dans ces solitudes, avec quatre enfants. Cette lettre, voyez-vous, a été pour moi comme un appel. Avoir une famille, c'était tout ce dont j'avais toujours rêvé. Qu'importaient les risques du voyage, si je devais trouver, au bout de la route, ce que je cherchais depuis si longtemps ?

Ses yeux brillaient, et fascinaient Matt.

— J'ai retiré la lettre du mur, en cachette, et, soir après soir, je l'ai relue, avant de trouver le courage d'y répondre. Oh, si vous saviez les belles histoires que j'ai imaginées ! J'allais commencer une nouvelle vie, avec un beau nom tout neuf… Isabella McCree… Izzy pouvait rester en Pennsylvanie, avec les ivrognes de sa taverne — Cutler et ses pairs.

Cette évocation du sergent arrache une grimace de dégoût au rancher.

— Beaucoup d'hommes, comme l'ignoble Cutler, poursuivit courageusement Izzy, voulaient m'entraîner dans un coin sombre et faire de moi ce qu'ils voulaient. Mais après que j'eus tailladé Otis Blandin, un soir, la plupart m'ont laissée tranquille. Le bruit a couru que j'étais un peu folle.

— C'est pour cela que vous ne vous êtes jamais mariée ? A cause de ce coup d'éclat ?

— Non… J'ai toujours pensé que je ne me marierais pas. C'est la raison pour laquelle je n'ai pas pu me préparer à être une bonne épouse et à… laisser mon mari profiter de ses droits. De toute façon, à l'orphelinat, on nous expliquait que nous ne pourrions probablement jamais fonder une famille, qu'aucun homme ne voudrait de nous.

Matt était estomaqué.

— Et vous avez cru cette sottise ?

— Le révérend Halfyard disait que rien n'arrivait par hasard et que si nous étions orphelins, c'était sans doute parce que nous devions payer de graves péchés que nos parents ou grands-parents avaient commis.

— Quoi ? Quelle stupidité ! Ecoutez, Isabella, vous pouvez me croire : des milliers de choses arrivent par hasard, le hasard le plus total et le plus absolu !

Elle frissonna.

— Vous avez froid… et moi qui m'énerve stupidement. Allons, venez au lit.

— Je… je ne peux pas.

Elle recula. Il prit sa main pour la retenir.

— Ne vous inquiétez pas de mes… droits d'époux… ou je ne sais quoi, dit-il. Dans mon état, je ne pourrai pas vous faire grand-chose, de toute façon.

Il écarta les couvertures pour qu'elle pût s'étendre auprès de lui. Puis il roula sur le côté, ce qui lui valut un nouveau rictus de douleur.

— Là…, lui dit-elle doucement, restez tranquille.

Elle arrangea les oreillers autour de son épaule blessée. Puis elle se pelotonna contre lui.

— Ça va, vous êtes bien ? s'enquit-il. Vous avez plus chaud, maintenant ?

— Oui.

— C'est bien. Dormez, je vais en faire autant.

La dernière vision d'Izzy, avant de sombrer dans le sommeil, fut le rayon de lune qui brillait dans l'œil de Matt et la ligne nette de ses lèvres, tandis qu'il souriait. Des larmes de soulagement et de gratitude coulèrent sur ses joues, brouillant sa vision, et elle dut se frotter les yeux.

Malgré elle, ils se fermèrent. Se sentant au chaud et en sécurité, elle s'endormit enfin.

13

Matt écoutait la douce et calme respiration d'Izzy. La lune s'était cachée et seule la faible clarté des étoiles filtrait par les fenêtres.

Tout son corps lui faisait mal, mais savoir sa femme près de lui rendait la douleur tolérable.

Il repensait à tout ce qu'elle lui avait dit, tous ces secrets qui l'accablaient de honte, l'empêchant de connaître le bonheur et la paix de l'âme. Qu'elle ait pu s'en ouvrir à lui représentait une première avancée, un premier pas hors des ténèbres, et il s'en réjouissait.

Il se redressa un peu pour mieux la voir. On devinait des fils d'ors épars dans ses cheveux bruns répandus sur l'oreiller. La ligne de son front, ses traits pacifiés par le sommeil, révélaient une douceur, une innocence qui était un véritable enchantement. Les longs cils de ses paupières closes ombraient son visage. Son nez petit et droit, ses lèvres pleines et un peu boudeuses appelaient le baiser.

Il ne put résister à cette tentation et effleura sa bouche de la sienne, avec d'infinies précautions.

Elle s'éveilla pourtant.

— Ah… Matthew…

Elle se redressa sur un coude, en écartant de son visage une mèche de cheveux.

— J'ai cru que…

Elle n'acheva pas sa phrase. Bien sûr, elle avait dû le rêver, ce baiser si délicat, plus léger, plus aérien qu'un flocon de neige. Cela n'existait que dans les rêves…

— Vous avez dormi ? lui demanda-t-elle.

— Un peu.

Elle posa la main sur son front.

— Vous n'avez pas de fièvre. Comment vous sentez-vous ?

— On dirait que tous mes os sont rompus, mais je survivrai.

— Vous devez avoir faim. Vous n'avez pas dîné, hier. Je vais vous préparer quelque chose.

— Attendez, Isabella… Reposez-vous encore un peu.

Elle était toujours si empressée, si désireuse de bien faire…

Il lui prit la main, la garda dans la sienne pour l'examiner.

— Si fine, si délicate… Comment fait-elle, cette main, pour abattre autant de travail ?

— Toute ma vie, j'ai dû travailler pour ne pas mourir de faim. Je suppose que c'est devenu une habitude. Je ne peux plus m'en passer.

— Moi, c'est de vous, je crois, que je ne saurais plus me passer.

Elle reposa sa tête sur l'oreiller. Elle se sentait délicieusement languide. Peut-être n'avait-elle pas rêvé ce baiser, après tout ?

— C'est vrai ? murmura-t-elle.

— Hmm-hmm…

Il porta la paume d'Izzy à sa bouche et y posa délicatement ses lèvres. De délicieux frissons la parcoururent le long du dos.

— Vous ne m'en voulez pas de… enfin… que nous ne puissions pas…

Embarrassée, elle ne trouvait pas les mots justes.

Il avait envie de rire : elle était tellement sincère et si candide.

— Je ne veux pas vous presser, Isabella.

— Non ? Vous ne… ?

Il secoua la tête.

— Quand vous y serez prête, cela arrivera et voilà tout.

— Mais comment… enfin… comment vous en apercevrez-vous ?

— Parce que vous-même, quand vous le serez, vous le saurez.

— Mais *comment* le saurai-je ?

— Croyez-moi, vous le saurez.

— J'espère que vous ne vous trompez pas, mais si cela n'arrivait jamais ?

Il poussa un soupir comique, exagéré.

— Eh bien je n'aurais plus qu'à aller boxer tous les sergents mal embouchés de la cavalerie, après quoi je m'attaquerai aux fantassins, puis aux artilleurs et enfin, en désespoir de cause, à tous les grizzlys des Rocheuses. Que voulez-vous, il faut bien passer ses frustrations sur quelqu'un !

Elle eut un rire cristallin.

Matt trouva que c'était le plus joli son qu'il eût jamais entendu.

— Vous avez un rire merveilleux, vous devriez l'utiliser plus souvent.

— Je me sens… je ne sais pas… j'ai le cœur léger. Oui, c'est ça. Maintenant que je vous ai dit la vérité, je me sens libre, libre d'être moi-même.

— Et si on vous laissait la liberté, justement, de choisir qui vous voudriez être, parmi tous les destins au monde, lequel choisiriez-vous ?

Elle s'étira, les bras au-dessus de sa tête, et ferma les yeux.

— Je voudrais faire partie d'une grande famille pleine d'amour. Voilà, c'est tout ce que j'ai jamais désiré au monde.

— Et c'est tout ?

— Mais voyons, Matthew, que peut-il y avoir de plus important ?

Il effleura ses lèvres des siennes.

— Alors soyez exaucée. Que diriez-vous d'avoir un mari et quatre enfants ?

Elle pouvait voir son reflet dans les yeux de Matt et sentir l'effet de ce baiser depuis la pointe de ses orteils jusqu'à ses cheveux.

— S'il vous plaît, Matthew, murmura-t-elle, si bas que c'en était à peine audible, embrassez-moi encore ainsi.

— Comme ceci ?

Il recommença sans cesser de la regarder au fond des yeux. Ceux-ci s'agrandirent puis elle battit des paupières et les referma. Elle gémit et entoura les épaules de Matt de ses bras, ses doigts se crispèrent sur la peau nue de son compagnon et ce fut l'occasion d'un nouveau frisson.

C'était si bon de le toucher, de sentir sa chair, sa force sous ses doigts. Et puis sa bouche sur la sienne, qui faisait battre son cœur, bouillir son sang…

Etait-ce mal ? Mais pourquoi le serait-ce ? Ils étaient mari et femme. Pourtant ce n'était pas de cela, à l'évidence, que parlait Mme Hastings quand elle évoquait un comportement plein de décence et de vertu.

Matt s'interrompit un instant pour reprendre son souffle. Elle eut un soupir de frustration.

— Encore ? fit-il.

— Oh oui !

Ce n'était qu'un simple baiser, bouche contre bouche. Mais c'était peut-être plus puissant qu'un coup de tonnerre. Cette chaleur qui l'envahissait. Ce rythme fou de leurs deux cœurs. Tout vacillait en elle et autour d'elle.

Il l'embrassait avec un savoir-faire qui lui coupait le souffle. Il était si patient… Son attention et sa science amoureuse, alliés au sentiment de danger qu'il lui faisait éprouver, créaient un mélange particulièrement fort, comme une drogue qui, loin de l'assoupir, réveillerait ses sens.

En elle, la peur et l'éveil du désir se livraient un terrible combat.

— Rends-moi mon baiser, Isabella, chuchota-t-il.

Ainsi, il la désirait, lui aussi ?

Ses mots ouvrirent une sorte de vanne en elle et

ce fut comme une digue qui se rompait. Soudain, elle s'accrocha désespérément à lui, la bouche brûlante et quémandeuse, son corps serré contre celui de Matt, comme si elle eût voulu s'y fondre.

Eperdu, il la serra plus fort et reprit sa bouche. Il respirait l'odeur de sa peau, voulait en emplir ses poumons et tout son être à la fois. C'était cela, sans doute, le parfum du paradis.

D'habitude, il reconnaissait chaque bruit, autour de lui. Le crépitement du feu, le craquement des bûches, quand il était allumé, et la chanson du vent dans la cheminée, quand il ne l'était pas. Mais à présent, il était sourd à tout ce qui n'était pas cette femme. Ses soupirs, tandis que ses mains couraient sur elle et que sa bouche exigeait toujours davantage. Son souffle de plus en plus court au fur et à mesure que le plaisir montait.

Il trouva les boutons de sa robe, qu'elle n'avait pas eu le temps de retirer quand il l'avait plus ou moins obligée à s'étendre auprès de lui. Mais cette fois ce fut d'une main calme, lente et presque paresseuse qu'il la fit glisser des épaules d'Izzy. Ses lèvres suivaient et accompagnaient ses doigts, traçant une ligne de feu sur sa gorge, sur sa peau.

— Oh, Matthew, c'est bon... c'est bon... Faites-le encore, s'il vous plaît.

Cette prière le galvanisa. Un feu dévorant l'embrasait, avec une force qui allait nécessiter toute sa volonté, s'il ne voulait pas la brusquer.

Il embrassa doucement son cou, ses épaules, et lui retira complètement sa robe avant de s'attaquer aux rubans de sa chemise. Elle eut un léger sursaut de surprise quand il dénuda ses seins. Mais avant qu'elle eût pu protester, il couvrit de ses lèvres l'une des pointes frémissantes, et tout son corps se tendit.

— Tu es belle, Isabella, si belle…

Pour toute réponse, elle gémit profondément. Chaque coup de langue, chaque succion éveillait en elle, la laissant haletante, une sensation aussi ardente que voluptueuse — presque douloureuse.

Elle ne protesta pas quand les mains de Matt partirent à l'aventure, lui retirant son jupon et ses épais bas de laine. Il savait, à la façon dont elle réagissait à ses caresses, que le désir l'enflammait.

C'était ainsi qu'il rêvait d'elle depuis toutes ces longues nuits : nue, prête, avide…

Izzy s'attendait à éprouver de la honte, mais rien de tel ne vint. Nul sentiment de culpabilité, rien que cette faim qui grandissait. Etait-ce ainsi entre mari et femme ? Ainsi que cela devait être ?

— Si belle, si douce… plus adorable que je n'osais le rêver.

Il suçait, léchait et embrassait toujours, tandis qu'elle s'arc-boutait contre lui, frémissante, le souffle court.

— Matthew, dit-elle entre deux gémissements, je ne sais pas… ce que je dois faire.

— Mais rien de particulier. Laisse se produire les choses.

— Je… je ne…

L'air lui manquait comme si elle se trouvait sur la cime d'une très haute montagne. Un pas en avant et c'était le vide. Elle se crispait, comme terrifiée à l'idée de s'abandonner et pourtant attirée par cet abîme, cette chute.

Il la toucha là où aucun homme, jamais, ne l'avait touchée. Elle était prête. La main de Matt, avec un art consommé, la conduisit jusqu'à un sommet de plaisir inconnu d'elle.

Izzy avait atteint le point de non-retour. Des sensations inouïes se bousculaient en elle, se heurtant et la convulsant comme elle ne l'aurait jamais cru possible. C'était comme si elle volait dans les airs, très haut dans le ciel, et son amant ne lui laissait pas la moindre chance de reprendre son souffle.

Si Matt ne se libérait pas bientôt de son propre désir, il allait devenir fou. Reprenant sa bouche, il lui murmura :

— Serre-moi fort, mon amour.

Mon amour. Ces deux mots, si simples, étaient comme un abri dans la tempête. Une lumière, dans un tunnel, pour le guider jusqu'à son cœur.

Mon amour. Pour ces deux mots, elle l'aurait suivi jusqu'en enfer et au-delà, aurait marché sur des braises ardentes et tout enduré.

Elle serra les dents, s'attendant à avoir mal.

Il entra en elle aussi doucement qu'il le put. Au lieu du choc et de la douleur attendue, ce fut une montée vertigineuse de plaisir et de secousses successives, les plus délicieuses qui se pouvaient imaginer.

Izzy se sentait plus vivante que jamais auparavant. Elle s'accrocha, se noua autour de lui, son énergie mêlée à la sienne, son corps s'accordant au rythme de celui de Matt.

Ils se laissèrent emporter tous deux dans une vague de passion, comme dans un torrent en crue dans lequel, loin de se noyer, ils eussent nagé en symbiose avec la vitesse du courant, jusqu'à ce que le flot les eût abandonnés, pantelants, sur sa rive.

Ils reposaient, leurs membres encore entremêlés. Des frissons les agitaient tandis qu'ils revenaient lentement à la réalité. Ni l'un ni l'autre ne bougeait, de peur de rompre le lien magique qui les avait unis. Mais comme Matt approchait son visage de celui de sa femme, il sentit le goût salé des larmes.

Des larmes ? Dieu du ciel, il eut l'impression que son cœur s'arrêtait de battre.

— Isabella, je t'ai fait du mal… Comment ai-je pu ?

Il se maudit lui-même, se traita de barbare.

— J'ai été trop brutal. J'ai oublié que tu étais… enfin…

Avec un juron, il roula sur le côté. Aussitôt, Izzy s'assit sur le lit et essuya ses yeux.

— Tu ne m'as pas fait de mal, Matthew. Je pleure parce que… je suis tellement heureuse !

— Tu es sûre ? Tu me dis bien la vérité ?

Fébrilement, il prit ses mains dans les siennes.

Elle hocha la tête et le regard qu'elle lui dédia le bouleversa tant qu'il ne savait plus s'il lui brisait le cœur ou bien si celui-ci se remettait enfin à battre.

— C'est… toujours aussi merveilleux ?

— Cela peut l'être, quand certaines conditions sont remplies.

— Lesquelles ?

Il l'attira contre lui, son front pressé contre le sien.

— Quand cela se passe entre des gens qui s'aiment.

Izzy sentit de nouveau les larmes brouiller sa vision. Les yeux clos, elle s'agrippa à lui comme s'il menaçait de partir.

— Je t'aime, Matthew.

— Je t'aime, Isabella…

Il l'entoura de ses bras et la serra contre lui. Elle semblait y avoir toujours eu sa place. Etre faite pour lui, de toute éternité.

Le désir revint l'inspirer.

— Je ne sais pas quand c'est arrivé, lui dit-il, ni comment. Ce devait être quand je t'ai vue faire, avec mes enfants.

Il eut un sourire extraordinairement chaleureux.

— A moins que ce ne soit la première fois que j'ai goûté à tes petits plats.

Elle le regarda, un sourire espiègle aux lèvres.

— C'est donc ça ! C'est de ma cuisine que tu es tombé amoureux !

— C'est que tu es vraiment une grande cuisinière. Si tu ne m'avais pas révélé ton passé, je croirais qu'une bonne fée marraine t'a enseigné le chemin du cœur des hommes.

— Ah… peut-être…

Sans crier gare, elle prit le doigt de Matt entre ses dents et dans sa bouche. Immédiatement, il sentit son sang se remettre à bouillir.

— Pourtant, Isabella, ce n'est pas à ta cuisine que je pense en ce moment.

— Non ?

Bien que le sourire de la jeune femme fût toute pureté et toute innocence, Matt eût gagé qu'il dissimulait une rouerie féminine toute neuve.

— Tu sais, lui murmura-t-il, je pourrais bien te garder éveillée toute la nuit...

Comme elle souriait davantage encore, il ajouta :

— Cette perspective ne semble pas t'inquiéter plus que cela...

Elle secoua gentiment la tête.

— Non, pas tellement, c'est vrai. En fait... — elle eut une moue adorable — j'ai tant à apprendre !

Et sur ces mots, elle avança les lèvres pour l'embrasser.

— Enfin, corrigea-t-elle, si tes blessures ne te font pas trop mal pour cela.

Avec un grognement de plaisir, il roula sur elle et prit sa bouche comme un assoiffé eût mordu dans un fruit.

— Par où veux-tu commencer ?

— Par le commencement.

Comme il la regardait avec étonnement, elle expliqua, candide :

— Je ne veux surtout rien manquer.

Dans l'obscurité, Matt grimaça de douleur. L'élancement, dans son épaule, était lancinant. Toute la nuit, il n'avait guère pensé à ses blessures. Le plaisir avait su faire taire la souffrance. Et quel plaisir !

Une fois qu'Isabella avait surmonté ses craintes, elle s'était révélée, merveilleuse surprise !, la plus exquise des partenaires, se montrant tour à tour timide et audacieuse, toujours enthousiaste et démonstrative. Matt n'avait jamais, de sa vie, connu une nuit pareille.

Il la chercha à côté de lui et fut désagréablement surpris de trouver la place vide ; mais, avant qu'il ait pu se lever pour partir à sa recherche, il vit trembloter, par la porte, la lueur d'une chandelle. Izzy revenait, un plateau dans les mains. Elle le déposa sur le lit et s'assit à côté de lui.

— Qu'est-ce que c'est ?

— A manger. Tu n'as rien pris hier soir. Je m'inquiète pour toi.

— Tu as peur que tout l'exercice que nous nous sommes donné m'ait épuisé ?

Elle rougit et lui tendit une tasse de café fumante.

— Tiens, pour te réchauffer…

Il but une gorgée puis la lui rendit.

— Je connais bien d'autres façons de se tenir chaud.

Elle ne put se garder de rire.

— Je n'en doute pas, mais il faut tout de même que tu manges un peu.

Elle lui tendit un sandwich à la viande froide et lui montra les biscuits tartinés de miel qu'elle lui avait gardés pour son dessert.

Il mangea en silence si ce n'est pour louer le fondant des biscuits. Il lui offrit en la première bouchée, avant de goûter le miel sur ses lèvres.

— Ta cuisine est délicieuse, soupira-t-il, mais tu as encore meilleur goût que ce que tu prépares.

— Je me demande bien, alors, pourquoi je te fais à manger.

Il repoussa le plateau

— Je me posais la même question et j'ai compris qu'en fait, c'était de la haute stratégie.

— De la stratégie ?

Matt prit une boucle des cheveux d'Izzy dans ses doigts et la caressa nonchalamment, tout en se rapprochant insensiblement d'elle. Il adorait chacune des émotions qu'il pouvait lire dans ses yeux.

— Absolument. Ce qui t'importe, c'est que je reconstitue mes forces pour te refaire l'amour encore une fois.

Elle posa ses deux mains sur la poitrine de son mari.

— Matthew... c'est presque l'aube. Les enfants vont se réveiller et réclamer leur petit déjeuner.

— Ah oui ? Je n'avais pas remarqué.

Il la renversa sur le lit, la clouant de son poids.

— Il vaut mieux faire vite, alors !

— Matt...

Il étouffa ses protestations d'un baiser et reprit, tout près de ses lèvres :

— Nous avons tant d'amour à partager, Isabella, ne perdons pas une minute...

Dans l'enchanteur bruissement des soupirs et des mots doux, ils entrèrent de nouveau dans ce monde passionné et secret dont seuls les amants ont la clé.

14

— P'pa ?

En entrant dans la cabane, Aaron faillit, de surprise, renverser le seau de lait qu'il venait de tirer : son père sortait de sa chambre, l'œil vif et le pas alerte.

— Tu… tu es debout ? Déjà ?

— Bien sûr, mon garçon.

Matt dédia à son fils un sourire radieux.

— Comment tu te sens, papa ? demanda la petite Del en dégringolant l'échelle de la soupente.

— Jamais senti mieux !

Benjamin et Clement se regardèrent, bouche bée, avant d'échanger un sourire ravi. Après le combat sans merci auquel ils avaient assisté la veille entre le sergent et leur père, ils s'étaient attendus à voir celui-ci rester alité des jours, voire des semaines.

— Venez manger, les enfants, leur dit Izzy. Vous devez mourir de faim.

Elle prit près du feu une platée d'œufs brouillés et la déposa sur la table.

Comme ils s'installaient, Aaron observa discrètement la jeune femme, qui allait et venait, pieds nus, avec une assurance nouvelle, une sorte d'autorité joyeuse qu'il ne lui connaissait pas.

Une bouffée de colère froide l'envahit au souvenir des propos du sergent Cutler. Contrairement à ses jeunes frères et sœur, il se doutait bien que c'était ce fatras ordurier, plus que le traitement infligé à l'étalon, qui avait poussé leur père à bout.

Par la fenêtre, il pouvait voir la robe d'Izzy, qui venait d'être lavée, claquer au vent sur le fil. A la place, elle portait une des chemises de Matt et un pantalon de Clement, sur lequel elle avait noué son tablier. Ses cheveux, laissés libres, voletaient autour d'elle.

Elle paraissait un peu agitée et riait fort, mais c'était compréhensible, au vu des circonstances. Après tout, elle avait quasiment dû arracher Cutler aux mains de son mari ivre de rage. L'espace d'un instant, ils avaient tous cru que leur papa allait tuer ce pourceau.

— Je n'ai pas eu le temps de faire cuire des biscuits, ce matin, annonça Izzy. Alors j'ai fait rôtir des tranches de pain dans du beurre et du sucre…

Elle porta les tranches caramélisées sur la table au milieu des acclamations générales, l'anse de la cafetière dans l'autre main.

— Du café, Matthew ?

— Volontiers, merci.

Il tendit sa tasse avec un sourire propre à faire fondre toutes les neiges éternelles de la Sierra Madre. Izzy rougit et baissa les yeux.

Aaron les regardait toujours, à la dérobée. Malgré quelques bleus ici et là, notamment autour de l'œil et sur la pommette, son père paraissait aussi fringant que le vieux Red au milieu de ses juments. Quant à Isabella, ses joues n'étaient plus que deux taches rouges et quand elle rendit à Matt son sourire, le sien étincelait.

— Aaron ?

Il sursauta. Tout le monde le regardait.

— Je te demandais si tu voulais du lait…

Sa belle-mère se tenait devant lui, le pot à la main.

— Oui… euh… oui, merci !

Il tendit son bol et, pour dissimuler sa gêne, but une longue gorgée.

— Tu sais, p'pa, j'ai vu des traces le long du torrent, sur les pâturages du sud, dit Clement en s'essuyant la bouche d'un revers de main. Ça a tout l'air d'une grosse harde de mustangs. Tu voudras y jeter un coup d'œil, après le déjeuner ?

Matt secoua la tête.

— Non, pas aujourd'hui…

Devant ce refus pour le moins inhabituel, ils se regardèrent tous, interloqués.

— Qu'est-ce qui t'arrive, p'pa ? fit Benjamin. C'est la première fois que tu laisses passer une chance de pister des mustangs.

— Rien, c'est juste que j'ai d'autres projets, pour aujourd'hui.

Matt vida sa tasse d'un air désinvolte.

Izzy se tourna vers lui.

— Des projets ?

— Oui. Je pense qu'on a tous gagné le droit de prendre un peu de repos. Alors, je pensais atteler la charrette et vous emmener pique-niquer au bord du torrent.

— P… pique-niquer ?

Izzy fit tomber quelques éclaboussures de café sur le sol.

— Nous allons… faire un pique-nique ?

— Eh bien, oui ! A moins que quelque chose nous retienne ici, bien sûr.

— Non, non, je ne vois pas ce qui nous retiendrait, Matthew, s'empressa de répondre Izzy.

Les enfants se regardaient, se demandant visiblement ce qu'ils devaient penser de tout cela.

— Eh bien alors…

Matt laissa sa phrase en suspens, se servit un autre toast puis ajouta :

— Dans combien de temps pouvez-vous être prêts ?

Gagnés par l'excitation, les enfants avalèrent à la hâte leur lait chaud et les derniers restes de leur petit déjeuner.

— Dès que j'aurais sauté dans mes bottes ! lança joyeusement Benjamin en fouillant parmi celles qui s'alignaient près de la porte.

— Et dès que j'aurais attelé les chevaux ! renchérit Clement, en se hâtant déjà vers la grange.

— Dès que j'aurais enfermé mes poules ! claironna la petite voix de Del, qui se dirigeait, pour sa part, vers le poulailler tout neuf.

— Moi, je vais chercher mon linge, dit Izzy en défaisant son tablier. Mais j'ai besoin d'un peu de temps pour préparer à manger.

— Tout le temps que tu voudras.

Satisfait, Matt se versa une nouvelle tasse de café et

se tourna vers le feu. Puis, s'apercevant qu'Aaron était toujours assis à table, il prit une chaise à côté de lui.

— On dirait que tu as quelque chose sur le cœur, fils, lui dit-il doucement.

— Non, p'pa... Enfin, si : je trouve que tu es... changé ce matin.

— Ah oui, tu crois ?

Matt reposa sa tasse, croisa les bras, puis hocha lentement la tête.

— Je suppose que tu as raison. Tu vois, c'est le fait d'être marié avec la femme qu'il faut. Cela... adoucit les angles et te donne envie de faire plaisir à ceux que tu aimes. Tu comprends ? Cela ne te fait pas de peine ? A cause... de ta mère, ou... je ne sais pas...

— Oh, non, p'pa ! Je suis content pour toi. Et aussi que tu aies fermé le clapet de cette ordure de Cutler, qui injuriait Isabella.

Matt hocha de nouveau, pensivement, la tête.

— Je ne trouve pas qu'il y ait de quoi être fier, généralement, d'en venir aux poings, mais il fallait le faire, je crois.

Il se leva, fit le tour de la table et posa sa main sur l'épaule de son fils.

— Moi, je dois te remercier, pour tout ceci — pour avoir fait de nous, de nouveau, une famille.

— Ce n'est pas moi qui ai fait cela, papa, c'est Isabella.

Matt resta un instant songeur, le temps, en quelque sorte, de se pénétrer de cette idée.

— Je crois que tu as raison, fils. C'est Isabella, en effet, qui a réussi ce tour de force.

— Et je suis bien content qu'elle et toi, vous éprouviez… un penchant, comme tu disais.

Le garçon se leva de table en souriant et marcha vers la porte.

Matt le regarda la refermer derrière lui, puis il rejeta la tête en arrière et éclata de rire. Isabella et lui éprouvaient un penchant l'un envers l'autre, en effet.

Et par Dieu, c'était meilleur que l'ambroisie !

— Vous connaissez des chansons, Isabella ?

Surprise, la jeune femme se retourna sur l'inconfortable siège de la charrette, vers la caisse ou les enfants s'étaient entassés pêle-mêle avec les chiens, qui étaient tout autant ravis de l'aventure que leurs maîtres.

— La plupart des chansons que j'ai entendues à la taverne ne sont pas pour de chastes oreilles, leur dit-elle, et à part cela, je ne connais que des chants d'église.

— Parce que ton papa était pasteur ? demanda la petite Del.

Izzy se prépara à lui dire la vérité. Les garçons avaient certainement compris une grande partie des injures de Cutler. Mais la pauvre petite, trop innocente, n'en avait d'évidence pas saisi autant.

— C'était un mensonge, Del, parce que j'aurais bien aimé avoir des parents comme le révérend et sa femme. La vérité, c'est que j'ai grandi dans un orphelinat.

— Tu étais orpheline ?

— C'est cela.

— Mais si vous n'avez jamais connu vos parents,

comment vous avez fait pour devenir une si bonne maman ? demanda Benjamin.

L'enfant se rendait-il compte de la valeur du compliment qu'il lui faisait ? Izzy dut s'y reprendre à deux fois pour retrouver un semblant de voix, malgré son émotion.

— Je… je pense que j'essaie d'être le genre de mère que j'ai toujours voulu avoir.

Elle sentit une main toucher la sienne et y entrelacer ses doigts. C'était Matt.

— Moi, je me souviens d'un chant de mon enfance, dit-il, et il entonna *Amazing Grace*, d'une voix claire et profonde de baryton.

Izzy l'écouta, stupéfaite et charmée par cet aspect de lui qu'elle ne connaissait pas encore.

— Vous… tu le chantes mieux que tous les pasteurs que j'ai pu entendre ! s'extasia-t-elle.

Il s'inclina légèrement en souriant.

— Merci, m'ame…

— Où as-tu appris les paroles, p'pa ? fit Aaron.

— Oh, on chantait ça le dimanche, à l'église, avec mes parents.

— Alors pourquoi tu nous as dit que tu ne savais pas prier ? s'enquit Benjamin d'un ton accusateur.

— Ah, répondit son père en soupirant, je crois que me voila pris en flagrant délit de mensonge, moi aussi…

— Mais pourquoi ? insista le garçon.

— Parce que, je crois, j'étais tellement en colère qu'il n'y avait plus de place en moi pour les rires, les chansons et même les prières.

Del posa sa petite main sur l'épaule de son père.

— Est-ce que la colère est toute partie, maintenant, papa ?

— Je pense, oui, je l'espère en tout cas.

— C'est parti parce que tu as cogné le sergent Cutler ? demanda Clement.

Matt partit d'un rire joyeux.

— Cela a peut-être joué, mais je crois que la vraie responsable est Isabella.

Il pressa de nouveau la main de sa femme, ce qui la fit rosir délicieusement.

— Auprès d'elle, on ne se souvient que des bonnes choses.

— Et attends un peu de voir celles qu'elle a mises dans le panier… dit Del.

Izzy mit un doigt sur sa bouche.

— Chut ! Ça c'est notre secret, tu te rappelles ?

— Oh, j'avais presque oublié…

Elles échangèrent un sourire complice, entre elles deux d'abord. Puis Matt et les garçons lui sourirent également.

La petite fille qui avait grandi et vécu toute seule s'était trouvé une vraie famille.

— Ça n'a pas l'air mal, ici…

Matt tira sur les guides, sauta à terre et tendit les bras à Izzy. Il la fit alors tournoyer en riant dans les airs, puis l'embrassa sur la tempe en la tenant toujours dans ses bras, sans lui permettre de toucher terre.

Izzy rit et rougit en lorgnant les enfants entassés dans la caisse du chariot avec les chiens.

— Voyons, Matthew, protesta-t-elle, mi sérieuse, mi amusée, que vont-ils penser ?

— Que j'ai complètement perdu l'esprit !

Il l'embrassa encore, puis la reposa enfin sur ses pieds. Il prit le panier dans la caisse et en se penchant vers elle, lui murmura :

— Peut-être pourrions-nous les envoyer jouer dans la nature, pour une heure ou deux… comme ça, je pourrai faire un peu plus que t'embrasser…

Elle lui lança un regard faussement horrifié.

— Matthew Jamison Prescott, dit-elle en soupirant, je crois que tu as effectivement perdu la raison.

— Je crois plutôt que je l'ai retrouvée ! Merci, Isabella…

Il lui caressa la joue, en la regardant au fond des yeux.

Les chiens bondissant de joie autour d'eux, Matt et les garçons partirent ramasser du bois mort pour faire un feu, laissant Izzy et Del s'occuper de sortir et de disposer la nourriture.

— Papa est bizarre, murmura la petite en aidant sa belle-mère à déplier une couverture et à l'étendre au bord du torrent. D'habitude, il veut toujours qu'on pense à notre travail avant tout.

— Peut-être qu'il a besoin de cette journée pour récupérer de ses blessures, avança prudemment Izzy.

La fillette haussa les épaules.

— Il n'a pas l'air d'avoir bien mal. En fait, on ne le reconnaît plus…

Izzy s'était écartée de quelques pas pour placer une cruche de citronnade au frais, dans le torrent, calée par de grosses pierres. Elle essuya ses mains mouillées à sa jupe, se retourna et demanda :

— Et tu penses que c'est un bien, ou un mal ?

Le visage de la fillette s'éclaira d'un grand sourire.

— Oh, un bien ! Pendant longtemps, j'ai cru qu'il avait oublié comment on souriait !

Izzy sentit son cœur se gonfler d'amour pour cet homme qui avait été blessé dans le sien — et pour ses enfants, contraints d'assister, impuissants, à ses souffrances. Dieu merci, chacun pouvait compter sur les autres membres de la famille. Et à présent, ils pouvaient également se reposer sur elle. Dans le secret de son âme, la jeune femme se fit le vœu solennel de ne jamais les laisser reperdre, à l'avenir, ce sourire retrouvé.

— Viens, dit-elle en entourant les épaules de la fillette de son bras. On va faire de ce pique-nique une vraie fête.

Et ce fut un véritable festin, en effet. Du lièvre rôti à la broche jusqu'à ce que la chair se détache des os, des brochettes de venaison, du pain tout doré et si léger qu'il fondait dans la bouche, des pommes de terre, des carottes et des navets cuits en papillotes, sous la cendre, et baptisés d'une noix de beurre. Et pour couronner le tout, des tartelettes aux poires et aux amandes.

Les enfants dévorèrent comme des ogres, grimpèrent aux arbres et firent les fous avec les chiens. Matt et Aaron profitèrent de l'occasion pour abattre un arbre mort et le débiter en bûches, qu'ils rangèrent dans le chariot pour les rapporter au ranch.

Ensuite, repu et satisfait, Matt roula une cigarette et l'alluma à l'aide d'une brindille enflammée.

— Je crois que je n'ai jamais aussi bien mangé de toute ma vie, soupira-t-il en s'adossant au tronc d'un noisetier.

— Il reste une tartelette, lança Izzy à la cantonade.

Mais les enfants, engagés dans une folle partie de chat perché, n'écoutaient pas.

Elle la tendit à Matt.

— Je ne pourrais pas avaler une bouchée de plus, déclina-t-il. Viens t'asseoir près de moi…

— Il faut d'abord que je range et que je nettoie un peu.

— Nous sommes venus nous détendre, Isabella, et non te donner un surcroît de travail.

Il tapota l'herbe à côté de lui.

— Viens donc t'asseoir.

Avec un soupir d'aise, elle se laissa choir auprès de lui et tendit ses pieds vers le feu. Ils restèrent silencieux un long moment, savourant l'instant et écoutant les enfants s'amuser gaiement à quelques mètres d'eux.

— C'est bon de les entendre rire de nouveau, remarqua Matt.

— Perdre leur maman…, murmura Izzy. Je peux imaginer combien cela a dû être terrible pour eux. Et pour toi.

Il secoua tristement la tête.

— Je n'ai fait que rendre les choses pires encore. Il y avait toute cette colère, en moi… et personne contre qui la diriger, à part eux. Il est heureux qu'ils ne me haïssent pas, après ça.

— Voyons, Matthew, comment pourraient-ils te haïr ? Tu es leur père !

— Crois-tu que cela soit assez ? Qu'il suffise d'être parent pour que cela nous rende bon et aimable ? Que nos enfants doivent, pour cela, nous pardonner toutes nos fautes ?

Son ton était plus sec, plus rude qu'il ne l'aurait voulu.

Izzy choisit ses mots avec soin.

— Je crois que les enfants sont capables de pardonner à peu près tout, si nous leur montrons que nous regrettons.

— Ah, la repentance ! Je crois que j'en ai eu assez pour toute ma vie…

Il tira une longue bouffée de sa cigarette, puis lança son mégot dans la braise et le regarda pensivement s'enflammer. Lorsqu'il releva les yeux, toute sa colère avait disparu. Il se tourna vers les enfants, un peu plus loin, qui jouaient à lancer des bâtons aux chiens pour les leur faire rapporter.

— Je crois que c'est le bon moment pour voir si je peux te voler un peu plus qu'un baiser…

Elle fit semblant, pour rire, d'être choquée, mais quand il s'approcha d'elle, Izzy jeta ses bras autour de son cou et ses lèvres s'entrouvrirent, accueillantes. Leur baiser fut long, profond, fervent. Elle répondait à son désir avec tant d'ardeur qu'il sentit une vague de feu lui dévorer les reins et le sexe.

C'est alors que surgit Del, à cloche-pied, à la poursuite de l'un des chiens. Elle faillit trébucher sur eux.

— Papa ! cria-t-elle. Il faut que tu m'aides à attraper Shilo, il a pris une de mes bottes dans sa gueule !

— Hum… Matthew, ce sont les seules bottes qu'elle ait, marmonna Izzy.

Matt grogna et, la serrant encore une fois contre lui, lui donna un dernier baiser, rapide et violent, avant de se remettre debout.

— D'accord, lui chuchota-t-il en l'aidant à se redresser à son tour. Je vais attraper ce fichu chien. Mais ce soir, à la maison, je te promets que nous reprendrons où nous nous sommes arrêtés…

Izzy rit de bon cœur en le voyant courir à la suite de sa fille et du chien. Mais, en commençant à rassembler les restes du pique-nique, elle sentit ses joues s'empourprer à la seule pensée du plaisir qui l'attendait et son cœur se mit à battre, à tout rompre.

Jamais elle ne serait rassasiée de l'amour de Matthew.

15

Etendue dans le grand lit, Izzy écoutait la respiration calme et rassurante de Matt, auprès d'elle. De toute sa vie, elle ne s'était sentie autant en harmonie avec le monde entier. La veille au soir, tandis qu'ils rentraient tard au ranch après leur pique-nique, elle avait éprouvé un torrent d'émotions et de sensations, serrée contre Matt sur le siège dur du chariot, puis une vague de tendresse, en le voyant porter dans ses bras sa fille endormie jusqu'à sa soupente et enfin une violente, bouleversante bouffée de désir, lorsqu'il était revenu vers elle, son œil sombre devenu pétillant, et qu'il l'avait embrassée à lui faire perdre le souffle.

Cet homme blessé, marqué par la vie, avait réussi à trouver le chemin de son cœur. Quel autre que lui en eût été capable ?

Il avait su s'en emparer malgré toutes les craintes, toutes les défenses qu'elle lui opposait. Près de lui, elle se sentait en sécurité. Rien de mal ne pouvait lui arriver. Mieux, elle se sentait libre. Plus d'inventions, plus de mensonges. Et enfin, elle avait trouvé un foyer. Cette idée lui faisait venir les larmes aux yeux.

Soudain, la voix de Matt s'éleva dans l'obscurité.

— Eh bien, c'est d'être près de moi, qui te fait pleurer ?

Elle se dressa à demi, ses cheveux retombant en pluie sur ses épaules.

— Matthew ? Je ne voulais pas te réveiller.

— C'est fait, mais tu n'y es pour rien… Qu'y a-t-il donc de si terrible, pour que tu pleures ainsi ?

— Ce sont des larmes de joie. Je pensais combien je t'aime. Toi, tes enfants et cette merveilleuse cabane perdue dans la montagne.

Matt ne savait pas ce qui le touchait le plus, cette déclaration toute simple et si franche ou le fait qu'il n'aurait jamais cru entendre un jour ces mots-là. Il sentait son cœur gonfler dans sa poitrine, à éclater.

— Viens un peu ici, toi…

Il la prit dans ses bras et pressa ses lèvres contre la tempe d'Izzy. Puis ses mains partirent en une lente exploration.

— Je crois que nous l'avons bel et bien attrapée, murmura-t-il dans ses cheveux.

— Quoi donc ?

— C'est comme une fièvre. Incurable. Mais il y a pourtant un traitement, que je préconise.

— Ah oui ? Lequel ?

Il commença à déboutonner la chemise de nuit de sa compagne. Sa bouche vint vite à l'appui de ses doigts.

— Celui-ci… et puis celui-ci… et celui-ci…

Avec une infinie tendresse, il lui montra, mieux que ne l'auraient fait des mots, l'étendue de son amour.

*
* *

— P'pa ? Isabella ? Vous êtes là ?

Réveillée par la voix d'Aaron, Izzy s'étira langoureusement dans les bras de Matt puis, réalisant qu'ils s'étaient tous deux rendormis, elle se dressa à demi dans le lit.

— Matthew, il est tard ! Les enfants…

— Bah, tout va bien…

Il l'attira de nouveau à lui pour un long baiser.

— Cela ne les tuera pas d'attendre un peu leur petit déjeuner.

— Mais il vont penser que nous… que…

Elle le repoussa, les joues écarlates.

— Ils vont savoir que nous…

— Que nous avons dormi ensemble ? Que peut-être, nous avons fait l'amour ?

Il sourit.

— Voyons, Isabella, quand vas-tu te faire à l'idée que nous sommes mariés et que nous avons le droit de partager un peu d'intimité ?

Elle détourna les yeux, embarrassée.

— Je crois qu'il est difficile de perdre de vieilles habitudes.

— Ce n'est rien…

Il se redressa à son tour et, se penchant, déposa de petits baisers le long du dos de sa compagne.

— Je rends grâce à Dieu pour ta chasteté passée. Au moins, je n'ai pas à imaginer d'autres mains sur ton corps que les miennes.

Comme elle soupirait de plaisir et penchait la tête pour lui faciliter la tâche, il ajouta :

— Mais je te rends grâce plus encore, pour la rapidité de tes progrès en la matière…

— J'ai beaucoup appris. Merci pour tes patientes instructions.

— Je ne suis pas aussi patient que tu le crois.

Il eut un demi-sourire au souvenir des flambées de désir qu'elle avait, sans même le vouloir, suscitées en lui, et qu'il avait dû réprimer.

Izzy aurait pu passer sa vie ainsi, dans les bras de l'homme qu'elle aimait. Mais elle se retourna, effleura ses lèvres, puis se leva.

— Allons, lui dit-elle, habillons-nous avant qu'Aaron ait pris le petit déjeuner en main.

Cette remarque fit bondir Matthew hors du lit, sauter dans ses vêtements et empoigner ses bottes.

— Tu as raison, ce serait dangereux ! Je ne pourrais plus revenir au temps de la viande mal cuite et du pain dur comme du bois.

Ils en riaient toujours quand ils quittèrent la chambre.

Aaron revenait de la grange avec un seau de lait, Del l'avait précédé avec un panier d'œufs. Benjamin et Clement se lavaient à grande eau à la pompe, au-dehors, tandis que les chiens, impatients d'être nourris, aboyaient à tue-tête.

Redoutablement efficace, comme à son habitude, Izzy prépara de la pâte à biscuits et fit frire du bacon. Collectant les bouts de gras, elle appela l'un des garçons.

— Donne ça aux chiens, Clement. Ça les fera patienter un peu.

Il ressortit et les fidèles molosses se précipitèrent à sa suite.

Benjamin et Del mirent la table, pendant que le lait chauffait. Matt tisonna la braise et rajouta une bûche. A la lueur des flammes, il regarda la paisible scène qui se déroulait devant lui. Il était amusant de songer que, quelques semaines auparavant, tout ce monde-là regardait la nouvelle venue avec une certaine méfiance. En ce temps-là, leur ordinaire se composait de brouillades insipides et de biscuits en granit, suivis d'un travail harassant puis d'un autre mauvais repas et d'un sommeil de plomb, trop épuisés qu'ils étaient pour seulement rêver.

— Le petit déjeuner est prêt ! annonça Izzy.

Matt et les enfants prirent place à table et elle se mit à leur passer les plats.

Comme elle s'asseyait à son tour, Matt la surprit en proposant :

— Et si tu disais une prière, Isabella ?

Un instant, elle le fixa, muette de surprise, puis elle inclina la tête et murmura :

— Seigneur, bénissez cette nourriture et ceux qui vont la partager.

— Amen, répondit Matt.

Les enfants, qui avaient écouté en ouvrant de grands yeux, répétèrent après lui :

— Amen.

— C'est ça, prier ? demanda ingénument Del.

— Je ne connais pas de vraies prières, avoua Izzy, juste des choses que j'ai entendues ici ou là, et que je redis à ma manière.

— Les mots n'ont pas d'importance, dit doucement Matt, c'est le sentiment qui compte.

Izzy but une gorgée de café en espérant que cela l'aiderait à faire passer la boule qu'elle avait dans la gorge.

— Il va falloir me couper les cheveux bientôt, p'pa, dit Aaron en repoussant le mèche qui lui tombait devant les yeux.

— A moi aussi, lança Benjamin en écho, en faisant le même geste.

Matt sourit et fit un clin d'œil à Izzy.

— Dis-moi, femme, la coiffure est-elle au nombre de tes nombreux talents ?

Elle rit. Son cœur était si léger, à présent, qu'elle eût accepté de relever n'importe quel défi.

— On verra ça, repartit-elle, juste après le déjeuner.

Puis elle le regarda, songeuse, et ajouta :

— Je me demande de quoi tu aurais l'air entièrement tondu, Matthew… Je veux dire, s'il s'avère que je n'ai aucun talent pour manier les ciseaux…

Les enfants éclatèrent de rire et Matt feignit la résignation avant de se joindre à l'hilarité générale.

Après la vaisselle, il dénicha une paire de ciseaux et rejoignit les autres devant la cabane, où Aaron avait installé une chaise au soleil.

Izzy, pour s'amuser, fit claquer les lames d'un air menaçant.

— Alors, s'enquit-elle, qui veut être ma première victime ?

— Je crois que c'est à moi d'essayer, dit Aaron,

toujours aussi responsable. C'est moi qui l'ai demandé le premier.

Il s'assit et sa belle-mère lui noua une serviette de toilette autour du cou et des épaules.

Elle mania le peigne et les ciseaux pendant que les autres regardaient, en rond autour d'eux.

— Vous en enlevez trop, Isabella, prévint Benjamin, quand même un peu inquiet en attendant son tour et saisissant quelques cheveux que la brise emportait.

— Attention, il va être chauve, comme M. Sutton, dit Clement en pouffant.

Del se pendit à une branche d'un arbre tout proche, se balança quelques instants d'un air pensif et conclut :

— Moi, je te trouve très beau comme ça, Aaron.

— Vous avez bientôt fini, Isabella ? fit l'adolescent.

— Encore quelques minutes…

Elle le peigna et recula de quelques pas pour juger de son travail.

— Qu'en penses-tu, Matthew ?

Le rancher approuva.

— C'est bien mieux que tout ce que j'aurais pu faire. Va te voir dans la glace, mon garçon.

Aaron courut s'admirer dans le miroir de la chambre des parents. Quelques instants plus tard, il en ressortit, apparemment satisfait.

— Merci, Isabella. J'ai vraiment l'air d'un homme, à présent.

— Tout à fait, approuva son père. A ton tour, mon garçon, dit-il à Benjamin.

Izzy coupa ses cheveux, puis ceux de Clement. Ils la

remercièrent tous deux chaleureusement, aussi satisfaits que l'avait été Aaron.

— A moi maintenant, dit Del en se ruant vers la chaise que son frère venait d'abandonner.

— C'est que...

Izzy s'interrompit, cherchant ses mots avec soin pour ne pas brusquer l'enfant.

— Tu as de si beaux cheveux ! Est-ce qu'il ne vaudrait pas mieux les laisser pousser ?

La fillette la regarda, les yeux ronds.

— Pour quoi faire ? Ils me tombent dans la figure, quand je travaille.

— On pourrait les natter, les relever en chignon ou bien les nouer... Attends une minute...

L'air mystérieux, Izzy retourna dans la cabane et en revint avec la robe rose qu'elle était en train de coudre pour Del. Dans son autre main, elle tenait un ruban assorti.

— C'est pour moi ? demanda la fillette, toute étonnée.

Izzy hocha la tête.

— Ça te plaît ?

— C'est trop joli... je vais la salir en allant aux poules...

— Il ne faudra pas la mettre à ce moment-là, mais pour des occasions spéciales.

— Lesquelles ?

— Quand nous irons en ville, par exemple. Comme ça, personne ne mettra en doute que tu es une petite fille.

La lèvre de la petite s'allongea.

— Ça m'est bien égal, ce qu'ils pensent.

— Bien sûr ! Mais il n'y a pas de raison non plus de vouloir ressembler complètement à tes frères ou de feindre d'être ce que tu n'es pas. Ne fais pas la même erreur que j'ai toujours faite, Del. Sois fière d'être toi-même.

L'enfant était à deux doigts de refuser, lorsque Aaron lui dit doucement :

— Je crois que tu devrais l'essayer, P'tit bout... et aussi laisser pousser tes cheveux, comme dit Isabella.

— Tu crois ?

— Tu serais vraiment jolie avec cette robe et de longues boucles blondes.

— Tu ne riras pas de moi ?

L'adolescent secoua la tête.

— Jamais, tu le sais bien.

Puisque c'était son héros qui le lui suggérait, Del ne pouvait plus refuser.

— Bon, d'accord, on ne les coupe pas... pour le moment, et j'essaierai la robe plus tard.

— Tu verras, tu ne le regretteras pas, dit Izzy en lui nouant les cheveux avec le ruban.

Puis elle se tourna, tout sourire, vers son mari.

— A ton tour, Matthew.

Il savait bien pourquoi la jeune femme insistait afin que Del laissât pousser ses cheveux. Une bigote à demi folle n'avait-elle pas exigé qu'elle coupât les siens, pour ne pas tenter les hommes, alors qu'elle n'était encore qu'une enfant ? Révolté par tant de sottise, il s'efforça de chasser cette pensée de son esprit.

Il s'assit sur la chaise et noua la serviette, mais,

comme Izzy soulevait ses ciseaux, il immobilisa sa main.

— Juste un avertissement, lui dit-il d'un ton suave. J'espère vivement ne pas voir la peau de mon crâne.

— Qu'y puis-je, répliqua Izzy, l'air innocent, si les ciseaux dérapent ?

Les enfants saisirent la balle au bond.

— Attention, p'pa, Isabella a les mains qui glissent…

Malgré les rires et les plaisanteries, Izzy mena sa tâche à terme. Quand il se regarda dans le miroir, Matt dut admettre qu'il était mieux coiffé qu'il ne l'avait jamais été.

— Très joli, dit Izzy, qui s'était approchée dans son dos.

— Quoi ? La coupe, ou bien moi ?

— La coupe, bien sûr…

Il l'attira à lui.

— Attention, il ne faut pas me provoquer !

— Non ? Il ne faut pas ?

Elle riait, mais une lueur coquine s'allumait dans son œil.

Ignorant la présence des enfants sur le seuil de la chambre, il prit sa bouche, ce qui leur valut des rires et des applaudissements.

— Tu es pleine de surprises, lui dit-il, mais moi aussi, j'en ai une pour toi.

— Qu'est-ce que c'est ?

— Puisque tu parlais d'aller en ville, je suggère que nous y allions aujourd'hui, dépenser un peu l'argent que nous venons de gagner.

— Pour acheter quoi ?

Izzy avait encore la tête qui lui tournait, de leur baiser.

— Oh ! des graines, des clous, et un nouveau pantalon pour Clement.

— Pourquoi ? demanda l'intéressé. Ceux que j'ai sont encore bons…

— Oui, mais Isabella aime les porter, répliqua son père. Et moi, ajouta-t-il plus bas, je ne déteste pas les voir sur elle.

Il ponctua ces mots d'un clin d'œil, tandis qu'Izzy rougissait jusqu'aux oreilles. Les enfants rirent de plus belle. Matt leur montrait là un aspect de sa personnalité qu'ils ne connaissaient guère et qui leur plaisait bien.

— Plus sérieusement, acheva-t-il, nous allons avoir besoin de provisions, avant que la neige ne rende la route impraticable. Une fois qu'elle sera tombée, nous serons très isolés.

— Et nous, est-ce qu'on va rester ici pour faire le travail, papa ? s'enquit la petite Del.

Matt secoua la tête.

— Je croyais avoir été clair : nous y allons tous. Del, pourquoi n'emporterais-tu pas un panier d'œufs ?

Les yeux de la fillette brillèrent de plaisir.

— C'est vrai, papa, je peux ?

— Bien sûr. Benjamin, emporte quelques rayons de miel. Et toi, Clement, prends tes peaux : je suis certain que Web Sutton voudra bien vous les acheter, comme Isabella vous l'a dit. Eh bien, conclut-il, voyons en combien de temps vous pouvez être prêts…

A ces mots, Izzy et les enfants se dispersèrent comme une volée de moineaux.

— Regarde un peu ça !

Assis sur le siège du chariot, près de son père, Aaron siffla entre ses dents en voyant sa petite sœur sortir de la cabane, escortée par Izzy.

Del portait la robe rose que sa belle-mère lui avait confectionnée à l'aide de chutes de tissu. Pour dissimuler les nombreuses coutures, celle-ci avait fait courir des rubans autour du bustier et d'une partie de la jupe.

— Tu es bien jolie, P'tit bout, dit Matt en sautant à terre, avant de soulever sa fille pour l'installer dans la caisse.

— C'est vrai, papa ?

— Aussi jolie qu'une petite fleur des champs, répondit Matt en lui ébouriffant les cheveux.

— Papaaaa ! protesta la fillette en se repeignant. Isabella dit qu'ils devraient commencer à boucler dans deux ou trois semaines. Qu'est-ce que tu en penses ?

— Je crois, répondit prudemment le rancher, qu'Isabella sait bien plus de choses que moi dans ce domaine.

Comme celle-ci les rejoignait, justement, il la souleva de terre aussi aisément qu'il l'avait fait pour la fillette, la déposa sur le siège, grimpa à son tour et saisit les guides.

Le chariot s'ébranla, les chiens se mirent à aboyer et le suivirent jusqu'à ce que Matt leur lançât un ordre bref. Instantanément, ils se turent et repartirent vers la cabane.

— J'aurais bien voulu qu'ils viennent avec nous, Papa, soupira Del.

— Je ne crois pas qu'ils tiennent spécialement à venir en ville, tu sais, objecta son père.

— Surtout quand ils verront la surprise que je leur ai laissée dans leur gamelle, dit Izzy.

— Quelle surprise ?

— Plein de restes de viande. Ils seront tellement repus qu'ils vont probablement dormir jusqu'à notre retour. Ils s'apercevront à peine que nous sommes partis.

Tranquillisée, la fillette prit l'une des fourrures emportées par Clement et la pressa contre sa joue, savourant sa douceur.

En atteignant Sutton's Station, ils entendirent les voix et les rires des enfants qui jouaient dans la rue. Izzy constata que les quatre jeunes Prescott devenaient de plus en plus tendus, comme dans l'attente d'une confrontation. Elle les regarda, bien peignés, dans leurs vêtements soigneusement ravaudés. Del serrait déjà la main d'Aaron dans la sienne, pour se donner du courage. Dans l'espoir de les mettre un peu à l'aise, Izzy leur dit :

— Souvenez-vous : les gens vous jugent moins à vos vêtements qu'à votre mine. Alors souriez, et vous verrez que vous vous ferez des amis.

Bien qu'ils parussent en douter, ils ne firent aucun commentaire en descendant du chariot, leurs bras chargés de ce qu'ils espéraient vendre.

Ils entrèrent dans l'épicerie. Là, un groupe d'enfants entouraient Gertrude Sutton, laquelle, un empilement de paniers à la main, leur donnait des instructions d'une voix ferme. Benjamin, Clement et Del déposèrent leurs marchandises sur le comptoir, puis écoutèrent l'épicière.

— Vous pouvez garder toutes les pommes que vous ramasserez, disait-elle, nous vous demandons seulement de nous rapporter les paniers, après usage.

Elle se tourna vers les nouveaux venus.

— Nous cueillons les fruits du verger, avant que la neige arrive, expliqua-t-elle. Voulez-vous vous joindre à nous ?

— Et nous aussi, on pourra garder les pommes ? demanda Benjamin.

— Bien sûr !

Gertrude Sutton leur tendit des paniers. Après avoir consulté leur père du regard, les enfants s'en saisirent.

— Et nos œufs, le miel et les peaux ? s'enquit Del.

— Je vais en parler à Web, promit Matt.

Les enfants suivirent les autres cueilleurs et on put entendre Gertrude Sutton s'extasier sur la tenue de la fillette.

— Quelle belle robe, Delphine, je ne t'ai jamais vue aussi jolie !

— Merci, m'ame Sutton, répliqua la fillette avec fierté. C'est ma nouvelle maman qui me l'a faite.

— Eh bien, tu as beaucoup de chance…

— Oh oui !

Il fallut à Izzy plusieurs secondes pour parvenir à avaler la boule qu'elle avait dans la gorge. La petite Del savait-elle quelle immense joie elle venait de lui procurer ? Sa nouvelle maman… C'était si bon qu'elle sentait son cœur tout près d'exploser de bonheur.

Devinant qu'elle luttait contre une forte émotion, Matt prit sa main et la serra dans la sienne.

Web Sutton rangeait des chapeaux de femme sur une haute étagère, perché sur une échelle. Il en descendit et vint les saluer.

— Salut, Matt ! Bonjour, madame Prescott.

— Web, nous sommes venus faire des provisions avant la neige et t'apporter aussi deux trois choses que l'on voudrait vendre.

— J'y jette un œil dans une minute.

Il se tourna vers une jeune fille qui se tenait derrière le comptoir.

— Ma nièce, Sara Jane, est venue de Saint Louis pour nous aider. Demandez-lui, si vous ne savez pas où trouver quelque chose. Sara Jane, voici monsieur et madame Prescott.

La jeune fille portait un tablier blanc sur une robe bleu ciel. Ses cheveux avaient la couleur du miel et son joli minois était constellé de taches de rousseur. Elle leur sourit et Aaron, qui suivait son père, se figea net.

Observant sa réaction du coin de l'œil, Izzy eut un demi-sourire et dit :

— Bonjour, Sara Jane. Voici Aaron.

— Bonjour, Aaron.

Sa voix était aussi agréable que son visage.

Lorsque l'adolescent recouvra la parole, il ne put que bredouiller un faible bonjour en rougissant jusqu'aux oreilles.

— Où se trouve votre ranch ? demanda Sara Jane.

Il s'approcha. Seul le comptoir les séparait.

— Euh… dans la sierra… assez haut.

— Ah, c'est pour cela que je ne vous ai jamais vus en ville.

Elle rosit joliment en ajoutant :

— Je m'en souviendrais…

Aaron s'appuya au comptoir avec une fausse nonchalance, en espérant que personne ne remarquerait que ses jambes tremblaient.

— Combien de temps vous… euh… tu vas rester ici ?

— Aussi longtemps qu'oncle Webster voudra me garder. Mes parents sont morts et lui et ma tante Gertrude sont la seule famille qui me reste.

— Ah, je suis bien content ! Euh… non, je veux dire… je suis désolé pour tes parents, bien sûr, bafouilla Aaron. Mais je suis content que tu aies quelqu'un ici, qui s'occupe de toi.

— Moi aussi.

Elle sourit et l'adolescent sentit sa gorge se serrer, comme s'il avait du mal à avaler.

— Est-ce que je peux t'aider ? demanda Sara Jane, reprenant son rôle de marchande.

Le cerveau d'Aaron se mit à fonctionner à toute vitesse. Il lui fallait trouver, et vite, une bonne raison de retenir la jeune fille auprès de lui.

— Si tu regardais pour une bonne paire de bottes d'hiver, intervint Izzy, volant à son secours. J'ai peur que les tiennes soient bientôt trop petites.

L'adolescent lui dédia un bref regard empreint de gratitude.

— Oui… oui c'est ça, des bottes ! Pourrais-tu… m'en montrer, Sara Jane ?

La jeune fille l'entraîna entre les rayonnages.

— Je crois qu'il me faudrait des bottes plutôt pratiques, reprit Aaron. Mais si j'avais quelques économies, ce seraient plutôt ces belles noires, là, que je m'achèterais, et aussi ce chapeau.

— Oh, je crois que cela t'irait bien !

On sentait comme une nuance d'admiration, déjà, dans la voix de Sara Jane.

Matt se pencha à l'oreille d'Isabella.

— Pauvre Aaron… Le voilà déjà le cœur transpercé d'une flèche et il ne sait pas encore ni d'où lui vient le coup ni exactement où il est atteint. Avant qu'il l'apprenne, il va errer en tout sens comme un veau de l'année.

Izzy caressa furtivement la joue de son mari.

— Ah oui ? répondit-elle sur le même ton. Cela me rappelle quelqu'un…

Ils en riaient toujours lorsque Matt se mit à charger des sacs de sucre et de farine dans le chariot, tandis qu'Izzy examinait des coupons de tissus.

— Web, appela le rancher, il me faut des clous aussi, pas mal de boîtes…

L'épicier redescendit de son échelle et contourna le comptoir pour ouvrir les tiroirs de quincaillerie.

— Tu construis quelque chose, en ce moment ?

— Je pense à agrandir la maison, peut-être aussi bâtir une nouvelle grange, plus grande.

— Ça a été une bonne année, alors ?

— Les récoltes ont été bonnes, sans plus. Mais la

dernière harde de mustangs que j'ai capturée nous a donné de quoi passer l'hiver.

— Qu'est-ce qu'un homme peut demander de plus ? commenta l'épicier. Tu as déjà coupé tout le bois qu'il te faut ?

— Non, c'est en cours, je le fais quand j'en ai le temps. Mais j'en ai déjà suffisamment pour la cabane. D'ici le printemps, je devrais en avoir assez également pour la grange.

Le rancher montra ce qu'avaient apporté ses enfants.

— Alors, est-ce que cela te convient ?

— C'est parfait. Dis à Del que je suis preneur de tous les œufs qu'elle voudra me céder. Le miel, encore mieux : je n'ai pas assez de douceurs en magasin pour satisfaire le besoin de sucre des gens. Quant aux peaux, elles sont très belles. Avec l'hiver qui vient, cela devrait partir vite.

Il regarda Matt, par-dessus le comptoir.

— Il y en a assez pour payer tous tes clous, si tu veux, et même pour autre chose.

Matt secoua la tête.

— Non, c'est aux enfants. A eux de décider de ce qu'ils veulent en échange. Je préfère te payer.

— Comme tu voudras…

Il prit les billets que lui tendait Matt et lui rendit la monnaie.

Au même moment, les enfants rentrèrent du verger, leurs paniers remplis de pommes et de poires. Benjamin et Clement discutaient et riaient, au milieu d'un groupe de gamins de leur âge. Del et une autre petite fille tenaient entre elles deux un lourd panier en riant, elles aussi, aux éclats.

— Regarde, p'pa ! Emily et moi, on a cueilli toutes celles-là. Il y en a peut-être cent !

Les yeux de Del pétillaient de plaisir.

— On a rapporté un panier chez elle et sa maman nous a donné un biscuit à chacune. Et puis après, Emily m'a aidée à porter celui-ci.

— C'est très bien… On dirait que vous avez travaillé dur. Vous n'en avez pas mangé quelques-unes, en les cueillant ?

Les fillettes se regardèrent et gloussèrent, avant de tourner les talons.

Matt vida le panier à l'arrière du chariot, puis le rendit à Gertrude.

— Je vous remercie beaucoup, pour les fruits, lui dit-il en souriant.

— Et moi pour m'avoir aidée à nettoyer le verger avant la neige, lui répondit l'épicière.

Elle sourit à son tour.

— Vos enfants sont adorables et fort bien élevés, Matt. Vous et votre nouvelle épouse pouvez en être fiers.

— Merci Gertrude. Une bonne part du mérite en revient à Isabella.

L'épicière parut réfléchir un instant, puis reprit :

— J'aimerais bien vous avoir à dîner, ce soir, avant que vous ne repartiez dans vos montagnes.

— C'est très aimable à vous et je vous en remercie, mais j'ai bien peur que nous devions partir tout de suite, si nous voulons être au ranch avant que la nuit soit trop avancée.

— J'en suis bien désolée, j'aurais aimé pouvoir faire un peu la connaissance de votre épouse... La prochaine fois ? Promis ?

— Avec plaisir !

Gertrude Sutton rentra dans son magasin, d'où fusaient toujours les rires des enfants, et Matt prit le temps de bien ranger dans la caisse du chariot les sacs et les barils.

Quand il revint dans l'épicerie, Del, Benjamin et Clement rassemblaient un mystérieux assortiment de sacs et de paquets.

— Je vois que vous avez trouvé comment dépenser votre argent, constata-t-il. Tout le monde est prêt à rentrer à la maison ?

Izzy et les enfants rejoignirent le chariot. Seul Aaron s'attardait encore, peu pressé de quitter la jolie jeune fille qui semblait boire ses paroles.

— Quand j'aurai économisé assez d'argent, lui disait-il, j'achèterai ce chapeau et ces bottes.

Matt mit la main à sa poche et en tira une liasse de billets qu'il mit dans la main de son fils.

Celui-ci le regarda bouche bée.

— Tu as abattu le travail d'un homme, mon garçon, expliqua-t-il. Il est normal que tu aies ta part. Je regrette simplement de ne pas pouvoir te donner plus.

Il s'éloigna rapidement, avant que l'adolescent ait pu protester. Quelques minutes plus tard, comme il s'installait sur le siège du chariot à côté d'Izzy, il fut récompensé par la vue de son fils sortant de l'épicerie, un chapeau noir de cow-boy crânement posé sur sa tête et d'étincelantes bottes aux pieds.

Le jeune garçon qui était entré dans le magasin s'était métamorphosé en homme, grand et fier, qui tenait la main d'une belle jeune fille.

— Je reviendrai au printemps, Sara Jane, lui lança-t-il en se hâtant vers le chariot, où il se hissa auprès d'Izzy.

— Je t'attendrai, Aaron.

Matt fit claquer ses guides et les chevaux tirèrent sur leur collier. Comme le chariot s'ébranlait, Aaron se retourna et agita la main. Ses frères et sa sœur l'imitèrent, jusqu'à ce que la petite ville eût disparu à l'horizon.

Alors, tous plongèrent dans un silence complice et rêveur, se remémorant chaque instant de cette visite et tout le plaisir qu'ils y avaient trouvé. Pour la première fois, d'aussi loin qu'ils pouvaient se souvenir, ils avaient côtoyé des étrangers chaleureux et avaient noué des contacts avec eux.

Ils s'en étaient même fait des amis.

16

Le ciel était clouté d'étoiles. Seul, parfois, un petit nuage venait à passer devant la lune blafarde. La brise nocturne était tombée, laissant la nature parfaitement silencieuse, si ce n'était, de loin en loin, le cri d'un loup.

Depuis un long moment, déjà, Izzy avait sombré dans le sommeil, sa tête appuyée sur l'épaule de Matt. A l'arrière, entre les sacs, les enfants dormaient aussi, enveloppés dans des couvertures.

La fumée du cigare de Matt se perdait dans l'air. Du coin de l'œil, il observait son aîné, par-dessus la tête d'Izzy. Assis auprès de sa belle-mère, l'adolescent fixait l'obscurité.

— Tu ne dors pas ? lui demanda-t-il tout doucement.

— Non.

— Quelque chose te tracasse ?

— Non, p'pa.

Il s'éclaircit la gorge.

— Enfin, si... Dis-moi, comment sait-on... comment un homme est-il certain, quand il rencontre une femme, que c'est… enfin… que c'est la bonne, tu comprends ?

Matt réfléchit un instant en exhalant la fumée.

— Je ne suis pas sûr que l'on puisse le savoir. Certains font de lourdes erreurs, à ce sujet.

— Mais qu'est-ce qui fait que c'est la bonne ?

— Sûrement pas son physique, quoi que ce soit, bien sûr, la première chose que l'on remarque, ni la façon dont elle s'habille. Je pense que c'est quelque chose que ton cœur peut voir. Quelque chose dans le sien, qu'il reconnaît.

Aaron garda le silence un long moment avant de dire, tout bas :

— Sara Jane est vraiment très jolie.

Matt tira sur son cigare.

— En effet. Mais les apparences peuvent être trompeuses. Tu n'as pas passé beaucoup de temps auprès d'elle.

— Une heure, peut-être deux. Et il va se passer plusieurs mois avant que je puisse la revoir.

— Et alors, tu auras peut-être changé. Ou bien ce sera elle, qui aura changé…

— Comment ça ?

Matt haussa les épaules.

— Peut-être que vous n'aurez pas grandi à la même vitesse, l'un et l'autre, ou bien vous n'attendrez plus les mêmes choses de la vie. Vous êtes encore très jeunes.

— Oui, mais si nous ressentons toujours la même chose ?

Comme ils allaient traverser un gué, Matt jeta son

mégot dans le torrent et entoura de son bras les épaules de sa femme, pour la prémunir contre tout mouvement intempestif de la carriole.

— Tu penses… au grand amour, au mariage et à tout ça ?

— Je ne croyais pas y penser un jour, pas après que maman et toi… Mais maintenant, oui, j'avoue que j'y pense. Mais comment sait-on que l'on est prêt ? Et qu'elle est prête ?

Matt, tout en dirigeant les chevaux vers la rive, se félicita que sa femme fût profondément endormie.

— Je ne suis pas sûr d'être le mieux placé pour t'en parler, tu sais. Je comprends mieux les mustangs que les gens. Mais je dirais qu'en prenant de l'âge, on a une idée de plus en plus claire de ce que l'on veut vraiment dans la vie et d'avec qui on veut la partager.

Il se tourna vers son fils et lui sourit avant de conclure :

— Eh bien, tu as de quoi méditer pendant tout l'hiver !

— Isabella ?

La jeune femme sentit une douce pression sur sa main et elle ouvrit les yeux, confuse, pour discerner les contours sombres de leur cabane et entendre les aboiements des chiens.

— On est à la maison ? fit-elle d'une voix encore tout ensommeillée.

Matt se demanda si elle avait conscience du naturel

avec lequel elle avait prononcé le mot « maison ». Lui en ressentait comme une violente bouffée de bonheur.

— Oui, nous y sommes. Je vais te porter…

Izzy s'accrocha au cou de son mari et elle sentit ses bras puissants la soulever. En la reposant au sol, il effleura brièvement ses lèvres des siennes. La déflagration, en elle, fut instantanée.

— Veux-tu souper avant que nous allions nous coucher ? demanda-t-elle.

— Ce que j'aimerais, murmura-t-il tout près de sa bouche, c'est te porter au lit, tout de suite. Mais je suppose que les enfants vont avoir faim.

— Je vais voir ce que je peux faire.

Elle gagna la cabane, les chiens sur ses talons. Un par un, les enfants suivirent, en serrant leurs paquets contre eux. Sans qu'il fût besoin de les en prier, chacun se chargea d'une tâche précise. En un rien de temps, le feu ronflait dans la cheminée et un appétissant morceau de viande grésillait dans une poêle.

— C'est bien de ne plus avoir à chasser les poules, pas vrai, papa ? lança Del en mettant joyeusement la table.

— En effet, dit Matt en remettant une bûche dans le foyer.

— Et puis, ça ne sent plus jamais mauvais, ici, depuis que vous avez construit le poulailler, renchérit Aaron après avoir délicatement posé son nouveau chapeau sur une patère.

Il jeta un coup d'œil à ses bottes et se mit en quête d'un chiffon pour les faire briller.

— Tout est bien mieux depuis qu'Isabella est venue vivre avec nous, dit chaleureusement Benjamin en allumant une lampe à pétrole, qu'il posa sur la table.

Dans la lumière dorée, il échangea un sourire entendu avec Clement.

— Tu ne veux pas voir ce qu'on a acheté, p'pa ?

— Vous ne préférez pas manger, d'abord ?

Les deux garçons secouèrent la tête avec un bel ensemble.

— Très bien…

Matt se versa une tasse de café et s'assit confortablement près du feu.

— Voyons un peu comment vous dépensez votre argent si durement gagné.

— Isabella, il faut venir voir, vous aussi.

— Mais je vois, d'ici, fit Izzy en apportant la corbeille de pain sur la table.

— Non, non !

Avec des mines de conspirateurs, les deux garçons la prirent par la main et la firent s'asseoir, elle aussi, près de la cheminée. Puis ils déposèrent un paquet recouvert de papier brun sur ses genoux.

— Ouvrez-le, Isabella.

— Mais, pourquoi moi ?

— Vous verrez bien !

Tous les regards sur elle, Izzy défit la ficelle.

Le papier retiré révéla une ravissante capeline blanche ornée de roses et de rubans jaunes et blancs.

— Oh mon Dieu ! s'exclama Izzy en portant les mains à ses joues.

— Il est joli, hein ?

Benjamin souriait d'une oreille à l'autre.

— Qu'est-ce que c'est ? s'enquit la petite Del.

— Ben… c'est un chapeau ! On appelle ça une capeline.

Le sourire de Clement commençait déjà à s'effacer.

— Mme Sutton dit que toutes les dames en portent. Ça vous plaît, Isabella ? On a pensé que vous pourriez la mettre en ville ou… enfin, où vous voudrez.

Izzy ne put retenir les larmes qui lui venaient aux yeux.

— Regardez ce que vous avez fait avec votre cadeau, s'écria Aaron, toujours prompt à la défendre, elle pleure, maintenant !

— Oh non, Aaron, non !

Izzy se leva et posa sa main sur l'épaule de l'adolescent. Puis, essuyant ses larmes, elle se tourna vers les deux garçons.

— C'est la plus belle capeline que j'ai jamais vue.

— Pourquoi tu pleures, alors ? s'étonna la petite Del.

— Parce qu'elle est si belle… et parce que c'est le premier cadeau que je reçois, de toute ma vie.

Elle ouvrit ses bras et attira contre elle Clement et Benjamin.

— Je n'arrive pas à croire que vous ayez dépensé votre argent pour moi.

— Pourquoi ? fit Benjamin, un peu gêné. Nous, on a tout ce qu'il nous faut, tout ce qu'on voulait.

— Moi aussi, j'ai tout ce que je voulais, murmura-t-elle en les embrassant.

Elle posa alors la capeline sur sa tête.

— Qu'est-ce que vous en dites ?

Les garçons exultaient.

— Vous... tu as l'air d'une grande dame, Isabella, dit Benjamin rougissant, mais tout fier de son audace.

Clement ne dit rien, mais hocha vigoureusement la tête. Izzy se tourna vers son mari.

— Et toi, Matthew, cela te plaît ?

Quelque chose passa dans les yeux de Matt, comme une souffrance fugitive, puis se dissipa. Il souriait, maintenant.

— Je crois que tu vas faire l'envie de toutes les dames de Sutton's Station.

Del prit un paquet sur la chaise.

— Moi aussi, je voudrais montrer ce que j'ai acheté.

Elle défit le papier et brandit un flacon.

— Qu'est-ce que c'est ? demanda Aaron en se penchant pour déchiffrer l'étiquette.

— C'est le liniment-élixir du docteur Grady. Je l'ai acheté pour papa et toi... pour mettre sur vos blessures.

— C'est trop gentil, ça, P'tit bout !

Aaron prit le flacon et lut à voix haute :

— Efficace contre les écorchures, les brûlures, les coups, les coupures, les contusions et les morsures d'animaux. Peut également être utilisé sur le bétail.

Son père et lui se regardèrent et réprimèrent un sourire.

— Ça te plaît, papa ? s'enquit la fillette.

Matt souleva sa fille dans ses bras et l'embrassa sur les deux joues.

— Beaucoup. Merci, ma princesse !

— Il y a autre chose…

Del sortit du papier un autre objet, qui brilla à la lueur du feu quand elle le présenta à sa belle-mère.

— Un autre cadeau ? fit Izzy, éberluée. Qu'est-ce que c'est ?

— Un peigne, pour tes cheveux.

Izzy s'agenouilla pour serrer la petite dans ses bras.

— Je ne peux pas y croire, bredouilla-t-elle, encore émue aux larmes. Deux cadeaux ! Et le même jour !

Elle embrassa sa belle-fille puis examina le peigne, un objet tout simple mais de bonne facture, en écaille de tortue.

— C'est très joli… presque trop pour que je puisse le porter… Alors, écoute : je vais m'en servir, mais quand tes cheveux seront assez longs, je te le rendrai.

Les yeux de Del se mirent à briller.

— Tu veux dire qu'on va le partager ?

Izzy acquiesça et reprit l'enfant contre elle. Matt sortit alors discrètement de la cabane et rentra une minute plus tard, un paquet sous le bras.

— Je pensais te le donner plus tard, expliqua-t-il, mais puisque l'heure est aux cadeaux, autant que tu l'ouvres tout de suite…

Les yeux de son épouse s'agrandirent encore.

— Je… je ne sais pas si je pourrai supporter une surprise de plus. Tu ne veux pas l'ouvrir pour moi ?

Matt secoua la tête et déposa entre ses mains une

longue boîte enveloppée, elle aussi, dans du papier brun. D'une main tremblante, Izzy le défit et ouvrit le couvercle pour découvrir, le souffle coupé…

— Une robe ! s'écria Del.

La jeune femme tenait entre ses doigts une toilette d'une ravissante nuance de jaune citron, ornée de boutons de nacre, avec un col de batiste, des volants de dentelle et une ceinture assortie — comme l'était le châle à franges, aux délicats motifs brodés, qui l'accompagnait.

— J'espère qu'elle ira…

Matt guettait sa réaction, inquiet de voir ses yeux s'emplir de larmes et sa lèvre trembler.

— Si tu n'aimes pas la couleur, je peux…

— Si je n'aime pas ?

Consternés, ils la virent soudain éclater en sanglots.

Tout penaud, Matt posa la main sur son épaule.

— Je suis désolé, lui dit-il doucement, je ne suis pas très doué pour ça… J'ai dû essayer de deviner ta taille, mais Gertrude Sutton a dit que tu pouvais l'échanger contre une autre, si tu veux.

— Une autre ? Comment pourrais-je en vouloir une autre ?

Matt ne comprenait plus.

— Mais… si tu ne l'aimes pas…

— Oh, Matthew !

Sa voix était presque étouffée par les sanglots.

— C'est la première fois que j'ai une robe neuve, sortant d'un magasin. Tu comprends ? Ma première robe, mes premiers cadeaux. Mon premier châle.

Tout cela… c'est trop d'un coup, c'est… je crois que mon cœur déborde.

Avec un dernier sanglot, elle se précipita dans sa chambre.

Pendant plusieurs minutes, Matt et ses enfants regardèrent, comme tétanisés, la porte close. Puis le rancher rassembla les cadeaux et dit, d'une voix mal assurée :

— Je crois… que nous devrions dîner. Isabella a tout préparé et ça va être froid.

— Mais tu ne crois pas… que tu devrais aller la voir ? dit Aaron.

— Mmh… non. Je crois qu'elle a besoin de rester un peu seule.

Il s'assit et fit passer le plat de viande. Las, il n'avait plus guère d'appétit.

— Est-ce que les femmes pleurent toujours, quand elles sont heureuses ? demanda Benjamin en regardant son père d'un air incertain.

Matt haussa les épaules.

— Parfois, mais d'autres fois, elles rient.

— Comment on s'y retrouve, alors ?

— On ne s'y retrouve pas, c'est bien cela qui rend la vie auprès d'elles si passionnante…

Un peu plus tard, ils tournèrent tous la tête vers la porte et Izzy sortit de la chambre, vêtue de la robe et du châle. Elle avait relevé ses cheveux, retenus à l'aide du peigne.

Matt se leva, le visage rayonnant de plaisir. Il tendit la main vers elle.

— Isabella, tu… tu es…

Comme une déesse, songea-t-il. Une vision trop parfaite pour être vraie. Une étrange pudeur l'empêchant de l'exprimer, il dit simplement, la gorge serrée :

— Tu es très belle.

— Merci.

Elle mit sa main dans la sienne et de l'autre, lui caressa tendrement la joue.

— Je me *sens* belle. Merci à toi, Matthew.

Elle embrassa toute la famille dans le même regard d'amour et le même sourire.

— Et à vous aussi, les enfants. Vous me faites me sentir… spéciale. Merci. J'aimerais, moi aussi, pouvoir vous faire des cadeaux.

— Mais vous n'en avez pas besoin, Isabella… commença Aaron.

Izzy l'interrompit avec un sourire.

— Aaron… Del et Benjamin ont commencé à me parler comme si… comme si je faisais partie de votre famille depuis toujours. J'en suis très heureuse et je voudrais que tu en fasses autant. Et toi aussi, Clement.

— Alors, reprit timidement Aaron, je te dirai que tu nous as déjà donné quelque chose que nous avons bien cru ne plus jamais avoir : une maman. Une maman qui aime être avec nous et faire des choses pour nous. Nous n'en demandons pas plus.

Izzy prit une profonde inspiration, en luttant contre les larmes qui coulaient toujours.

— Bien, si nous dînions, à présent ?

Elle s'assit, tenant toujours la main de Matt dans la

sienne. De l'autre, elle prit celle d'Aaron. Les autres, d'abord surpris, les imitèrent.

— Bénissez cette nourriture et ceux qui vont la partager, dit-elle avec une émotion profonde.

— Amen, répondirent-ils tous.

Matt saisit sa fourchette et, à sa grande surprise, s'aperçut qu'il avait une faim de loup.

Izzy retira sa belle robe et la mit sur un cintre, qu'elle suspendit soigneusement. Tout en s'asseyant au bord du lit pour retirer son jupon et ses bas, elle ne pouvait s'empêcher de l'admirer encore. Il ne serait pas aisé de porter cette merveille dans sa vie de tous les jours et d'ailleurs, elle avait toujours sa vieille robe, pour les travaux du ranch ; mais après avoir vu l'expression de Matt, quand il l'avait vue paraître avec — cette image de beauté et d'amour qui s'y reflétait—, elle savait qu'elle n'attendrait pas longtemps avant de la remettre.

Elle entendit le pas de son mari qui revenait de la grange. La porte qu'il ouvrait, puis refermait derrière lui. Son cœur se mit à battre plus vite. En un battement de cil il fut là, auprès d'elle, à la regarder, adossé aux rondins du mur. Elle ressentit le frisson désormais familier que lui procurait toujours son regard sombre et velouté, posé sur elle.

Elle étendit la main vers sa simple camisole de lin blanc.

— J'allais mettre ma chemise de nuit…

Il la lui prit des mains.

— Non, je veux te voir.

Par réflexe, elle croisa ses bras contre sa poitrine,

mais il la saisit doucement par les poignets et les écarta. Il la fixait avec une telle intensité qu'elle se sentit rougir jusqu'à la racine des cheveux.

— Je vais souffler la lampe, murmura-t-elle.

— Non, laisse-la, s'il te plaît.

Il avança une main vers elle et lui retira son peigne. Les vagues couleur de miel tombèrent en pluie sur ses épaules. Puis, la faisant se tourner vers le miroir fendu, il prit une brosse et entreprit de mettre en ordre les mèches soyeuses.

— C'est doux… Tout en toi est si doux, lui dit-il à l'oreille. Ta voix. Tes attitudes. Même ta façon d'aimer.

Izzy regarda son reflet dans la glace, fascinée par ses gestes, apaisants et pourtant si sensuels qu'ils la faisaient vibrer d'excitation.

— Pourquoi ne te regardes-tu jamais dans le miroir, Isabella ?

— Je n'aime pas beaucoup cela. Je ne me trouve pas jolie…

— Pas jolie ? Mais Isabella, tu es belle ! Comment peux-tu ne pas le voir ?

Il leva les yeux pour rencontrer son regard dans le reflet et elle y vit flamboyer une telle passion qu'elle s'enflamma instantanément à son tour.

La main de Matt s'immobilisa et la brosse tomba au sol. Ni l'un ni l'autre n'y accorda la moindre attention.

— Est-ce que tu sais combien je te veux ? dit-il d'une voix rauque.

Elle se laissa aller en arrière, contre lui.

— Oui, je le sais et je te veux aussi, Matthew.

C'était vrai. Elle n'avait plus aucune crainte, aucune hésitation. Elle l'aimait et le désirait. C'était aussi simple que cela.

Mais quand elle voulut se retourner vers lui, il la maintint doucement mais fermement devant le miroir, et se mit à défaire les rubans qui fermaient sa chemise. Comme les pans s'écartaient, Izzy eut un choc en voyant l'image de ses seins nus dans les paumes de Matt et de son cou, de ses épaules, sous ses baisers pressants.

Elle eut un long soupir et se laissa aller contre lui. Les mains de son mari, si fortes et à la fois si douces, continuèrent leur caresse jusqu'à ce que l'envie qu'elle avait de lui eût investi la moindre parcelle de son corps.

— Maintenant, Matthew, maintenant…

— Non, attends…

Parler lui était un effort. Le désir enrouait sa voix, mais il voulait l'emmener loin, très loin, ce soir.

Il pressa ses lèvres contre ses cheveux, respirant leur odeur. Puis il fit courir ses lèvres sur la courbe de son cou, comme pour rendre un culte païen à la texture et au goût de sa peau.

Le ballet de ses doigts sur les seins d'Izzy l'excitait jusqu'à la limite du supportable, son souffle chaud contre la conque de son oreille était la plus douce des brûlures. Et il ne lui laissait aucun répit.

Sa main descendit sur le ventre de sa femme et il sentit sa frémissante réponse. Il était tout aussi affolant de suivre, dans le miroir, sa réaction à cette caresse, que de la ressentir. Voir les grands yeux s'agrandir, puis se troubler au fur et à mesure que la caresse devenait plus précise…

Jamais, avant elle, il n'avait autant eu envie de donner, de prendre, de toucher, de goûter… de partager.

Il savait qu'il ne pourrait tenir longtemps. Tout son empire sur lui-même menaçait de se fendiller. Mais il luttait encore, comme pour mieux libérer ensuite le feu de ses reins.

Ses doigts la trouvèrent brûlante et prête. Il fallut peu de choses pour l'amener à un premier pic de plaisir.

— Matthew !

Son prénom était un cri étranglé sur ses lèvres.

Il ne lui laissa pas le temps d'en dire plus et la souleva dans ses bras pour l'emmener sur le lit.

Là, ils ne firent plus qu'une peau, qu'une chair, dans une folle sarabande qui les conduisit, éblouis et comblés, plus haut que les étoiles.

Etendue dans l'obscurité, Izzy essuyait ses larmes. Elle n'avait pourtant jamais été, jusque-là, du genre à pleurer pour un oui ou pour un non. Mais elle avait versé plus de larmes ces derniers jours qu'au cours de toutes ses années de solitude et de misère.

Sa vie avait toujours été très dure, aussi s'était-elle très tôt forgé une carapace, refusant quoi qu'il lui advînt de s'avouer vaincue. Elle suivait son rêve ou son idée fixe : un homme qui l'aimerait, une famille. Et aujourd'hui, dans cette cabane perdue dans l'immensité d'une nature majestueuse et sauvage, elle avait trouvé l'un et l'autre.

Son cœur était tellement gonflé d'amour et de joie

qu'elle avait l'impression qu'il allait éclater. Elle avait presque peur, si elle s'endormait, de se réveiller en découvrant que tout cela n'avait été, en fait, qu'un rêve, une bulle de savon.

La voix de Matt s'éleva dans le silence.

— Quelque chose ne va pas ?

— Non, Matthew, tout va bien.

Elle posa sa main sur la large poitrine de son mari.

— Parfaitement bien.

Il la prit et la porta à ses lèvres.

— Tes doigts sont tout froids, murmura-t-il, viens…

Il tira la couverture et elle se pelotonna contre lui.

— Je ne voulais pas te réveiller, dit-elle tout près de sa bouche. Je pensais… à toute la chance que j'ai.

Matt sourit.

— Je t'aime, Isabella…

Il déposa de doux baisers le long de son cou, puis déboutonna sa chemise de nuit et continua, plus bas, traçant une ligne de feu sur sa peau.

— … plus que je n'aurais cru possible d'aimer aucune femme.

— Et moi, j'aime…

Il lui ferma la bouche d'un baiser. Il n'était plus temps de parler.

17

— Le froid est mordant, aujourd'hui !

Matt entra dans la cabane les bras chargés de bûches, et les déposa près de la cheminée.

— Cette fois, la neige arrive, je le sens.

Izzy leva les yeux de l'omelette aux pommes de terre qu'elle était en train de préparer.

— J'ai du mal à comprendre tout ce que vous dites tous, ici, à propos de la neige, s'étonna-t-elle. En Pennsylvanie aussi, il en tombe, mais cela n'oblige pas à tant de préparatifs.

Elle eut un geste vague vers le tas de bûches.

— Tout ce bois empilé du sol au plafond, assez de sucre et de farine stockés pour pouvoir tenir des années… Est-ce bien nécessaire ?

— Vous avez peut-être de la neige, là-bas, répliqua Matt en dérobant au passage, dans la poêle, un morceau de pomme de terre sautée, mais crois-moi, cela n'a rien à voir avec ce qui peut tomber dans les sierras.

— Bah, de la neige, c'est de la neige…

Izzy incorpora les pommes de terre aux œufs battus, fit dorer l'omelette baveuse, et bientôt, après une rapide prière, ils se mirent à manger.

Les yeux brillants, Matt regarda son épouse dans sa robe jaune, le peigne en écaille de tortue fiché dans ses cheveux.

— Tu es aussi belle que les fleurs qui poussent dans l'herbe des vallées, l'été, lui dit-il, en souriant, parce qu'il voyait ses pieds nus dépasser de l'ourlet de la robe. Je crois que je préfère te la voir porter comme ça qu'avec tes belles bottines…

Elle sourit à son tour et montra le tablier qu'elle avait noué par-dessus.

— Je ne devrais pas la mettre pour travailler, avoua-t-elle, mais je l'aime tellement !

— Je suis sûr qu'il ne lui arrivera rien de fâcheux, dit Matt. Je vais avoir besoin d'aide, ajouta-t-il à l'attention des enfants. Vous savez, ce bouquet d'arbres morts, au bout du pâturage sud ? Je crois qu'il est temps d'abattre les troncs et de les débiter…

Il fit un clin d'œil à Izzy et acheva :

— … avant la neige.

— Tu vois, répliqua sa femme en riant, tu passes ton temps à faire des projets qui tournent tous autour de cette satanée neige !

Tout le monde rit.

— Je dois y aller aussi, papa ? demanda la petite Del, la bouche pleine.

— A moins que tu aies quelque chose à faire ici, lui répondit son père en sirotant son café.

— Isabella a dit qu'elle allait m'apprendre à faire un gâteau aux pommes.

Matt s'efforça de cacher son étonnement. C'était bien la première fois que la fillette refusait de participer à une corvée de garçons pour se consacrer à une leçon de cuisine.

Il reposa sa tasse et sourit.

— Très bien, reste ici, alors. Mais il faudra m'en donner une très grosse part, d'accord ?

— On va faire un gâteau énorme, répliqua la fillette. Hein, Isabella ?

— Assez gros pour rassasier quatre hommes affamés !

— C'est que nous mourrons de faim, c'est certain, quand nous aurons coupé et débité ces arbres.

Matt vida sa tasse puis alla prendre sa veste fourrée sur la patère. Ses fils le suivirent.

Un peu plus tard, il amena le chariot devant la porte et les garçons y grimpèrent prestement. Un claquement des guides sur la croupe des chevaux, et ils furent en route vers les pâturages. Les chiens couraient derrière. Sur le seuil de la cabane, Izzy et Del agitèrent la main jusqu'à ce que la carriole eût disparu entre les arbres. Puis elles fermèrent la porte au vent glacial qui agitait les grands sapins.

— On commence le gâteau ? fit la fillette tout excitée.

Son impatience amusa Izzy.

— Si tu veux. Mais il faut d'abord aller dans le cellier chercher les pommes et puis les peler.

— J'y vais ! Il ne faut pas salir ta belle robe…

Del prit sa parka sur une patère.

— Merci, mais, et la tienne ?

— Oh, je ferai attention !

Tant de sollicitude toucha la jeune femme.

— Très bien, alors pendant ce temps, je mesurerai la farine et le sucre.

La porte se referma sur l'enfant et Izzy se mit à chantonner en versant au jugé les ingrédients dans une jatte. Puis elle traversa la pièce pour aller alimenter le feu. Elle peinait sur une grosse bûche quand elle entendit la porte s'ouvrir et le vent froid s'engouffrer dans la cabane.

— Referme, Del, il fait vraiment froid. Ton père doit avoir raison, pour la n…

Les mots moururent sur ses lèvres. Dans l'embrasure de la porte, se tenait le sergent Harlan Cutler. Il tenait fermement la petite Del contre lui et pressait le canon d'un revolver sur sa tempe.

— Voyez-vous ça, grasseya-t-il, en refermant la porte d'un coup de pied. Me voila seul avec cette bonne vieille Izzy… et l'un des petits bâtards de Prescott.

Del se mit à se débattre et à crier. Cutler resserra sa prise et arma le chien de son revolver. Le clic, pourtant peu sonore, parut se répercuter dans toute la pièce.

— Non, Del, non !

La voix d'Izzy était à peine un murmure.

— Ne bouge pas… Ne lui donne aucune raison de te faire du mal…

— Mais je compte bien lui en faire ! répliqua la brute. Sauf que moi, ça me fera du bien.

Il eut un rire de dément, qui vrillait les oreilles.

— J'en ai jamais eu une aussi jeune… ça doit être intéressant.

La terreur et le dégoût déformèrent les traits d'Izzy.

— Quant à toi, la sainte-nitouche…

Il la regardait avec un sourire qui s'agrandissait, menaçant.

— … j'ai des projets très spéciaux, pour toi. Tu as toujours cru que t'étais trop bien pour des gars comme moi, pas vrai ? Je vais te montrer de quoi je suis capable. Quand j'en aurais fini avec toi, ton mari souhaitera n'avoir jamais entendu parler de Harlan Cutler.

Le cerveau d'Izzy fonctionnait à toute allure. Elle tenta le tout pour le tout.

— Mon mari va revenir de la grange d'une minute à l'autre, Cutler. Vous feriez mieux de filer, si vous savez ce qui est bon pour vous.

Le sergent cracha un épais jus de chique sur le plancher, puis renversa la tête en arrière et éclata de nouveau de son rire gras.

— Pas mal essayé, ma belle. Sauf que je me suis planqué près d'ici et que j'ai justement attendu de voir ton crétin de mari quitter le ranch avec ses bâtards avant de te rendre… une visite de courtoisie.

L'horreur enserra dans ses mains glacées le cœur d'Izzy. Ce pourceau jubilait. L'heure de sa revanche sur Matt avait sonné, pour la raclée que celui-ci lui avait infligée.

Le sourire édenté du sergent disparut aussi vite qu'il était venu et il jeta Del au sol avec tant de force que la pauvre petite en eut le souffle coupé.

Izzy poussa un cri et se précipita vers elle.

— Del ! Est-ce que ça va ?

Elle s'agenouilla et prit l'enfant dans ses bras. Un filet de sang coulait de son front. En murmurant des paroles de réconfort, Izzy essaya de l'étancher à l'aide de son tablier, puis elle étreignit la fillette de toutes ses forces. Du coin de l'œil, elle surveillait Cutler. Son comportement était celui d'un fou : joyeux, presque jovial à un moment, puis rageur un moment plus tard, sans guère de transition.

Il leva son revolver.

— Pousse-toi, cracha-t-il, je vais commencer par elle.

Sans lâcher la fillette, Izzy fit face, lui faisant un rempart de son corps.

— Non ! Il faudra nous tuer toutes les deux, d'abord.

— J'en ai bien l'intention.

Sa voix était d'un calme glacial.

— Mais le plaisir avant tout… beaucoup de plaisir. Pousse-toi de là, je te dis.

Izzy n'avait plus peur pour elle, à présent. Elle ne pensait qu'à Del, qu'il fallait sauver à tout prix. Elle, elle pourrait toujours se défendre : mordre, griffer, frapper la brute.

Mais il était armé. Qu'il utilise son revolver et tout était perdu pour la pauvre petite. Il fallait un moyen…

Soudain, elle crut l'avoir trouvé. Peut-être pouvait-elle négocier la sécurité de la fillette.

— Laissez-la et je partirai avec vous… Vous ferez de moi ce que vous voudrez.

Le sourire de dément s'élargit.

— C'est ce que je vais faire, je te dis… Là… maintenant…

— Mais Matthew peut revenir n'importe quand.

Cutler eut un regard rapide vers la porte et Izzy sut que l'argument portait. Elle s'empressa d'ajouter :

— Et quand il rentrera…

— Tu me prends pour un imbécile ? cria Cutler.

— Vous le seriez si vous restiez. Mon mari vous tuera.

Elle serra l'enfant plus fort contre elle et dut fermer brièvement les yeux pour combattre la terreur ignoble qui l'envahissait.

— Mais si vous ne la touchez pas, reprit-elle, si vous la laissez ici, je vous suivrai, sans résistance, et je resterai avec vous tant que vous voudrez. Vous pourrez faire — elle frissonna — ce que vous voudrez de moi.

Elle pouvait voir que Cutler pesait mentalement le pour et le contre.

— Par sa fille, j'atteins Prescott, lui dit-il, et je veux qu'il paye pour ce qu'il m'a fait… mais d'un autre côté, si je lui enlève sa femme…

Ses lèvres s'écartèrent en un sourire vicieux.

— Dépêchons-nous. J'ai besoin de temps pour couvrir nos traces.

Il s'approcha et releva brutalement Izzy. Puis la jeune femme sentit son cœur s'arrêter de battre quand elle vit la brute se tourner vers Del, et pointer son arme sur elle. Son doigt tremblait sur la détente et l'épouvante submergea Izzy.

— Attention, lui lança-t-elle, pressante. Si vous lui faites le moindre mal, mon offre ne tient plus. Je me défendrai bec et ongles, jusqu'à la mort, et vous ne jouirez que d'un cadavre.

Elle se forçait à parler lentement, calmement, pour ce forcené la comprît bien.

— Entre-temps, mon mari peut rentrer et s'il vous trouve ici, il vous massacrera.

Elle sentait que sa peur de Matt était plus forte que son abominable désir pour l'enfant.

— Allez !

Il montra la porte, du canon de son revolver.

— Je… j'ai besoin d'un châle.

Il fallait absolument détourner son attention de Del.

— Va le chercher et dépêche-toi.

— C'est… dans la chambre.

Il l'y suivit, tout en gardant la fillette dans son champ de vision.

— Dommage, marmonna-t-il, songeur, j'aurais bien commencé par la p'tite. Me demande de quoi elle aurait l'air, sa robe relevée jusqu'au cou…

Dans une sorte de brouillard, Izzy passa dans la chambre. Elle enfila ses bottines fatiguées, celles de son voyage, et prit son châle dans un tiroir de la commode.

— Dépêche-toi ! Pourquoi tu traînes ?

— J'arrive !

Dans le tiroir entrouvert, elle vit briller la lame de son poignard. L'occasion était trop belle : ses doigts se refermèrent sur le manche. Mais elle faillit le lâcher, tant elle tremblait. Ce fut finalement le châle qu'elle lâcha, et le mouvement qu'elle dût faire pour le ramasser dissimula son autre geste : celui de glisser le poignard à l'intérieur de sa bottine.

Elle se redressa et sortit de la chambre.

— Ne va pas avec lui, Isabella ! hurla Del.

— Ferme ton clapet, toi ! ordonna Cutler.

En deux enjambées, il fut auprès d'elle, lui tordit les mains dans le dos et lui noua les poignets à l'aide d'une lanière de cuir.

— Il va te faire du mal, Isabella, reprit la fillette en pleurant. N'y va pas, je t'en prie !

— Avec ça, tu vas bien être forcée…

Devant Izzy impuissante, Cutler bâillonna l'enfant avec son foulard.

— Ne t'inquiète pas, Del, murmura sa belle-mère en s'agenouillant près d'elle et en embrassant ses joues baignées de larmes. Tu es hors de danger à présent, ma chérie, et c'est tout ce qui importe.

— Allez viens, toi, avant que je change d'avis !

Cutler tira Isabella par les cheveux et la poussa vers la porte, l'arme enfoncée dans ses côtes.

Comme Del sanglotait, il se retourna vers elle avec un sourire mauvais.

— Je te laisse vivre, petit cloporte, comme ça tu diras à ton paternel que je tiens sa tendre épouse. Dis-lui bien que Harlan Cutler n'oublie pas qu'il l'a humilié devant un jeune crétin d'officier. Dis-lui aussi que quand je la lui rendrai, il ne pourra plus en faire grand-chose. Ni lui, ni aucun homme.

— T'as froid, ma belle, ricana la brute en passant sa main sur le bras d'Izzy, qui avait la chair de poule. T'inquiète, je vais t'réchauffer quand on s'arrêtera pour la nuit.

Il enfouit son nez dans ses cheveux. Son haleine était fétide.

— J'avoue que j'aimerais voir la tête de ton homme quand il trouvera l'autre petit crapaud ficelé et sa femme envolée !

Il poussa son cheval dans la pente, à flanc de montagne.

— Tout compte fait, c'est mieux d'avoir laissé vivre la môme, comme ça Prescott saura de qui vient l'coup. Ça, c'est la meilleure torture qu'on puisse imaginer.

Izzy s'efforçait de se calmer. Elle savait ce qui l'attendait au bout de la piste, mais au moins elle avait épargné à Del de subir le même horrible destin.

Il lui restait un peu d'espoir. Elle avait son poignard. C'était peu, contre le revolver de Cutler, mais c'était mieux que rien. Elle guetterait le moindre moment opportun pour en user. C'était la résolution qui la soutenait.

Ils montaient toujours dans la pente boisée, et le vent froid lui sifflait aux oreilles. Elle avait espéré que Cutler serait redescendu dans la vallée, où quelqu'un aurait pu les voir, mais il était évident qu'il cherchait au contraire à monter haut dans la sierra, pour éviter toute mauvaise rencontre. Izzy regardait avec attention autour d'elle, cherchant des repères qui lui auraient permis, en cas de fuite, de retrouver son chemin. Mais c'était quasiment impossible, dans cette forêt d'altitude. Rien ne ressemble plus à un sapin qu'un autre sapin, un torrent à un autre torrent. En outre, à cette hauteur, la neige avait commencé à tomber, uniformisant plus encore le paysage.

Mieux valait ne pas y penser pour le moment et se concentrer sur Cutler, afin de profiter du premier moment de faiblesse pour le poignarder.

Elle regrettait de ne pas connaître de prière. Son esprit était vide et ses forces s'amenuisaient, sous la morsure du froid.

Elle serra son châle contre sa poitrine et constata machinalement que la frange qui le bordait était légèrement décousue. Une idée germa alors dans son esprit. Elle tira sur un brin de laine. Il lui resta dans la main. Elle ouvrit les doigts.

Il était presque impossible que quelqu'un remarquât ce fil jaune, sur le blanc de la neige, mais c'était le seul indice de son passage qu'elle pouvait laisser en vue.

« Je vous en prie, mon Dieu, je vous en prie, supplia-t-elle, que ces brins de laine le guident jusqu'à moi ! »

— Mmm… je sens presque le goût du gâteau au pommes, p'pa, pas toi ? demanda Aaron, assis sur le siège du chariot, à côté de son père.

— Moi aussi, dit Matt en guidant les chevaux à travers le torrent. En espérant que Del nous en aura laissé un peu…

A l'arrière, Benjamin et Clement, à califourchon sur une grume, absorbaient chaque choc du chariot en cavaliers déjà accomplis.

Alors qu'ils approchaient du ranch, les chiens, qui trottinaient jusque-là autour d'eux, se mirent à courir à toute vitesse vers la cabane, aboyant furieusement à la porte, grattant et essayant de s'introduire à l'intérieur.

— Qu'est-ce qui leur prend ? s'étonna Aaron. Ils veulent du gâteau, eux aussi ?

— Ma foi, on ne pourrait pas les en blâmer, répliqua son père en souriant.

Mais bientôt, son sourire se figea. Il se passait quelque chose d'anormal. Pas de fumée sortant de la cheminée, pas de lampe allumée derrière les fenêtres.

Il tira sur les guides et presque dans le même mouvement, sortit sa carabine de sa gaine de cuir, l'arma et sauta à terre.

— Vous ne bougez pas de là avant que je vous aie fait signe qu'il n'y a pas de danger, c'est bien compris ?

Avant même qu'ils aient pu répondre, il se rua vers la cabane, faisant taire les chiens. Puis il colla son oreille à la porte. N'entendant rien, il entra avec précaution. D'abord, il ne distingua rien d'anormal. Puis, comme ses yeux s'habituaient à la pénombre, il vit une forme étendue sur le plancher.

Le sang de Matt se figea dans ses veines.

Traversant la pièce en deux enjambées, il s'agenouilla devant sa fille.

Trancher les liens et le bâillon fut l'affaire d'une seconde.

— Oh, papa, papa !

La fillette fondit en sanglots, en s'accrochant à lui de toutes ses forces.

Matt la serra dans ses bras.

Pouvait-il s'autoriser à se sentir soulagé ?

— Tu es blessée, Del ? Dis-moi…

Elle secoua la tête et leva les yeux vers ses frères qui, malgré l'ordre de Matt, venaient d'entrer. Avec un grand cri, elle courut se blottir dans les bras d'Aaron, où elle sanglota de plus belle. L'adolescent la souleva et la berça contre lui.

— J'ai essayé de me débarrasser des liens, Aaron, j'ai essayé, tu sais, lui dit-elle d'une voix hachée par les pleurs.

Elle montra ses poignets tout écorchés.

— J'avais beau tirer dessus, ils ne cédaient pas.

En la voyant saigner, l'adolescent la serra contre lui en embrassant ses cheveux.

— Là, P'tit bout, là… c'est fini, maintenant. Mais tu ne t'es pas ratée. Tu as mal ?

L'enfant secoua la tête.

— C'est pas grave…

— Isabella ? Où est-elle ? dit Matt d'une voix saccadée.

— Elle est partie…

— Partie ?

Matt eut une expression hagarde. Ce n'était pas possible. Cela n'allait pas recommencer…

Puis il entendit les mots de sa fille, qui lui parvenaient comme à travers un brouillard.

— Le sergent Cutler est venu… Il voulait… nous faire du mal, à elle et à moi. Alors, elle a fait un marché avec lui : elle partait avec lui, s'il me laissait tranquille.

La rage déforma les traits du rancher.

— Partie avec lui ? Mais où, Del, où ça ?

La fillette pleurait, blottie contre son frère. Ses propos étaient difficilement compréhensibles.

— Je ne sais pas… Il m'a juste dit de te dire qu'il voulait se venger, papa, et que quand il aurait fini avec elle, il n'en resterait rien… Oh, papa !

Entre deux sanglots, elle put encore demander :

— Il ne va pas la tuer, dis ?

— Non, Del, non…

Matt caressa brièvement les cheveux de sa fille puis passa dans la chambre. Quand il en ressortit, un instant plus tard, il avait, outre sa carabine, une cartouchière et un revolver autour des reins.

Il y avait dans ses yeux une lueur métallique, effrayante, que ses enfants ne connaissaient pas.

Il se tourna vers Aaron.

— Tu t'occupera de tes frères et sœur, fils.

— Oui, p'pa.

— Ramène-la, papa, lui cria Del.

Il se tourna vers la fillette, avant de passer la porte.

— Je te le promets.

18

Le cheval du sergent montait toujours à travers les sapins enneigés.

La robe et le châle d'Izzy, trop légers, ne la protégeaient guère du froid et depuis un moment, elle n'avait plus aucune sensibilité dans ses mains, ni dans ses pieds.

Cutler, emmitouflé dans son épais paletot d'uniforme, n'en avait cure. Il guidait sa monture d'une main — l'air, songea-t-elle, d'un homme qui sait où il va.

Cette chevauchée n'avait rien d'une fuite éperdue pour mettre le plus de distance possible entre le ranch et lui.

— Où allons-nous ? s'enquit-elle avec peine, se forçant à articuler malgré ses lèvres bleuies par le froid.

— Pourquoi, t'es impatiente ?

Son rire gras vrillait les nerfs de la pauvre Izzy.

— Là-haut… C'est plus très loin.

Il montra vaguement un point entre les arbres, à travers le rideau de flocons, mais elle ne vit rien. Ce ne fut que plusieurs minutes plus tard qu'elle distingua une sorte de hutte sommaire, adossée à flanc de montagne. L'un des murs paraissait à deux doigts de s'effondrer et le toit, près de s'écrouler.

De jeunes épineux avaient poussé autour de la hutte, la dissimulant presque complètement jusque dans les tout derniers mètres de son approche.

— Joli p'tit nid, pas vrai ? Je l'ai trouvé un jour que j'étais en patrouille avec des éclaireurs.

Cutler arrêta son cheval et sauta à terre, faisant glisser sa captive à sa suite, tel un sac de farine.

Le châle d'Izzy tomba. La jeune femme n'eut pas la force de le ramasser. Après toutes ces heures passées en selle, ses jambes refusaient de la porter. Elle tomba à genoux dans la neige.

Cutler la remit sur ses pieds en jurant, la bouscula vers la porte, et la poussa violemment à l'intérieur.

Elle sentit des toiles d'araignées contre sa joue, entendit des bestioles s'enfuir dans l'obscurité. Cutler craqua une allumette et la lueur d'une lampe à pétrole repoussa les ténèbres.

Sur le sol de terre battue, humide, se trouvaient les ossements de petits animaux que leurs prédateurs étaient venus dévorer là. La neige s'infiltrait par les trous du toit et des murs.

— C'est tout juste un abri, dit Cutler, mais personne viendra nous chercher jusqu'ici. Comme ça — il eut un sourire hideux — je pourrai faire ma p'tite affaire…

Des tremblements se mirent à agiter Izzy, qu'elle ne put réprimer.

— Assieds-toi, ordonna le sergent.

Elle regarda tout autour d'elle. Comme elle ne lui obéissait pas assez vite, Cutler la poussa en avant. Elle tomba derechef à genoux, et, lui tordant les bras, Cutler lui attacha les poignets avec les mêmes liens de cuir dont il s'était servi pour attacher Del. Il en fit autant avec ses chevilles. Puis, pour faire bonne mesure, il relia les uns aux autres par une autre lanière qui força Izzy à cambrer son corps comme un arc. Elle dut se mordre les lèvres pour ne pas hurler sa souffrance.

— C'est comme ça, ma jolie, qu'on ficelle un porc pour l'préparer à la boucherie.

Il se pencha en avant et lui tira les cheveux pour la forcer à redresser la tête. Son haleine atroce soulevait le cœur de la malheureuse.

— Tu te crois très brave, pas vrai ? Mais attends de voir ce que tu vas subir. Alors, on verra vraiment si tu l'es.

A ces mots, la jeune femme devint plus pâle qu'un fantôme. Il s'en aperçut et, satisfait, s'assit sur ses talons.

— C'est bien, tu commences à te rendre compte où tu t'es fourrée. Il n'y a ni Dieu, ni loi, dans ce pays perdu, à part celle du colt, et c'est moi qui le tiens en main.

Il se releva avec un rire démentiel et sortit dans la neige. Quelques minutes plus tard, il revenait avec assez de bois mort pour faire un feu. Izzy gisait dans ses entraves. Sa robe était mouillée, détrempée par la neige.

Elle suivait d'un œil frénétique le moindre geste de Cutler. Tandis qu'il était sorti pour chercher du bois, elle s'était tordue en tous sens, telle une contorsionniste, pour atteindre le poignard dissimulé dans sa bottine. Las, elle eut beau se tortiller tant qu'elle put, l'arme resta hors de portée.

En haletant, elle essaya encore une fois, mais une ombre massive s'allongea soudain sur elle et Izzy s'immobilisa.

— Qu'est-ce que c'est qu'ça ?

Du canon de son revolver, Cutler souleva la robe d'Izzy sur ses cuisses. Comme elle frissonnait, il frotta l'acier froid de l'arme sur sa peau.

— Je suis sûr que t'es pressée de te débarrasser de tous ces vêtements. T'en fais pas, je t'enlèverai tout ça, bientôt.

Il jeta sur le sol ses fontes de selle, fourragea un instant à l'intérieur et en tira une gourde de whisky, au goulot de laquelle il but goulument. Puis il essuya sa bouche du revers de sa main crasseuse, en la regardant.

— Tu vois, j'partagerais bien ma nourriture avec toi…

Il tira du sac un morceau de viande séchée et un biscuit de guerre, mordit dedans et acheva :

— … seulement ça a pas d'sens de filer à bouffer à quelqu'un qui verra pas le jour s'lever.

— Je croyais…

Izzy avait la gorge si sèche qu'elle peinait à articuler.

— Je… je croyais que vous m'emmeniez avec vous.

— Ah ouais ?

Il sourit et prit une grosse bouchée de viande, qu'il fit passer d'un long trait de whisky.

— Non, quand je partirai d'ici, ce sera seul. J'aurai réglé ton compte avant la fin de la nuit. Faudrait que je sois fou pour t'emmener, tu me ralentirais ! Et j'ai pas l'intention de retomber dans les sales pattes de ton mari. Pourtant, je donnerais cher pour voir sa tête quand il trouvera ce qui restera de toi !

Il enleva son paletot puis ses bottes, s'accorda une autre généreuse rasade de whisky, puis il abaissa ses bretelles et fourragea pour défaire sa chemise. A chacun de ses mouvements, la terreur d'Izzy grandissait.

Matt s'accroupit au bord d'un torrent et examina la trace d'un sabot sur le sol. Le fer imprimé là portait une marque d'usure qu'il reconnut pour l'avoir déjà relevée près du ranch. C'était bien le cheval de Cutler qui était passé à cet endroit… Le sergent avait traversé et retraversé plusieurs fois le courant, pour désorienter quiconque essaierait de suivre sa piste. Il avait amorcé des départs dans plusieurs directions et pour tout arranger, de la neige fraîche était tombée depuis son passage.

Matt jura entre ses dents. Le moindre retard pouvait être fatal à Isabella. Il se redressa et étudia le sous-bois en se plaçant du point de vue du ravisseur. Où voulait-il aller et par quel chemin ?

Une minuscule tache jaune attira alors son attention. Il s'approcha. C'était un brin de laine, accroché à une aiguille de sapin. Il le saisit entre ses doigts. Etait-il possible que… ?

Il remonta en selle en voltige et poussa son cheval

dans la pente. Bientôt, il trouvait une autre frange du châle. Puis une autre, et encore une autre.

Il respira le premier brin qu'il avait trouvé, dans l'espoir fou d'y retrouver l'odeur d'Isabella. Mais il ne sentit pas le parfum délicat de la jeune femme. C'était la peur qu'il sentait, et cette odeur-là était en lui.

Arriverait-il à temps pour sauver la sage, la merveilleuse Izzy, si brave qu'elle n'avait pas hésité à se sacrifier pour protéger la petite Del ? Allait-elle devoir vivre un cauchemar pire que celui qu'avait été sa vie passée ? Subir les assauts de cette brute, sort que depuis toujours elle redoutait plus que tout au monde ? Au nom de quoi devait-elle payer un prix aussi horrible, elle qui avait déjà tant souffert ?

Ce n'était guère le moment d'y penser. Concentré, il suivait la piste, les yeux baissés, toute son énergie tendue vers l'action à venir.

Il avait espéré, après la guerre, ne plus avoir à tuer personne. Mais il allait probablement devoir le faire de nouveau. Il serra les mâchoires. Ne lui en avait-on pas appris les techniques ? Il excellait au combat, jadis. Il tuerait sans remords le sergent Harlan Cutler, pour sauver la femme qu'il aimait. Mais ne serait-ce pas déjà trop tard ?

— Me demande ce que dirait le vieux Otis si… il pouvait me voir là.

La voix du sergent Cutler était de plus en plus pâteuse, à mesure qu'il vidait sa gourde. Il s'essuya la bouche d'un air absent puis reprit une longue goulée.

— Moi et cette bonne vieille Izzy la bêcheuse… Seulement, cette fois, t'as pas ton couteau…

Il secoua la tête.

— Ah ça, tu l'avais bien saigné ! Il pissait le sang comme un porc qu'on égorge !

Son rire glaçant retentit encore.

— A présent, c'est toi qui es ficelée pour la boucherie.

Cette trouvaille le mettait décidément tellement en joie qu'il dut essuyer ses yeux avec sa manche.

— Ça va être encore meilleur que ce que j'ai fait à cet imbécile de p'tit lieutenant…

Sa bouche se tordit de mépris. Il leva vers elle des yeux rendus vitreux par l'alcool.

— Tu savais qu'il m'avait fait virer de l'armée, ce gandin ? Après toutes les années que j'ai données, ce blanc-bec m'a traité d'ivrogne et a dit que je déshonorais le 1er de cav' !

Toute trace de sourire avait disparu. Il n'y avait plus qu'un rictus rageur sur son visage.

— Mais je l'ai bien eu. Pour me venger j'ai libéré tous les foutus mustangs, ouvert tous les corrals avant de partir ! Ce petit pète-sec de Trowbridge avait même pas assez de chevaux pour leur courir après !

Les bras et les jambes d'Izzy s'ankylosaient de plus en plus. Dans son malheur, l'engourdissement de ses membres avait au moins pour effet d'effacer la brûlure intolérable des liens de cuir.

Elle se força à parler pour tenter de gagner du temps, de distraire la brute de son sinistre projet.

— Et vous n'avez pas peur de passer en cour martiale, pour ça ?

Cutler ricana.

— Faudrait déjà qu'ils m'attrapent ! Mais je serai en Californie, à chercher de l'or, ou en Alaska, loin d'ici en tout cas, que Trowbridge sera encore à se demander par quel côté enfiler sa culotte ! Il est officier à cause de son nom, rien d'autre. Paraît que son oncle est un fameux général ou je ne sais quoi. Il n'arrête pas de parler de lui. Et pas que de lui, d'ailleurs. Quand il m'a viré, sur les rangs, devant toute la compagnie, il a parlé de ton mari : le capitaine Prescott. Le genre d'officier dont l'armée a besoin, d'après lui… Et qu'il s'était distingué à Chancellorsville, et qu'il avait risqué sa vie pour ses hommes, que même blessé par balle, il avait veillé sur eux, blablabla… On verra s'il sera toujours héroïque, quand il verra ce que Harlan Cutler a fait à sa femme !

Il s'étendit sur la terre battue et pressa sa main sur ses yeux.

— Fait bougrement trop chaud, ici ! grogna-t-il.

Il leva encore une fois la gourde et manqua sa bouche, le whisky coulant dans son cou avant d'être absorbé par le sol terreux.

Un long temps passa. Izzy ne bougeait pas, aux aguets. Dormait-il ou bien lui tendait-il un piège ?

Son instinct lui dictait d'agir avec circonspection. Cutler dormait peut-être, mais dans ce cas, c'était à la façon d'un grizzly, d'un seul œil ; et si quelque chose le mettait en rage, elle serait sans défense contre lui.

Toutefois, si elle ne faisait pas très vite quelque

chose, elle risquait bien de perdre toute chance de s'échapper. Il avait décidé de ne pas l'emmener, ce qui voulait dire qu'il allait la tuer, ici même, et bientôt.

Depuis une heure, elle tentait de se libérer de ses liens ou du moins, de les relâcher. Cela se révélait impossible. Ses poignets étaient tailladés par le cuir et en sang à force d'essayer. Mais il restait un moyen, le seul, en fait…

Izzy lança un regard de bête traquée en direction du feu. Si elle parvenait à ramper jusque-là… Bien sûr, elle se brûlerait probablement gravement, du même coup. Et si jamais le feu prenait à ses cheveux ou à sa robe, elle connaîtrait une mort horrible. Mais elle était condamnée, de toute façon, et mourir de la main de Cutler était le sort le plus abominable qu'elle pût imaginer.

Elle ne devait pas crier, aussi intense que pût être la brûlure. Il n'était plus temps de se montrer faible. Avec un fou furieux comme Cutler, il n'y aurait pas de seconde chance.

Matt abaissa son chapeau sur ses yeux et poussa sa monture dans les bourrasques de neige. La piste montait de plus en plus haut, et son cheval s'enfonçait parfois jusqu'au ventre dans les congères.

Il montait rarement à cette altitude. Il n'en avait nul besoin. Les mustangs se tenaient généralement plus bas, dans les alpages. Mais il savait, par ses rares incursions dans les parages, que les ravins et les précipices n'y manquaient pas.

Cutler, lui, savait ce qu'il faisait. Une femme comme

Isabella n'avait pas la moindre chance de s'échapper dans cet environnement sauvage. Il fallait seulement espérer qu'ils étaient toujours à cheval. Tant qu'ils fuiraient, il n'arriverait probablement rien de grave à sa femme. En revanche, s'ils s'arrêtaient…

Matt chassa cette pensée. Un peu plus loin, il trouva une nouvelle frange du châle, accrochée à un épicéa, et il bénit de nouveau le ciel pour l'esprit plein de ressource d'Izzy. Sans cette idée toute simple, qui lui rappelait le conte du Petit Poucet, il ne serait jamais parvenu à remonter sa piste aussi vite.

Soudain il leva la tête et tira sur ses rênes : il venait d'apercevoir un filet de fumée monter entre les arbres, à quelque distance en avant. Son sang se glaça dans ses veines. Cutler avait trouvé un abri.

Cela signifiait qu'Isabella était à présent en grand danger.

Matt poussa résolument son cheval à travers les congères. Au diable les précautions ! Il fallait la retrouver, avant qu'il ne soit trop tard.

Centimètre par centimètre, Izzy se traînait sur le sol détrempé. Chaque mouvement lui était une torture. Jamais encore elle n'avait fait autant d'efforts pour aussi peu de résultat. Néanmoins, peu à peu, elle approchait du but. L'œil fixé sur les flammes, elle sentait déjà leur chaleur.

Le ronflement sonore de Cutler s'interrompit et il murmura quelque chose dans son sommeil d'ivrogne. Izzy se figea, le cœur battant.

Réflexion faite, elle voulait s'adosser au feu pour

présenter à la flamme le lien de cuir qui reliait ses chevilles à ses poignets. Une fois celui-ci brûlé, elle trouverait assez d'aisance pour tirer son poignard et trancher les autres.

Son front était trempé, elle transpirait par tous les pores de sa peau et, l'espace d'un instant, elle faillit perdre le contrôle de ses nerfs. Que croyait-elle donc ? Que l'on pouvait s'exposer à de telles souffrances sans un murmure ?

Cutler, toujours endormi, roula sur le côté en laissant échapper un chapelet de jurons.

Très vite, Izzy recula vers les flammes et ferma les yeux. La sensation de brûlure fut tout de suite si intense qu'elle dût serrer les dents pour ne pas hurler. L'odeur du cuir grillé et de la chair brûlée emplissait l'air.

Soudain, ce fut fait : le lien se rompit et le corps d'Izzy se relâcha brutalement. En étouffant un cri de douleur, elle roula sur le côté et saisit le poignard, dans sa bottine. Fébrilement, elle trancha les liens de ses chevilles et de ses poignets.

— Qu'est-ce que… ?

Toujours à demi assommé par l'alcool, Cutler se frotta les yeux du plat de la main. Puis, la voyant sur ses pieds, il bondit sur elle.

Le poids du corps de la brute sur le sien fit qu'Izzy s'écroula au sol, le souffle coupé, et lâcha le poignard. Ecrasée sous cette masse, elle ne parvenait plus à respirer.

— Espèce de petite…

D'un revers de sa large main, il la gifla avec une telle force qu'il lui retourna la tête sur le sol.

— Tu croyais pouvoir échapper à Harlan Cutler, hein ? Je vais te montrer ce qui arrive à celles qui se croient trop malignes.

La tenant sous lui, il n'eut aucun mal à emprisonner les poignets de la jeune femme dans une seule de ses larges mains. Puis il se pencha pour ramasser le petit poignard.

Ses yeux, encore embrumés par l'alcool quelques instants auparavant, brillaient maintenant d'un éclat de folie.

— Si je me souviens bien, tu tenais toujours ta lame affûtée comme un rasoir, pas vrai ?

Il l'appliqua contre sa gorge. Izzy retint son souffle. Il n'appuya qu'à peine la pointe de l'arme, et un filet de sang rouge se mit à couler.

— C'est bien ce que je pensais…

Cutler leva le poignard, faisant briller la lame à la lueur du feu, puis, en regardant sa victime droit dans les yeux, l'abaissa et ouvrit sa robe en deux, de la taille au col. Les deux pans s'écartèrent, révélant un très fin caraco.

— Du beau linge, hein ? ricana la brute. Voyons un peu ce qu'il y a, là dessous…

Avant qu'il ait pu lever la lame de nouveau, la porte s'ouvrit en trombe, si fort qu'elle se décrocha de ses gonds. Un vent glacial pénétra dans la hutte, avivant les flammes et projetant des étincelles.

Matt se tenait sur le seuil et sa voix était plus glaciale que la tempête qui faisait rage au-dehors.

— Ecarte-toi de ma femme, Cutler…

Le sergent se releva avec une souplesse surprenante

pour un homme de sa masse et de son poids. Il attira Izzy contre lui et s'en fit comme un bouclier. Il la maintenait d'une main et de l'autre, appuyait son poignard contre le cou palpitant de sa proie.

— On n'est pas en train de jouer selon tes règles de gentleman, Prescott. Si tu veux qu'elle vive, jette ton arme !

— Non, Matthew, non ! cria Izzy, presque hystérique. Ne fais pas ça, il nous tuera tous les deux !

— La ferme, toi !

Pour la faire taire, il appuya la pointe de la lame, et sourit en l'entendant gémir de douleur.

— Ça pique, hein ?

Puis il se tourna vers Matt, le visage déformé par la haine.

— Fais ce que je te dis, Prescott, sinon je la tue !

Izzy vit avec horreur Matt jeter son revolver sur le côté. Il n'avait plus que ses mains nues pour affronter la brute. Ses mains, et la sainte colère qui l'habitait.

19

Matt regarda attentivement sa femme, aux mains de Cutler. Il nota la robe fendue, le regard de bête paniquée, le filet de sang qui coulait de sa gorge. Cela lui tordait le cœur de la voir ainsi. Mais au moins, elle était vivante.

Il aurait dû investir les lieux avec plus de méthode et le savait. Mais quand il avait vu le châle abandonné dans la neige et entendu les bruits de lutte à l'intérieur, son sang n'avait fait qu'un tour. Il s'était précipité, à demi fou de fureur et d'angoisse.

Il se maudit et se traita d'imbécile. Mais contre un tel fou furieux, il n'y avait guère de règle qui valait, à part rester en vie.

— Très bien, Cutler, je n'ai plus d'arme. Mais c'est contre moi que tu en as, pas contre elle. Laisse-la partir.

— Oh non, mon capitaine, non, répliqua l'ex-sergent. Toi et moi, on l'a déjà eue, notre bagarre. Maintenant, est venu le temps de rigoler. Enfin, pour moi, parce que toi, tu vas juste regarder… Allez — il fit un geste avec le poignard. Assieds-toi là que je te voie bien…

Il lança à Matt quelques liens de cuir.

— Tu vas t'attacher toi-même les chevilles avec ça.

Il le regarda faire un instant, puis reprit :

— Tu me prends pour un abruti ? Plus serré !

Satisfait, il tendit à Izzy une autre longueur de lien et tira son propre revolver.

— Toi, noue-lui les mains derrière le dos. Et si tu essaies un de tes tours, je le tue. Tu n'auras plus qu'à le regarder crever.

Comme elle obtempérait, il ajouta :

— Remarque, je préférerais qu'il vive et qu'il voie ce que je vais te faire.

Matt mit de lui-même ses mains dans le dos et lui demanda doucement :

— Tout va bien, Isabella ?

Elle s'agenouilla près de lui et lui répondit, en espérant que sa voix ne tremblait pas trop :

— Ça va, Matthew, surtout maintenant que tu es là…

Elle réalisa, en le disant, que c'était vrai. Puis elle toucha la main de Matt et ce simple geste lui procura un étrange — vu les circonstances — sentiment de paix.

— Del va bien ? demanda-t-elle.

— Elle n'est que choquée. Elle a eu très peur. Pour toi, pas pour elle.

Cutler agita son revolver.

— Fermez-la ! Et toi, dépêche-toi un peu !

Izzy revint vers Cutler. Il la considéra avec méfiance.

— T'as l'air bien sûre de toi… T'essaierais pas encore de me doubler, par hasard ?

Elle contrefit un sourire timide.

— Je ne comprends pas de quoi vous parlez…

— Ses liens, grogna-t-il. Tu les as pas serrés, c'est ça ?

Elle haussa les épaules.

— Regardez vous-même !

— Bien sûr que je vais regarder !

Il l'écarta sans ménagement de son chemin.

— Et après, je m'occuperai de toi !

Le revolver dans une main, le poignard dans l'autre, il s'approcha de Matt et se pencha vers lui.

— Fais voir tes poignets, toi !

Avant que Cutler ait pu comprendre ce qui lui arrivait, Matt lui propulsait son poing en plein sur le nez. Le sang gicla et la brute, sonnée, laissa échapper le poignard. Un instant, il fut sans réaction. Puis il se reprit et asséna sur la tempe de Matt un coup qui eût assommé un bœuf.

Mais le rancher y était préparé. Bien que ses chevilles fussent toujours attachées, il détendit sèchement ses jambes et frappa Cutler dans les parties, le pliant en deux. Une autre fulgurante détente, en direction de la mâchoire, projeta la brute contre le mur et lui fit lâcher son revolver.

Matt tomba sur les genoux pour récupérer le sien, mais Cutler revint à la charge, le frappant du pied à l'entrejambe, à son tour. C'était si douloureux qu'il faillit perdre connaissance. Cutler, le sang coulant sur son visage, tâtonna dans les cendres dispersées du feu, et ses doigts se refermèrent sur son revolver.

Il se releva et visa Matt.

— Dis adieu à ta femme, Prescott. C'est la dernière fois que tu la vois. Tu vas mourir, mais sois sûr d'une chose : quand j'en aurai fini avec cette bêcheuse, c'est elle, tu entends, qui me suppliera de la tuer.

Or, avant qu'il ait pu appuyer sur la détente, son corps eut un violent soubresaut. Une grande surprise se peignit sur son visage, puis celui-ci devint un masque affreux peint par la haine, la rage et la douleur.

Ses jambes se dérobèrent sous lui et il s'écroula, comme au ralenti. Le manche du poignard d'Izzy dépassait de son dos et une grosse tache de sang s'élargissait autour. A l'autre bout de la hutte, plaquée contre le mur, la jeune femme le regardait expirer avec un mélange de terreur et de répulsion. Puis, comme un automate, elle se dirigea sans mot dire vers Matt et dénoua d'un geste tout aussi mécanique les liens qui entravaient ses chevilles.

— Je n'avais jamais… tué personne…

Des larmes de soulagement coulaient à flots sur les joues d'Izzy, laissant des traînées noirâtres dans la terre qui les maculait.

— Je sais…

Adossé au mur de la hutte, Matt la serrait dans ses bras.

— Mais il allait te tuer, Matthew, je ne pouvais pas le laisser faire, n'est-ce pas ?

— Tout va bien, à présent.

Il embrassait ses tempes, la réconfortant comme il l'aurait fait avec une enfant.

— Je… je suis désolée de t'avoir causé tant d'inquiétudes, mais je ne savais pas quoi faire. Il voulait du mal à la petite et il fallait que je trouve un moyen de l'en empêcher. C'était le diable que cet homme !

Elle leva vers lui des yeux brillants.

— Pourquoi, Matthew ? Pourquoi y a-t-il des gens aussi mauvais ?

— Je n'en sais trop rien, soupira Matt. Le whisky, peut-être, ou quelque chose qui leur est arrivé quand ils étaient enfants… Mais ce n'est pas une excuse. Nous avons tous le choix entre le Bien et le Mal.

Il se tut un instant, avant d'achever sourdement :

— Il a choisi.

— Je le connais depuis longtemps. Il venait à la taverne… Il a toujours aimé me harceler, même quand j'étais très jeune. Il savait quels mots me faisaient mal.

Matt serra les dents, une nouvelle vague de colère bouillonnant dans ses veines.

— Bien sûr, ce n'étaient que des mots. Mais ce qu'il aimait par-dessus tout, c'était exciter d'autres hommes pour les pousser à me faire du mal. C'est lui qui a incité Otis Blandin à me suivre dans l'écurie. Le pauvre n'en aurait jamais eu l'idée tout seul. Je pense…

Elle hésita à poursuivre, si bien que Matt lui demanda :

— Oui, que veux-tu dire, Isabella ?

— Je crois que Harlan Cutler n'était pas tout à fait un homme, alors il essayait de le cacher en se conduisant… comme s'il était… plus qu'un homme normal. Je ne sais pas si tu comprends ce que je veux dire…

— Si, c'est très clair.

— Mais je ne voulais pas le tuer.

Ses larmes coulèrent de nouveau, à flots.

— Je n'ai jamais voulu tuer personne.

— Je sais. Il y a des gens qui aiment cela, d'autres y sont simplement contraints. C'est quelque chose que j'ai bien connu. On met longtemps à… y penser moins.

— Cela t'est arrivé, à toi aussi, Matthew ? Tu as dû le faire ?

Matt songea à la guerre, au fracas du canon et des salves, au tintement des baïonnettes, aux cris des blessés, à l'odeur de la mort. Il avait eu peur, souvent, de ne plus connaître la paix, de rester hanté pour toujours. Mais avec le temps et l'amour de ses enfants, il avait réussi à surmonter l'horreur. Pas à oublier, non. C'était impossible. Mais, au moins, à profiter de la vie.

— J'ai dû, oui. Comme toi.

— Est-ce que j'oublierai ?

— Je l'espère. Je t'y aiderai de mon mieux.

C'est alors qu'il vit ses mains. Elles étaient brûlées, rougies et noircies, avec de vilaines cloques.

— Mon Dieu, Isabella ! Que t'a-t-il fait ?

Elle regarda ses paumes avec surprise. Dans la panique, elle n'avait pas senti ses brûlures.

— Il fallait que je me libère des liens, expliqua-t-elle, et je n'ai pas trouvé d'autre façon.

Il embrassa son front, sa tempe, ses lèvres.

— Ma courageuse Isabella, murmura-t-il.

Puis il fouilla ses poches et y trouva ce qu'il cherchait : le flacon de liniment que Del lui avait offert. Il en badigeonna les mains d'Izzy.

— J'espère, lui dit-il avec un sourire inquiet, que le

bon docteur Grady savait ce qu'il faisait en mettant au point cet élixir.

Elle lui rendit bravement son sourire.

Au-dehors, le vent faiblissait. La tempête s'éloignait enfin. Celle qui avait rongé le cœur, les nerfs et les tripes de Matt s'apaisait lentement, elle aussi. Il espérait que le cauchemar était bien fini. Il reprit sa femme dans ses bras ; il aurait pu passer ainsi le reste de sa vie. Elle était sauve. Elle était sauve, elle était sauve…

Les aboiements des chiens firent se précipiter les enfants à la porte de la cabane. Quand ils virent leur père sur son cheval, tenant Izzy contre lui, ils coururent à leur rencontre et les entourèrent.

— Je savais que tu la ramènerais, papa, dit Del qui pleurait de joie, accrochée aux rênes.

— Tu n'as rien, Isabella ? demandèrent en chœur Benjamin et Clement, se ruant pour la soutenir tandis que leur père mettait pied à terre.

Aaron, lui, regardait le cheval tenu en longe, derrière celui de Matt, et la forme recouverte d'une couverture qui était allongée en travers de sa selle.

— C'est le sergent Cutler ?

— Oui.

— Tu l'as tué ?

Matt regarda sa femme, puis son fils.

— C'est une longue histoire, Aaron. Laisse-nous d'abord entrer. Isabella a besoin de soins.

— Bien sûr, p'pa !

Matt prit sa femme dans ses bras et la porta à l'intérieur, tandis que les enfants et les chiens leur faisaient cortège. Là, il l'installa dans un fauteuil, près du feu, puis il emmena les chevaux dans la grange et plaça le corps gelé de Cutler dans la caisse du chariot. Tant que l'air resterait aussi froid qu'aujourd'hui, il n'y aurait pas d'urgence à le ramener à Sutton's Station, pour le remettre au marshal.

Pendant ce temps, Izzy ne restait pas sans soins. Aaron plaça un petit banc sous ses pieds. Benjamin alla chercher dans la chambre des parents des oreillers pour son dos. Clement lui versa une tasse de café bien chaud. Del monta sur ses genoux et l'étreignit de toutes ses forces.

— J'ai eu si peur, Isabella !

— Moi aussi, Del.

— C'est vrai ?

La fillette s'écarta un peu de sa belle-mère pour voir son visage.

— Je ne l'aurais pas cru. Tu as été tellement courageuse !

— Je ne me suis pas sentie si brave. J'ai seulement fait ce que je devais faire.

Aaron s'agenouilla auprès du fauteuil.

— P'pa dit que tu as sauvé la vie de P'tit bout.

Izzy serra convulsivement la fillette dans ses bras.

— J'aurais donné ma vie pour Del… ou pour n'importe lequel d'entre vous.

Benjamin regardait ses mains.

— Comment t'es-tu fait ça, Isabella ?

Elle lui expliqua comment elle avait dû exposer ses poignets à la flamme pour se débarrasser de ses liens.

La révélation d'une telle bravoure désespérée leur coupa le souffle.

— Est-ce que ça te fait mal ?

— Un peu…

Les enfants la regardaient avec respect et une admiration muette.

Matt, qui se tenait sur le seuil depuis un moment et avait tout entendu, s'éclaircit la gorge.

— Laissez Isabella se reposer un peu, et venez m'aider à préparer le repas…

— Oui, p'pa !

Les enfants se levèrent, à l'exception de la petite Del, qui serra ses bras plus étroitement autour du cou de sa belle-mère. On pouvait croire qu'elle ne la lâcherait plus de toute la nuit, ou du moins qu'elle ne la laisserait plus jamais s'éloigner d'elle de plus de quelques mètres.

— La neige s'est arrêtée de tomber…

Matt entra avec une brassée de bûches et referma la porte derrière lui d'un coup de pied.

— …, mais à voir l'aspect du ciel ça ne devrait pas tarder à recommencer.

— Et en altitude, il en est beaucoup tombé ? s'enquit Aaron, qui était en train de rôtir à la broche une pièce de venaison, au degré de cuisson exact que souhaitait Izzy.

— Plus que d'habitude, pour un début d'hiver. Je sens qu'on va passer pas mal de temps calfeutrés ici.

Il fit un clin d'œil à Izzy, ravi de voir le joli rose qui montait à ses joues.

— Est-ce que le pain est bien cuit, à ton avis, Isabella ? demanda Clement en lui en apportant une tranche à goûter.

Elle sourit.

— Mmm… il est parfait ! Bravo, Clement !

— Et les œufs, Del, ils sont prêts ? fit Matt, comme Benjamin finissait de mettre la table.

— Dans une minute, papa…

La vieille cabane avait un air de fête. La veille, Izzy et Matt avaient répondu à toutes les questions des enfants, qui étaient restés avec eux, près du feu, jusqu'au moment où, tombant de sommeil, ils étaient allés s'écrouler dans leurs lits. Izzy, en accord avec son mari, jugeait cette longue explication nécessaire à leur équilibre mental.

Peu avant l'aube, Matt et son épouse avaient fait l'amour avec une tendresse, un abandon qui les avaient tous deux surpris.

A présent, conscients d'avoir surmonté une terrible épreuve, ils commençaient tous à se détendre et à apprécier d'être de nouveau réunis. Ce petit déjeuner était comme une célébration.

Aaron plaça le plat de viande découpée sur la table.

— Comment vont tes mains, ce matin, Isabella ?

Elle les lui montra.

— Beaucoup mieux. Le liniment de ce bon docteur Grady fait des miracles. Sans doute parce que ton père a eu soin de l'appliquer tout de suite.

— Papa sait y faire, dit Benjamin, tout fier. Une fois, j'étais tombé du chariot et je m'étais cassé la jambe. Papa m'a tout de suite posé une attelle et ça s'est ressoudé sans problème : regarde…

A l'appui de ses dires, il se mit à parader autour de la table.

— Mon Dieu, mais comment avais-tu fait ton compte ? demanda Izzy.

— Il était tard, maman revenait de la ville et elle était…

Il s'interrompit brusquement, effrayé par ce qu'il avait été à deux doigts de laisser échapper. Il lança un regard embarrassé à son père. Celui-ci, le visage fermé, ne fit aucun commentaire. Tout le monde garda le silence.

— J'allais oublier de me laver les mains, s'excusa Benjamin.

Pour se donner une contenance, il roula ses manches et alla se frotter vigoureusement au bassin avant de revenir à table. Sans regarder les autres, il grommela :

— Est-ce qu'on ne va pas dire une prière ?

— Si, bien sûr…

Izzy prononça les quelques paroles qu'elle jugeait appropriées à ce début de journée, puis, en passant les plats, se demanda quels pouvaient bien être ces mots que Benjamin ne voulait pas prononcer. Cela concernait la mère des enfants et, quoi que ce fût, il était évident qu'ils étaient tous au courant.

Il y avait, au sujet de leur mère, une véritable conspiration du silence.

— Le vent est bien piquant, aujourd'hui. Les premiers blizzards ne devraient plus tarder.

Matt, qui revenait de la grange, tapa son chapeau contre sa cuisse avant de l'accrocher à une patère.

— Je crois qu'il vaudrait mieux que j'aille à Sutton's Station sans tarder.

— Seul ?

Izzy levait les yeux vers lui, alors qu'elle avait bien du mal à tresser les cheveux de Del. Si elle avait recouvré l'usage de ses mains, ses doigts étaient encore un peu raides et malhabiles.

Matt acquiesça.

— Comme ça, les garçons pourront rester auprès de Del et de toi.

— Matthew…

Izzy posa la brosse et, s'approchant de son mari, lui posa doucement la main sur le bras.

— Le danger est passé. Tu ne peux t'inquiéter pour nous le reste de ta vie.

— Et pourquoi pas ?

Il lui arracha un rapide baiser.

— Je crois en avoir fait solennellement le vœu un jour, non ?

— Oh, Matthew !

La jeune femme sentait son cœur fondre, quand elle l'entendait dire ces mots-là.

— Qu'est-ce que c'est ?

Il lui prit le menton entre ses doigts.

— Des larmes ?

— Je suis… tellement émue depuis que je suis rentrée ! Je suppose que c'est… d'être à la maison, avec les enfants et toi. Je n'ai… Personne ne m'a jamais montré qu'il tenait à moi, comme cela, avant. C'est…

— Bouleversant ?

Elle acquiesça.

— Très bien ! J'espère bien que dans vingt ans, nous te bouleverserons toujours.

— Oh, j'en suis certaine !

— C'est vrai ?

— Isabella ! cria alors Del à l'autre bout de la pièce. Quand est-ce que tu vas finir de me coiffer ?

Izzy se mit à rire.

— Bon, je ne me laisse plus distraire…

— Jusqu'à ce soir, au lit, lui murmura Matt à l'oreille. Là, je te proposerai plein de distractions…

Elle revint vers Del en rougissant jusqu'aux oreilles.

Le bruit d'un attelage, au-dehors, leur fit tous tourner la tête.

Matt prit sa carabine et sortit sur le seuil. Il jeta un coup d'œil et reposa l'arme.

— C'est la diligence, annonça-t-il.

Tous se rapprochèrent de la porte avec curiosité et Matt lança à sa femme un regard embarrassé.

— Je suis désolé, lui dit-il, j'ai oublié d'envoyer un mot à Web Sutton pour lui dire que Boone n'avait pas besoin de passer, finalement.

Sa décision de renvoyer Izzy dans l'Est, d'où elle venait, lui semblait remonter à des siècles. Il s'était passé tant de choses depuis.

— Bah, je vais lui dire que c'était une erreur. Il comprendra.

— Il a peut-être du courrier, papa, remarqua Aaron.

— C'est possible, je vais lui demander.

Il s'avança vers la patache, salua cordialement le cocher et entama la conversation. Alors, la portière s'ouvrit et une femme parut sur le marchepied, appelant Matt par son prénom.

Celui-ci tourna la tête et se figea aussitôt.

Izzy n'avait jamais vue de créature aussi... ébouriffante. Sa robe rouge à volants avait des manches très ajustées et un décolleté spectaculaire. Sa silhouette l'était tout autant : mince, élancée, avec une taille de guêpe, des hanches rondes et une poitrine lourde. Ses cheveux blonds et bouclés étaient retenus par un ruban assorti à sa robe.

Izzy sentait une grande tension autour d'elle. Les enfants regardaient comme elle l'étonnante apparition, sans piper mot.

— Il faut l'inviter à entrer, dit-elle en se tournant vers Aaron. Je vais faire du café.

— Elle n'en prendra pas, répondit Aaron d'un ton morne.

— Mais comment le sais tu ? On dirait que vous la connaissez tous...

Aaron la dévisagea. Son regard était éteint, aussi terne que sa voix lorsqu'il répondit :

— C'est notre mère.

20

Izzy, bouche bée, était trop choquée pour parler. La ravissante apparition échangeait maintenant quelques mots avec le cocher, lequel semblait rajeuni et tout fringant, à son contact.

La jeune femme chancela et dut s'appuyer aux rondins du chambranle.

— Votre… mère ?

— Oui.

Aaron plongea les mains dans ses poches et fixa le bout de ses bottes brillantes.

— Mais je croyais… — la gorge d'Izzy était sèche comme de l'amadou. — Je croyais que votre mère était morte.

— Si seulement c'était vrai, murmura la petite Del, dont la lèvre tremblait.

— Oh, voyons, Del, s'indigna Izzy, c'est horrible de dire ça, surtout de quelqu'un qui vous a donné la vie.

— Elle n'arrêtait pas de répéter que c'était un accident.

Izzy en resta sans voix. Quel genre de femme pouvait dire une chose pareille à son enfant ?

— Cela ne change rien au fait qu'elle est ta mère. Moi, j'aurais donné n'importe quoi pour connaître la mienne.

— Peut-être n'était-elle pas comme la nôtre…

Benjamin et Clement, si différents qu'ils fussent par le comportement, ne faisaient qu'un par l'attitude. Epaules raides, poings serrés. Un mur, songea Izzy. Ou une forteresse assiégée.

La femme en rouge se tourna vers la cabane, tandis que Matt échangeait quelques mots avec Boone. Elle regarda ses enfants.

— C'est comme ça que vous m'accueillez ? lança-t-elle.

Ils gardèrent tous les quatre un silence hostile.

— Très bien, comme vous voudrez…

Elle passa devant eux et détailla Izzy. Elle nota la robe fanée, les mains blessées.

— Je vois que Matt recueille toujours les chiens perdus… Puis-je avoir quelque chose à boire, s'il vous plaît ? J'aime bien le whisky, mais du thé fera l'affaire. Ça a été un long et pénible voyage.

Comme une reine en exil, elle entra et regarda autour d'elle avec dédain. Si elle dut remarquer bien des changements, il était clair que ceux-ci ne l'impressionnaient guère. Elle fronça même les narines.

Izzy se mouvait comme dans une sorte de transe. Elle prit la bouilloire sur le feu, une boîte de thé… Elle le versait dans la théière quand Matt entra.

Grace Prescott émit un son grinçant qui pouvait passer pour un rire.

— Je vois que vous utilisez toujours ce vieux service ?

Si vous aviez vu celui que j'avais à San Francisco... De la vraie porcelaine de Chine, et du cristal venu tout droit d'Angleterre. Ma chambre d'hôtel était plus grande que cette bicoque et la grange réunies. Enfin, je suppose que cela vous suffit...

Comme ni Matt ni les enfants ne disaient un mot, Izzy déposa la théière et s'enfuit dans la chambre, n'en pouvant supporter plus. Au passage, elle fut frappée par le regard sombre de son mari. Elle ne lui avait plus vu ces yeux-là depuis les premières semaines de son séjour au ranch. D'une certaine façon, elle avait tout fait pour oublier celui qu'elle avait cru qu'il était, alors. Un homme aigri, amer, capable de violence. Bien sûr, il n'était rien de tout cela. Mais comment avait-elle pu oublier *pourquoi* il était tellement blessé ?

Elle referma la porte et s'y adossa, pressant fortement ses paupières tant sa souffrance était insoutenable. Matthew l'avait trompée. Il lui avait laissé croire que sa femme était morte, qu'il lui fallait une épouse et, pour ses enfants, une mère. Durant tout ce temps, il avait menti. Son épouse, la mère de ses petits, était bien vivante. Pire, il avait incité ceux-ci à mentir également.

Les yeux d'Izzy se remplissaient de larmes. Elle luttait pour les retenir. Elle n'allait pas pleurer pour un menteur et un tricheur ! Les larmes, c'était bien plutôt sur la pauvre idiote qui avait cru aux contes de fées qu'il fallait les verser. Elle n'était plus, comme était morte aussi celle qui avait cru être la légitime épouse de Matthew Prescott.

Dans une rage fébrile, elle chercha son vieux sac fourre-tout en tapisserie et y fourra pêle-mêle les quelques affaires qu'elle avait trimballées avec elle dans son odyssée à travers le continent. La robe jaune n'avait pas survécu au traitement que lui avait infligé Cutler. De toute façon, de quoi aurait-elle eu l'air à côté de la toilette sophistiquée de Grace Prescott !

Elle retira le peigne en écaille de tortue et le plaça sur la commode, à côté de la jolie capeline. Dans le sac, elle fourra son tablier et les maudites bottines. Plus jamais elle ne les porterait, pour aucun homme !

Elle s'assit sur le bord du lit et enfila les vieilles. Passa une main sur l'édredon. Comme elle l'avait aimé, ce lit ! Et l'homme qui l'avait partagé avec elle…

Comment avait-il pu se faire aimer d'elle à ce point, comment avait-il osé la tromper ?

Elle prit le sac de voyage et sortit de la chambre. Aussitôt, les voix se turent.

Comprenant ses intentions, Matt vint lui barrer la route.

— Où veux-tu aller, Isabella ?

— Je ne sais pas. Quelque part. N'importe où !

Izzy se mordit la lèvre. Elle ne voulait pas pleurer. Pas ici, pas maintenant, et surtout pas devant Grace.

Elle retira son alliance, la lui tendit — et, soudain, ne se contint plus, sa douleur et sa colère éclatant comme un orage.

— Tu m'as menti. Tu m'as laissée croire que ta femme était morte. Mais elle est bien vivante… et belle et… c'est une vraie dame !

Matt voulut répondre ; elle lui coupa la parole.

— Comment ai-je pu croire que je pouvais prendre sa place ? Tu as dû bien rire en voyant la pauvre Izzy, la risée de sa ville, venir te voir pour… pour te demander ta main, oui, c'est le mot !

Ce discours déconcerta Matt. Sa voix était étrangement rauque quand il répondit :

— Non, Isabella… Ne dis pas des choses pareilles.

— Et pourquoi pas, puisque c'est la vérité ? A moins que tu ne saches plus très bien ce que veut dire ce mot, Matthew ?

Il détourna son regard. Un muscle palpitait sur sa mâchoire serrée.

— Avoue que tu m'as épousée parce que… parce que… cela t'arrangeait bien !

Déterminé à lui répondre avec toute l'honnêteté qu'elle exigeait, il acquiesça.

— Au début, oui. Mais pour toi aussi. Dès que je t'ai connue mieux, j'ai compris que tu avais tout ce que j'avais toujours recherché.

Comme elle secouait la tête, incrédule, il la prit par les épaules.

— Ne sais-tu pas ce que cela me fait de te voir t'activer du matin au soir dans cette maison, avec tant de joie, pour nous faire un foyer ? Grâce à toi, nous formons enfin une vraie famille. Tu as pansé nos blessures. Nous sommes redevenus heureux, enfin. Le bonheur et l'amour, voilà ce que tu nous apportes. Pour nous, tu es la plus belle et la meilleure créature au monde.

Derechef, les yeux d'Izzy s'emplirent de larmes.

— Toute ma vie, balbutia-t-elle, j'ai eu peur de ne

jamais entendre ces mots-là, prononcés par un homme qui m'aimerait. Et maintenant…

Elle secoua la tête.

— J'ai peur de te croire, Matthew, puisque d'évidence tu sais si bien mentir !

— Je ne te mentirais pas, Isabella et encore moins pour une chose aussi importante.

— Tu m'as laissée croire que Grace était morte, répliqua Izzy d'une voix vibrante. Que je sois pendue, si ce n'est pas un mensonge ! Pire, tu as encouragé tes enfants à mentir. Je ne puis rester ici, Matthew. Je pars.

Elle passa devant lui, sortit et courut vers la diligence. Le vieux Boone se gratta la tête d'un air interrogateur, en la voyant monter, mais il n'en fit pas moins claquer ses guides et la patache s'ébranla.

Izzy avait confusément vu les enfants se rassembler sur le seuil pour la regarder partir, mais elle ne se retourna pas pour leur dire au revoir.

Son cœur eût éclaté, si elle l'avait fait.

— C'est une toute petite chambre, vous savez.

Gertrude Sutton fit entrer Izzy dans une mansarde, installée sous le toit de sa maison, qui ne contenait qu'un lit, une commode et un fauteuil à bascule. Un courant d'air froid circulait sous les poutres et soulevait légèrement le dessus-de-lit.

— C'était celle de notre nièce, Sara Jane, quand elle est arrivée chez nous. Depuis, nous lui avons donné la grande chambre, en dessous.

— Cela ira très bien, je vous assure.

Izzy se laissa tomber sur le bord du lit, son sac de voyage toujours à la main.

L'épicière dévisagea cette jeune femme si pâle, qui regardait fixement le papier peint du mur. Elle se souvenait parfaitement que son mari avait eu longtemps ce même regard absent et vide, lorsqu'il était revenu de la guerre après y avoir perdu une main. La pauvre petite devait avoir subi un terrible choc.

— Reposez-vous, mon petit, lui dit-elle gentiment. Je vais aller vous faire un peu de thé.

— Je vous en prie, ne vous mettez pas en peine. Je ne veux surtout pas vous déranger.

— Aucun dérangement…

Gertrude la laissa et descendit prestement l'escalier. Elle n'alla pas tout de suite préparer du thé. A la place, elle alla voir si Boone était toujours dans son magasin. Il y était bien. Elle le prit à part et le cocher de la diligence l'écouta avec attention.

Quelques minutes plus tard, elle montait un plateau dans la mansarde et trouvait Izzy toujours à la même place. Elle n'avait pas même lâché la poignée de son sac.

Avec un soupir navré, Gertrude Sutton remplit deux tasses et lui en tendit une.

— Buvez mon chou. Cela vous fera du bien.

Izzy eut un léger sursaut, comme si elle était surprise de la voir. Elle abandonna enfin son sac sur le sol et prit la tasse que l'épicière lui offrait.

Gertrude s'assit en face d'elle, dans le fauteuil à bascule, et but une gorgée de son thé.

— J'ai parlé à Boone, dit-elle après un temps. Il a conduit Grace Prescott chez Matt.

Izzy se contenta de hocher la tête.

— Vous a-t-elle dit quelque chose qui vous ait offensée ?

Cette fois, la jeune femme secoua la tête.

— Boone m'a dit aussi que vous étiez partie très précipitamment. Est-ce que… quelque chose s'est produit, qui vous y a décidée ?

Izzy hésita. De toute sa vie, elle n'avait jamais connu quelqu'un à qui se confier vraiment. Mais cette femme lui inspirait confiance, avec son air patient et ses manières douces. Et puis elle avait terriblement besoin d'être écoutée.

— J'ai cru… Matthew m'a fait croire que sa femme était morte.

— Je comprends.

— Ce qui est pire, c'est qu'il a incité ses enfants à se taire. Ou plutôt… enfin, je ne sais pas comment il a pu les monter contre elle, mais… ils n'en parlaient jamais. J'ai pensé que c'était un effet du deuil…

— Hum. Et donc, vous avez vu Grace. Un personnage, n'est-ce pas ?

Elle scrutait le visage d'Izzy, guettant ses réactions.

— Elle est belle… On dirait une gravure de mode, sur un catalogue.

Gertrude eut un demi-sourire.

— J'imagine que beaucoup de ceux qui la regardent voient sa beauté, effectivement. Nous qui la connaissons, nous savons que ce n'est qu'une enveloppe vide, une apparence.

Izzy leva la tête. Elle n'en croyait visiblement pas ses oreilles.

— Et sa beauté est aussi sa croix, continua l'épicière. Elle fait son malheur. Grace croit que ce corps parfait et ce visage angélique lui donnent tous les droits et notamment, celui de piétiner les cœurs de ceux qui l'aiment et qui devraient compter pour elle. Mais elle n'aime personne d'autre qu'elle-même — ni son mari, ni ses enfants. Matt, lui, est fou de ses petits, et pourtant…

Elle hésita à poursuivre, ce qui intrigua Izzy.

— Pourtant ?

Gertrude se décida.

— Ah, ce n'est pas à moi de vous le dire, mais, étant donné les circonstances… Mettons à part Aaron, qui est le portrait craché de Matt… vous avez certainement remarqué que ce n'est pas du tout le cas des trois autres ? Il y a eu tellement d'hommes dans la vie de Grace…

Izzy en resta bouche bée. Avant qu'elle ait pu dire un seul mot, Gertrude leva la main.

— Je sais que cela ne fait aucune différence pour Matt, qu'il les aime tous les quatre également. Ce sont ses enfants : il les chérit, les protège, les élève. Ils sont sa raison de vivre.

Izzy était éberluée.

— Mon Dieu, murmura-t-elle. Combien cela a dû être difficile, pour lui qui est si fier, d'accepter cette situation.

Gertrude opina.

— Oui, très pénible et très humiliant. Matt est un homme droit. Un être exceptionnel. Mais il sait, et les enfants le savent aussi, que les langues s'agitent dans son dos. Ce genre de ragots peut être très cruel. Tout le monde, en ville, est au courant, bien sûr. Grace venait au saloon, pendant qu'il travaillait dans ses pâturages. Elle emmenait les petits et les abandonnait des heures à l'arrière du chariot, livrés à eux-mêmes. Pendant ce temps, elle montait dans la chambre de tous les cow-boys qui le lui proposaient. Cette femme n'a aucune pudeur. Et elle n'a rien à la place du cœur. Voilà pourquoi je dis que sa beauté n'est qu'une enveloppe vide. Vous ne compreniez pas comment Matt avait pu monter ses enfants contre elle, mais, mon petit, il n'a jamais fait une chose pareille : Grace s'en est chargée toute seule.

Izzy blêmit de plus belle. Benjamin avait évoqué un retour au ranch de sa mère, tard dans la soirée, au cours duquel il s'était brisé la jambe. Grace rentrait-elle alors d'une nuit de débauche ?

Gertrude pouvait lire dans ses yeux les questions qui se pressaient dans sa tête.

— Bien sûr, un homme comme Matt Prescott répugne à s'expliquer sur son passé, mais là, il a eu tort. Il aurait mieux fait de vous parler d'elle.

L'épicière se leva et lissa sa jupe.

— Je vais vous laisser un peu, mon chou. Surtout, reposez-vous. Je vous appellerai lorsque le dîner sera prêt.

Dès qu'elle eut quitté la pièce, Izzy se mit à faire

les cent pas. Son cœur saignait quand elle pensait aux souffrances que Matt et ses enfants avaient dû endurer. Mais cela ne changeait rien au fait qu'il l'avait épousée alors qu'il était déjà marié.

— Oh, Matthew…

Elle s'approcha du chien-assis, par lequel elle pouvait voir, au loin, les orgueilleux pics couverts de neige des sierras.

— Qu'avons-nous fait… mais qu'avons-nous fait ?

Bouleversée, elle se jeta sur le lit et pleura tant qu'elle finit par sombrer dans un sommeil de plomb.

— Isabella ?

Izzy garda les yeux obstinément fermés, tentant désespérément de rejeter la voix de Matt hors de son esprit.

Mais c'était peine perdue. Cette voix chaude, profonde, l'appelait toujours, lui brisant le cœur.

— Isabella ?

Une main lui étreignit doucement l'épaule.

Elle s'éveilla en sursaut. Ecartant ses cheveux de ses yeux, elle vit Matt penché au-dessus d'elle. Il lui fallut un moment pour comprendre qu'elle se trouvait pourtant toujours dans la chambre d'ami des Sutton.

— Qu'est-ce que tu fais là ? s'écria-t-elle. Pourquoi Gertrude t'a-t-elle laissé entrer ?

— Elle n'a pas pu m'en empêcher. Je suis venu pour mettre les choses au point.

— Trop tard, Matthew.

Izzy sauta sur ses pieds et recula vers la fenêtre pour

mettre un peu de distance entre eux. Elle avait besoin de garder tout son sang-froid.

— Tu m'as menti, tu m'as laissée croire que Grace était morte.

— Elle l'est pour moi, et pour les enfants aussi.

— Mme Sutton m'a expliqué ce qu'elle vous avait fait.

— Beaucoup de mal, et à nous tous. Mais ce n'est pas le plus important. Ecoute, le jour même de ton arrivée ici, il y avait une lettre de Grace, au courrier, où elle me disait avoir obtenu le divorce à Saint Louis, afin de pouvoir épouser un obscur baron du bétail.

— Un divorce ?

— Oui, il lui a promis de l'argent, une virée à San Francisco et une vie de plaisirs...

Izzy se souvenait du paquet de lettres que Boone lui avait demandé de remettre au rancher, en la déposant chez lui.

— Ce n'était pas la première fois que Grace me quittait, mais c'était la bonne, pour moi comme pour les enfants.

— Pourquoi est-elle revenue, alors ?

— Parce que son galant a filé, quittant San Francisco sans elle. Il n'avait jamais eu l'intention de l'épouser et l'a laissée sans un sou vaillant. Elle avait besoin d'argent, pas de nous voir.

— Et si elle avait voulu rester, cette fois ?

— Elle ne le veut pas, cet endroit n'a aucun intérêt pour elle. Et puis, il y a le divorce. C'est un point final.

Comme elle hésitait, il prit sa main.

— Je t'en prie, fais-moi un peu confiance, Isabella.

Veux-tu descendre avec moi, une petite minute ? Je voudrais te montrer quelque chose.

Sans trop savoir où cela la mènerait, Izzy laissa sa main dans celle de Matt. Ils descendirent l'escalier.

La diligence était devant l'épicerie, lieu de son arrêt à Sutton's Station. Boone était déjà sur son siège, fouet en main. Grace était assise dans la cabine. Elle était la seule passagère.

Les enfants attendaient, remuant des cailloux du bout de leurs bottes. Quand ils virent arriver leur belle-mère, ils détournèrent les yeux, embarrassés.

Matt fouilla dans sa poche et en tira une liasse de billets. C'était, Izzy le savait, tout ce qui restait du produit de la vente des mustangs. L'argent avec lequel il espérait acheter un bon taureau pour renforcer son élevage, et aussi des semences.

— Voila tout ce que je peux te donner, Grace, dit-il en passant les billets par la portière. Je ne sais pas où cela te mènera. Mais quoi qu'il en soit, ne reviens jamais, tu m'entends ? Il n'y a plus rien pour toi, ici.

Le regard bleu, glacial et comme mort, se posa un instant sur Izzy, avant de revenir sur Matt.

— Pas de danger, dit-elle calmement. Il n'y a rien qui m'intéresse ici, en effet.

— Mais… et les enfants ? murmura Izzy.

Le regard glacé revint vers elle.

— Ils sont à lui, maintenant…

Grace eut un rire bref.

— Et à vous, ma jolie, à ce qu'on dirait. Grand bien vous fasse !

Puis elle se pencha à la portière.

— Alors, Boone, on s'en va ? Ce trou à rats me fait vomir !

Le cocher fit claquer son fouet et les roues de la vieille patache grincèrent.

Personne ne bougea jusqu'à ce qu'elle eût disparu à l'horizon. Puis, comme un arc-en-ciel vient percer de lourds nuages de pluie, les enfants se tournèrent vers leur père et vers Izzy.

— Tu comptes toujours passer la nuit en ville, p'pa ? demanda Aaron, son bras passé autour de l'épaule de Del.

Cette seule vue bouleversa Izzy. Comme ils étaient beaux et comme ils s'aimaient ! Si elle avait eu un grand frère, elle aurait tant aimé qu'il ressemblât à Aaron... De même, elle n'aurait pu rêver de plus adorable petite sœur que Del. Ils n'étaient peut-être pas de sa chair, tous les quatre, mais elle savait qu'elle les aimerait toujours.

— Tout dépend d'Isabella, répondit Matt à son fils.

— Je ne comprends pas, balbutia-t-elle, qu'est-ce qui dépend de moi ?

— Mais tout. Ma vie, mon avenir, mon bonheur...

Il étendit la main sur ses enfants.

— Nous sommes venus te demander pardon. Et te supplier de revenir chez nous, chez toi, avec nous.

— Mais...

Matt mit un doigt sur sa bouche pour la faire taire.

— Attends, j'ai quelque chose d'important à te

dire. Toi, tu m'as ouvert ton âme. Tu as soulagé ta conscience et tu m'as tout dit de ta vie. Je n'ai pas eu le courage de te rendre la pareille. C'était mal. Une fierté stupide m'a empêché de te révéler la vérité, au sujet de Grace. J'ai eu tort, mais c'est bien fini. Si tu me donnes une autre chance, il n'y aura plus jamais de secrets entre nous.

— Je…

— Papa ?

Aaron prit dans le chariot un bouquet de fleurs sauvages et le tendit à son père.

— Ah oui ! — Il les prit. — Nous les avons cueillies en route. J'ai pensé… nous avons pensé qu'il était temps que je te fasse la cour.

— La cour ?

Elle ne put s'empêcher de sourire.

— Est-ce que ce n'est pas un peu tard pour cela, Matthew ? Nous sommes déjà mari et femme.

— Ah oui ?

Il la prit par le menton et plongea les yeux dans les siens.

— Veux-tu toujours être ma femme, Isabella ?

Du coin de l'œil, elle pouvait voir les enfants les regarder avidement. Matt tira de sa poche l'anneau d'or qu'elle lui avait rendu.

— De cette alliance non plus, je ne t'ai pas parlé. J'aurais dû. Elle a appartenu à ma grand-mère, puis à ma mère et enfin à Grace, avant qu'elle ne me la jette au visage. Elle est à toi et j'aimerais que tu la portes pour toujours…

— Oh Matthew, je n'ai jamais rien voulu aussi fort !

Elle lui tendit sa main et il lui passa l'anneau ; puis il saisit le visage d'Izzy entre ses mains et prit longuement sa bouche, pendant que les enfants applaudissaient, à la grande surprise des passants. Bientôt, toute la petite famille s'étreignait.

Gertrude Sutton sortit sous le porche.

— La joyeuse troupe que voilà ! s'exclama-t-elle. Alors, vous restez dîner ?

Matt regarda Izzy, puis les enfants, avant de se tourner vers l'épicière.

— Merci beaucoup, Gertrude. Une autre fois, ce sera avec plaisir…

La femme regarda Izzy.

— Je suppose que vous ne restez pas non plus, mon chou ?

— Non, Mme Sutton. Merci beaucoup… pour tout. Vous m'avez fait énormément de bien.

— Bah, ce n'est rien ! Heureuse d'avoir pu vous être utile. Remettons le dîner à une autre fois, mais vous me promettez de vous rendre libres, tous ?

— Promis !

Matt prit le sac de voyage d'Izzy, que Gertrude Sutton lui tendait, et le rangea dans le chariot.

Quelques instants plus tard, comme ils quittaient la ville, les premiers gros flocons tombèrent sur la plaine.

— Regarde, papa, s'extasia la petite Del, il neige !

Matt sourit.

— Oh, dit-il, si ça tombe comme cela ici, je me demande ce que cela doit être chez nous, là-haut.

— Va-t-on pouvoir passer ? s'inquiéta Izzy.

— Passer oui, mais si cela continue un moment, on pourrait bien rester cloîtrés à la maison pour quelque temps.

— Tu veux dire : sans pouvoir la quitter ?

— Disons que l'on pourra toujours aller jusqu'à la grange et retour.

— Mais que ferons-nous de nos journées ?

Matt envoya une main hasardeuse vers l'épaule de la jeune femme et, comme elle ne protestait pas, il la serra contre lui et lui murmura :

— Tu m'as toujours dit que tu voulais faire partie d'une grande famille, n'est-ce pas ?

— Oui…

— Si nous travaillions à l'agrandir ?

— Tu veux dire… faire un bébé ?

— Eh bien, nous avons un Aaron, un Benjamin, une Clement et une Del. On pourrait penser à un Edward ou à une Esther.

Elle rit.

— Un bébé pour chaque lettre de l'alphabet ?

— Tu connais un meilleur moyen de trouver des prénoms ?

— Je ne sais pas, mais, Matt… je me fais du souci pour l'argent. Tu… tu as donné tout ce qui te restait, non ?

— Oui, je suppose que je vais devoir attraper une autre harde de mustangs. Mais justement, Aaron a relevé des traces, ce matin. Très nombreuses. En fait, le plus gros troupeau qu'on ait vu par ici depuis longtemps. L'armée sera trop heureuse de me les acheter, puisque Cutler a libéré son écurie pour se venger. On pourra même penser à Frank et à Fanny…

Izzy rougit légèrement.

— Et… ainsi de suite, jusqu'à Zoé. Tu as raison, il vaut mieux s'y mettre dès ce soir.

— Dieu merci, repartit sentencieusement Matt, la nuit tombe vite, l'hiver, sur les sierras.

Ils éclatèrent d'un rire complice.

Izzy posa sa main sur la large poitrine de son mari et regarda la neige tomber sur la montagne.

— Je savais, murmura-t-elle, que j'avais raison d'aimer passionnément ce pays…

Elle baissa les yeux.

— … et ceux qui y vivent.

— Je suis si heureux, Isabella, chuchota-t-il, que tu sois revenue dans ta famille.

Famille ! Ce mot lui avait toujours fait battre le cœur. La sienne était autour d'elle, dans ce chariot perdu dans l'immensité.

Un foyer… Oui, elle avait trouvé un foyer dans cette contrée sauvage qui, au premier abord, lui avait fait si peur.

C'était le pays d'une mort et d'une renaissance. Izzy, la pauvre Izzy meurtrie et humiliée y était morte, à jamais. Isabella Prescott, au contraire, y était venue à la vie. Au milieu des siens.

A paraître le 1er juin 2009

LE MARIAGE D'UNE HÉRITIÈRE, ***de Sarah Elliott - n°441***

Angleterre, 1817. Lors de l'ouverture du testament de son père, Katherine Sutcliff découvre qu'elle héritera, contre toutes les convenances, de l'entreprise de chantiers navals fondée jadis par son grand-père à condition qu'elle se marie dans les meilleurs délais. Très attachée à l'entreprise familiale, mais peu tentée par le mariage, la jeune femme envisage à contrecoeur de se trouver un époux bien sous tous rapports lors du prochain mariage de son frère. Mais, au lieu de cela, elle se sent irrésistiblement attirée par un lord à la réputation sulfureuse...

L'INSOUMISE DES HIGHLANDS, ***de Ruth Langan - n°442***

Écosse, 1315. Sauvageonne éprise de liberté, Meritt Lamont voit sa vie basculer quand sa famille est décimée par une attaque sauvage du clan ennemi des Campbell. Devenue chef de clan du jour au lendemain, elle apprend à manier l'épée et se bat comme une lionne pour faire vivre ses vassaux. Un jour, elle sauve un homme tombé dans une embuscade et le soigne avec dévouement... jusqu'à ce qu'elle découvre que leur hôte n'est autre que le frère cadet du chef des Campbell. Furieuse, elle prépare sa vengeance, mais sa jeune sœur, secrètement amoureuse du blessé, s'oppose à ses plans...

NUITS DE VELOURS, ***de Gail Ranstrom - n°443***

Angleterre, 1822. Depuis leur récente arrivée d'Irlande, Lillian O'Rourke vit chichement à Londres avec sa mère malade et ses deux sœurs. D'une beauté solaire, Lillian est remarquée par une dame de la bonne société qui la prend sous son aile et l'introduit dans les cercles mondains. Là, la jeune fille rencontre le marquis d'Olney qui, contre l'avis de ses parents, demande sa main. Bien que peu amoureuse, Lillian n'hésite pas : cette riche union mettra sa famille à l'abri du besoin. Mais, le jour de la cérémonie, elle est enlevée par Devlin Farell, un homme au passé mystérieux qui poursuit une vengeance personnelle...

LES AMANTS DU LOCH, ***de Debra Lee Brown - n°444***

Highlands, 1213. La rousse et fougueuse Mairi Dunbar vit une passion tumultueuse avec Conall MackIntosh, un aventurier écossais venu, à la demande de son frère aîné, négocier un commerce maritime entre leurs deux clans. Mais, sitôt sa mission terminée, Conall, qui préfère les voyages au négoce, disparaît sans explication. Deux mois plus tard, sans nouvelles de lui, Mairi découvre qu'elle est enceinte. Pour offrir un avenir à son enfant, elle se fiance à un voisin, Geoffrey. Mais, très vite, ce dernier montre son vrai visage : il veut la contraindre à avorter, et Mairi, révoltée, s'enfuit le jour de leurs noces...

UN SCANDALE ÉCLATANT, ***de Mary Nichols - n°445***

Angleterre, 1844. De retour de Londres après sa première Saison, lady Lucinda Luffenham pressent que sa vie va bientôt changer. Certes, nul n'a encore demandé sa main, mais, à Londres, elle a souvent dansé avec le vicomte Edward Gorridge, dont la résidence champêtre jouxte celle des Luffenham, et tout laisse à penser que, selon le vœu de leurs parents, il se déclarera bientôt... Mais un jour, lors d'une promenade à cheval, Lucinda rencontre un séduisant inconnu. Entre eux, d'emblée, le désir flambe. Mais, d'emblée aussi, Lucinda sait que cet homme-là n'appartient pas au même monde qu'elle, et que, dans l'austère société victorienne, elle ne pourra jamais l'aimer sans exposer sa famille à un énorme scandale...

PASSION AU DONJON, ***de Margaret Moore - n°446***

Angleterre, 1244. Depuis l'exécution de son père pour trahison, lady Beatrice vit chez sa cousine Constance et son époux, lord Merrick. Sans titre ni fortune depuis la disgrâce royale, elle pense n'avoir aucune chance de se marier et rêve seulement de vivre une grande passion. C'est ainsi qu'elle s'éprend d'un ami de lord Merrick, sir Ranulf, un valeureux chevalier que précède une réputation de séducteur impénitent: il aurait, dit-on, dépucelé quatorze vierges en quatorze nuits ! Subjuguée par sa beauté virile, et touchée par la faille secrète qu'elle devine sous son apparente froideur, Beatrice décide de s'offrir à lui...

Best-Sellers n°375 • roman

L'héritière australienne - Lynne Wilding

A la mort de son père, Carla Stenmark hérite d'un domaine viticole dans la Barossa Valley, en Australie. Une propriété dont son père ne lui a jamais parlé. Pas plus que de son passé secret, qu'elle découvre à la lecture de son journal intime : accusé à tort d'avoir séduit la fiancée de son frère, Rolfe a été renié et banni par son propre père. En s'installant à Sundown Crossing avec son fils, c'est donc un double défi que Carla s'apprête à relever : remettre en état un vignoble en friche depuis des années, et renouer avec le clan Stenmark, bien qu'héritière d'un fils maudit…

Best-Sellers n°376 • roman

Les filles du capitaine - Benita Brown

Depuis la mort de leur mère, Josie et Flora Walton sont choyées par leur père et leurs grands-parents maternels. Mais le capitaine a un faible pour Flora, portrait vivant de sa défunte épouse qu'il adorait. Et si Flora est capricieuse et instable, comment lui en vouloir quand on sait que leur mère est morte en la mettant au monde ? Une tragédie que nul n'ose évoquer et dont Josie ne garde qu'un souvenir confus. Pourtant, elle sent qu'on lui cache quelque chose. Un secret de famille qu'elle est bien décidée à découvrir pour exorciser enfin les ombres du passé et permettre à tous les siens de s'ouvrir enfin à l'avenir — et à l'amour…

BestSellers

Best-Sellers n°377 • thriller

Le lien maudit - P.D. Martin

A l'âge de 8 ans, Sophie Andersen a brutalement eu la vision de la scène du meurtre de son frère. Ce drame l'a marquée à jamais. Devenue flic, elle exerce ses talents de *profiler* au FBI tout en essayant d'occulter ce don terrifiant. Cependant une enquête, la plus perturbante de sa carrière, l'oblige à faire appel à ses visions : plusieurs meurtres particulièrement brutaux, d'abord imputés au même tueur en série, semblent avoir été perpétrés non pas par un, mais par plusieurs assassins, qui tuent à l'unisson...

Best-Sellers n°378 • suspense

Sombre présage - Heather Graham

Lorsque Genevieve O'Brien engage Joe Connolly pour enquêter sur la mort d'un membre éminent des « Corbeaux », un club d'amateurs d'Edgar Poe dont fait partie sa mère, celui-ci n'accepte qu'à contrecoeur. Pourtant, Geneviève le sent, la mort rôde autour des Corbeaux. Et Joe, qui possède le don de communiquer avec les défunts, comprend rapidement qu'un tueur obsédé par Edgar Poe rôde dans la ville…

Best-Sellers n°379 • thriller

Jusqu'au dernier souffle - Rita Herron

Survivante d'un *serial killer* qui enterrait ses victimes vivantes, Lisa Langley a vécu l'enfer. Elle tente de se reconstruire lorsque, quatre ans plus tard, des meurtres identiques sont perpétrés. Terrorisée, elle se tourne vers Brad Booker, l'agent du FBI qui l'a déjà arrachée à la mort. Car un autre tueur semble vouloir continuer « l'œuvre » du psychopathe dont Lisa a été cible, et la poursuivre jusqu'à ce qu'elle rende son dernier souffle…

Best-Sellers n°380 • historique

Un parfum d'Irlande - Erin Yorke

Irlande, 1588

Un soir de tempête, alors qu'Alanna O'Donnell cherche un moyen de fuir un mariage forcé, les gardes du château de son oncle capturent l'équipage d'un galion espagnol suspecté d'appartenir à la flotte envoyée par le roi d'Espagne pour envahir l'Angleterre. Nus et entravés, les prisonniers sont déférés devant le seigneur des lieux, et Alanna, est chargée de jouer les interprètes. Troublée, elle ne peut détacher son regard de leur chef, Lucas del Fuentes, un homme insolent qui, en dépit de la situation, ne se gêne pas pour la courtiser. L'oncle d'Alanna, agacé par la tournure des événements, rend son verdict: Lucas et ses hommes seront pendus à l'aube...

Best-Sellers n°381 • roman

Le fruit défendu - Erica Spindler

Issue d'un milieu qu'elle a rejeté et qui lui fait honte, Hope est prête à tout pour échapper à un destin qu'elle hait. La chance se présente à elle sous les traits de Philip St. Germaine, un homme de la haute société qu'elle parvient à tromper sur ses origines et à épouser. Mais la naissance d'une petite fille réveille les démons d'un passé qu'elle croyait avoir laissé derrière elle à tout jamais. Un passé sulfureux dont la petite Glory risque d'hériter... à moins que Hope, qui a pour sa fille les plus grandes ambitions, ne parvienne à lui mentir à son tour sur ses origines...

Composé et édité par les
éditions Harlequin
Achevé d'imprimer en mars 2009

CPI
Bussière

à Saint-Amand-Montrond (Cher)
Dépôt légal : avril 2009
N° d'imprimeur : 90121 — N° d'éditeur : 14147

Imprimé en France

Chère lectrice,

Vos six héroïnes de ce mois cachent toutes un brûlant secret… Allisun, d'abord, chef du clan écossais des Murray, voue une haine tenace au clan ennemi des Carmichael. Une haine née d'une tragédie familiale qui, bien que lointaine, n'a jamais livré tous ses mystères. Découvrez vite ce passionnant roman médiéval, qui a pour titre *La maîtresse du Highlander.* Deux siècles plus tard, en 1580, *Le mariage du corsaire* met en scène l'union de Bianca, une jeune aristocrate, avec sir Chandler, un riche et séduisant bourgeois. Une alliance très convenable – à ceci près que, soucieuse de cacher à son époux que son père est emprisonné pour dettes, Bianca a imité la signature de ce dernier sur l'acte de mariage… Plus tard, sous la Régence anglaise, Caroline, l'héroïne du *Baiser de minuit*, a, afin de conjurer un passé douloureux, mis au point un fascinant jeu de masques. Un jeu dangereux où elle excelle, jusqu'à cette nuit de bal où son destin va basculer… A la même époque, Théa, pour fuir un soupirant indésirable, s'enfuit de chez elle et se fait engager comme servante chez une famille noble. Mais, là encore, le secret de *L'héritière rebelle* ne va pas tarder à être éventé… En 1837, dans *Les rubis du scandale*, vous ferez la connaissance de Diana, une jeune roturière courtisée par deux frères, héritiers d'une riche famille d'aristocrates. Un chassé-croisé amoureux qui lui vaut de se retrouver impliquée malgré elle dans un incroyable secret de famille… Isabella, de son côté, répond à la petite annonce matrimoniale d'un riche rancher… pour découvrir, une fois sur place, que ce dernier n'a aucune intention de convoler avec quiconque. Mais qui, alors, a rédigé la petite annonce ? Vous le saurez en lisant *Terre de passion*, situé en Amérique en 1880…

Enfin, le 1er mai, ne manquez pas le nouveau titre de la collection Best-Sellers, *Un parfum d'Irlande*, d'Erin Yorke.

La responsable de collection